鳥啼き魚の《とりなきうおの》目は涙《めはなみだ》

宇佐美まこと
Usami Makoto

小学館

鳥啼き魚の目は泪

装幀　岡本歌織（next door design）
装画　朱華

「惣六《そうろく》！　惣六！」

お屋敷の方から呼ぶ声がした。

惣六は足を止めて耳を澄ませた。

土砂降りの雨だ。声は切れ切れにしか聞こえない。

「惣六！　惣六！」

確かにトミさんの声だ。だが、いつもの優しい声とは違い、取り乱したような声だった。悲鳴といってもいいような声。何かよくないことが起こったのだ。それだけは惣六にも理解できた。

思わず辺りを見回した。だが、ここにいるのは自分だけだとわかっていた。後片付けを言いつけられて、残っていたのだった。

手にしていた竹製の箕《み》を、乱暴に下ろす。石屑《いしくず》で一杯になった箕は、ぬかるんだ地面にめり込んだ。せっかく拾い集めた石屑がザラザラとこぼれ出た。横目でそれを見たきり、惣六はお屋敷に向かって脱兎《だっと》のごとく走り出した。自分が地面に置いた熊手に足を取られそうになったが、なんとか態勢を立て直した。

雨合羽が重い。地下足袋が、工事現場にできた水たまりを蹴散らした。広い庭を突っ切り、植え込みを回り込んでお屋敷に近づいた。

トミさんは、ずぶ濡《ぬ》れになりながら、お屋敷の前に立っていた。

彼女の引き攣《つ》った顔が、ただならぬことが起こったのだと物語っていた。

それでも惣六の顔を見ると、かすかにほっとした表情を見せた。雨合羽が体にぴったりと張り付いた惣六が近づいて来るのを、じっと待っている。

「いいかい、惣六――」

それまで着物の袖で隠していたものを、惣六に向かって差し出した。惣六は、その小さなものを凝視した。辺りは暗く、いっそう強くなった雨足に遮られてよく見えなかった。が、近寄るにつれ、それが親方が使っている道具だと知れた。柳刃《やなぎば》ゴテと呼ばれる小ぶりのコテだ。丸い木の柄の先に、三角形の金属製のコテが付いている。モルタル塗りの細かい部分や隅の方を均《なら》すために用いるものだ。トミさんが差し出してくるので、受け取ろうとつと手が出た。

その手が止まった。刃の先がぬらりと赤く汚れていた。

血だ——なぜ親方の柳刃ゴテが血で汚れているのだろう。逡巡《しゅんじゅん》している惣六の手の中に、それは押し付けられた。たちまち雨が、おぞましい赤色を流してしまう。

「それを——」

トミさんがすっと顔を近づけてきた。

「それを誰にも見つからないところに隠すんだよ。決して誰にも見つからないところに。大急ぎで」

わけがわからないうちに、惣六はコクンと頷《うなず》いた。

言われた通りにしなければならない。これはもはや、親方の愛用の道具ではないのだ。何か恐ろしい出来事が起こったのだ。もうすぐ美しい庭を抱こうとするお屋敷の、平和を掻《か》き乱すような何かが。

そんなことは許されない。ここに暮らす人たちの完璧な幸せに、一点の曇りも翳《かげ》りもあってはならない。惣六はぐっとコテの柄を握りしめた。

「早く！　行きなさい！」

絞り出すような声は背中で聞いた。

惣六は、雨の中に駆けだした。

平成一〇年

シラカシの葉が、風でざわざわと揺れた。

高桑透《たかくわとおる》は、頭上に差し交わされた枝を見上げた。

「どうしてこんなにたくさんのシラカシを植えたんでしょうね」

振り返って、後ろからついてくる小川《おがわ》に尋ねた。小川は何も答えず、目を瞬かせた挙句、ちょっと下唇を突き出した。

「枯山水《かれさんすい》を抱き込むように、こうして密集して植えるのは珍しいですよね。まるで縁取りみたいだ」

そうやって水を向けても、やはり背後は沈黙したままだった。

以前と少しも変わっていない。まったくやりにくい老人だ、と高桑は思った。せっかく小川が手入れに来る時を狙って来たのに、口は重い。職人なんてこんなものかもしれないが、もう少しどうにかならないものか。彼は戦前にこの庭を作った溝延兵衛《みぞのべひょうえ》という庭師の弟子だった。

三年前は、溝延の作品である庭を守り続ける小川惣六に会えるというので、高桑は大いに期待したものだ。だが寡黙というよりも偏屈というべき造園業者に、高桑は根負けした。そしてとうとう彼から実のある話を聞き出すことを諦めてしまった。

溝延兵衛も生前はこんなふうだったのだろうか。もはや本人の口から、この庭に込めた思いや工夫などを聞くことはかなわない。溝延は、自分で作った庭に関して図面や説明書きなどを一切残していない。高桑が見たかったそうした資料があったとしても、東京大空襲で焼失してしまったのだろう。

溝延自身も出征して、南洋の激戦地サイパンで命を落とした。

「このシラカシは高垣にして防風林とするつもりだったんですかね」

どうせ答えが返ってこないとわかっているから、独り言のように呟《つぶや》いた。自然のままの姿に見えるが、からみ枝や枯れ枝、不要な徒長枝《とちょうし》は抜いてある。小川がきちんと手入れをしている証拠だ。

広大な庭だった。シラカシの植栽の向こうには、自然の森と見紛《みまが》うほどの樹木が広がっている。楠《くすのき》や、スダジイ、ケヤキなどは二抱えもある大木で、その他にも銀杏《いちょう》や、コナラ、樅《もみ》、イスノキ、モチノキ、ヤブツバキなどが特に手を入れられることもなく繁《しげ》っていた。江戸時代、大名屋敷だった頃は、この森がもっと深かったらしい。

シラカシは、外側の森とは違ってやや人工的な配置だ。細い帯のように一定の幅を保ってぐるりと植えられている。シラカシの植栽に沿って、小径《こみち》も作られている。シラカシの帯は森を抜けて別の空間に足を踏み入れるという先触れのようにも思える。ここは溝延が意図して作ったに違いない。自分が手を入れた部分を強調するという意味なのだろうか。

そうやって作庭の意図を推察するというのも、後世の者の楽しみではある。シラカシと小径の縁取りは、緩いカーブを描いて庭と建物を取り巻いている。

シラカシの植え込みを抜けると、枯山水が見えてくる。敷き詰められた白い砂。その中に、豪壮な石組が立つ。白砂は海に見立てている。苔《こけ》に覆われた築山《つきやま》や石は島だ。周囲から美しい曲線を描く州浜《すはま》が入り組んでいる。

そのそばに高桑と小川は立った。

「ここは、元は本当の池だったんでしょう？」

「ああ」ようやく小川が答えた。「とても、とても大きくて深い池だったよ。舟遊びができるくらいのね」

「それも風情があってよかったでしょうね。なぜ池を埋め立ててしまったんでしょう」

「さあね」

素っ気ないことこの上ない。高桑は小さくため息をついた。

やがて小川は脚立《きゃたつ》を担いで、枯山水の遠景として植えられている赤松の方へ行ってしまった。無骨な職人は、脚立にさっと上って剪定《せんてい》を始めた。年を感じさせない身のこなしだ。小気味のいい剪定ばさみの音が高桑のところまで届いてきた。

「やあ！　高桑君」

背後から声がかかった。振り向かなくても、この庭を擁するタチバナ美術館の三雲《みくも》館長だとわかった。彼には、高桑が大学の卒論としてこの庭を取り上げた時、随分世話になったのだ。溝延兵衛の直弟子《じきでし》だった小川と引き合わせてくれたのも彼だ。

タチバナ美術館は、ある企業が運営しているもので、創業者が自分の好みで蒐集《しゅうしゅう》した抽象画や彫刻、陶芸品など、やや珍しい収蔵品を展示している。企画展も趣向を凝らしたもので、コアな美術ファンがついている。三雲は三代目となる今の社長から全幅の信頼を得ていて、美術品の買い付けや保管、企画、展示を任されているのだった。

「どうしてる？　忙しくしてるんだろ？」

にこやかに寄ってきた三雲に、高桑は頭を下げた。

「実は一度就職した造園設計事務所を辞めてしまって、今は無職なんです」

「そうか」

たいして驚きもせず、三雲は答えた。

二人は並んで美術館の方に歩いた。有名な建築家が設計した美術館は、木をふんだんに使って建てられた平屋で、「清閑庭《せいけんてい》」と名付けられたこの庭の景観にすんなりと馴染《なじ》んでいる。「清閑」とは、清らかな静けさという意味だ。

建物は軒下が深い造りで、その下に木製のベンチがいくつか置いてある。そこに三雲と並んで腰かけた。

目線が低くなると、庭が作り出す壮大な造形が身近に感じられた。自然ではない、だが限りなく自然に近く、それでいて作った者の意図が厳然として存在する造形。それに圧倒される。きっとここに屋敷があった時も、この高さで庭を鑑賞していたに違いない。おそらく座敷か縁側から。建築家もそれを勘案してここにベンチを置いたのだろう。高桑はほうっと息を吐いた。ここに通ってきていた時と同じ、新鮮な気持ちで庭と対峙《たいじ》する。

しばらく黙って庭を見ていた。三雲も話しかけてはこなかった。赤松の手入れをする小川の姿が小さく見えた。目を転じると、枯山水のそばの波打つような大刈込《おおかりこみ》でも、小川造園の職人が数人働いていた。自然の姿を重んじた植栽とは対照的な、低木をトリミングで形作る刈込には、西洋的なテイストを感じる。そういったところも溝延の作庭のユニークなところだ。この部分の刈込は、濃緑のイヌツゲが目立つ。派手さはなく、どんな形にも素直に従う樹木だ。

高低差もある庭で、枯山水の奥は小高い丘になっている。そこには、石組で表された滝がある。池があった時には、ここに本物の滝があったのだろう。石の滝は、龍門瀑《りゅうもんばく》というもので、三段に分かれている。

一番下の段には鯉魚石《りぎょせき》という石が置いてある。まさに鯉《こい》を表す石で、鯉が滝を登り切れば龍となるという伝説に基づく形式だ。立てて組まれた石が、滝の流れを表している。粗い自然石が激しい流れに見えてくる。すると、鯉の形をしているわけではない鯉魚石が、今から滝を登らんとする決意をみなぎらせた鯉以外の何物でもなく見えてくるのが不思議だ。

庭はすべて「見立て」であり、鑑賞する者は、作庭師によって見せられているのだ。特に枯山水の美学は象徴性にあるという。大学で造園を学んだ高桑は、その奥深さに引き込まれたのだった。

溝延兵衛の作る庭には物語がある。石や砂や植栽から読み解ける何かを持っている気がするのだ。だがそれらは饒舌《じょうぜつ》に語るわけではない。ただ沈黙してそこにあり、解釈や評価を拒んでいるような気もする。

清閑庭は枯山水の定石から外れていると高桑は思う。大学時代の指導教授もそんなふうに言っていた。まずはその広大さだ。遠景に見立てた植栽と枯山水を合わせると四千坪に及ぶ。そもそも枯山水という形式が誕生したのは、水を引いてくるのに適さない場所、池を作るほどの広さに恵まれない場所にコンパクトな庭を造るという目的からだ。大邸宅ではなく、小規模な家や寺院の庭に好んで造られたのが枯山水である。枯山水という形式は、小面積の庭に自然の景観を取り込むのに、都合がよかったというわけだ。

元あった池を埋め立てた後に、わざわざ枯山水を造るということ自体が、すでに伝統からずれている。加えて溝延の作風がユニークなので、さらに面白い庭に仕上がっている。色や種類の違う細かな石を寄せ集めたような敷石や、赤砂と白砂の洗い出しで二重構造になった州浜、幾何学模様の切石と柔らかな苔のコントラスト。連続する流麗な形の大刈込。白砂の中央の大立石《おおだていし》のそばには、奇妙にくねった松を一本だけ植えてある。そして何より、白砂の中でいろんな表情を見せる石組。

素材は自然に由来するもので、自然を写し取ろうとしたに違いないのに、すべては人工的なものだとも思える。異端というふうにも取れる。戦前には、相当斬新なものとして見られただろう。もしかしたら、作庭としては邪道だと貶《けな》されたかもしれない。

溝延は戦前に東京都内で（当時は東京市だったが）、いくつかの庭園を手がけた。しかし、どちらかというと庭師と呼ばれる職人であった彼の名が残る庭は少ない。ここ以外にも彼が造営に関わった庭はいくつもあるだろうが、はっきりしているのは、ここを含めて八か所のみだ。

溝延は、楽しんで清閑庭を造ったに違いない。ここ以前に彼が手がけたとされる四か所の庭には、その片鱗《へんりん》が見えているのだが、とうとうここで自分のやりたいことが存分に発揮できた。溝延の到達点がこの庭なのだ。そこだけは確信できた。

でもなぜなんだろう。華族という格式高い階級の庭を請け負って、なぜこんなに自由奔放な庭ができたのだろう。そんなことを考えると面白く、ついつい深入りをしてしまった。あれほど頻繁にここを訪れて研究したが、未《いま》だに目の前に広がる景観は謎だ。とうに死んでしまった溝延が投げかけてくるようだ。まだ自分には答えが見つけられないし、唯一、溝延から教えを乞うた小川も何も語らない。よって謎は謎のまま、鑑賞する人々を惹《ひ》きつけてやまない。

溝延は、昭和九年にこの庭を手掛けた後は、たいして大きな庭は作っていない。戦争に向けて突き進んでいくという時代背景があったせいで、派手な作庭をすることが憚《はばか》られたのかもしれない。溝延の作だとわかっているのは、数軒の家から請け負った茶庭《ちゃてい》だけである。その中には、一木一草もない石組だけの露地もあった。今見ても斬新なものだ。

茶室への道すがらである茶庭は、亭主が客との一期一会を大事にするという意味で、とても重要なものだ。できるだけ大自然の景観を表現しようと、山野に自生する植栽を持ってくるのが常だった。そこを石と砂だけで表してある庭は、どういう意図で造られたのか。それを汲《く》み取ることは難しいが、小さな露地に映された世界が迫ってくる気がした。徹底的にそぎ落とされた美というか、凄《すご》みというか、そういうものだ。木も草もないのに、そこは深山幽谷の気配が漂っていた。

　彼は何かを試してみたかったのか。戦後も生きていれば、いい仕事を残した気がする。

　シラカシの梢《こずえ》が初夏の風に揺れ、枝々が擦れ合うかすかな音がした。緑は濃く、白砂は照り輝いている。都心にいることをつい忘れてしまう景観だ。しかし目を上げると、木々の向こうには建ち並ぶ高層ビルのてっぺんが見える。清閑庭は文京区春日《かすが》の高台にあるのだ。

「僕が就職した造園設計事務所は、あまり作庭には重きを置いていなくて――」

　高桑は口を開いた。

「へえ」

　三雲は、たいして興味がなさそうに相槌《あいづち》を打った。そこが有難かった。

　いろいろな経験が積めると思って、大手の造園設計事務所を選んだが、そこは公共事業を請け負うことが多く、公園関係の仕事が中心で、道路緑化や団地緑化がそれに続いた。公園の仕事にも造園が含まれるのだが、設計事務所がデザインしたものを土木、舗装、照明、水道などに分けて下請け業者に発注することがほとんどだった。庭を作るという作業に最初から最後まで関われないのが現状だった。最近では、日本庭園を自宅にと依頼してくる施主そのものが少ないという事情もあった。

　それで二年勤めて辞めた。何をしていいかわからなくなった高桑は、自分の原点ともいえる清閑庭を訪れたというわけだ。

「そういうこともあるさ」のんびりした口調で三雲は言った。

「別に遠回りしたわけじゃない。そうやって自分に合わないものを排除していくうちに、やりたいことが見えていくもんさ」

予想通りの言葉を、三雲は口にした。そう言って欲しくてここへ来たのかもしれない。美大の教授を長年勤めていたという彼が、若者へ向けるまなざしは限りなく優しい。

　高桑は、大学の園芸学部造園学科で学んだ。卒論のテーマに溝延兵衛という作庭家を選んだ。高桑は、最も惹きつけられたこの美術館の庭に通い詰めて測量、作図をし、溝延兵衛の作風や思想、技術を研究した。その時に力になってくれたのが三雲だった。清閑庭の歴史を語ってくれ、関係資料も見せてくれた。溝延兵衛の最後の直弟子である小川惣六からはたいした話は聞けなかったが、彼が師匠である溝延を尊敬し、遺《のこ》した庭を大事に守っていることだけは伝わってきた。

　三年前、小川が庭の手入れをするやり方を、高桑はじっと観察するのみだった。それは溝延から受け継いだ方法だろう。無骨な職人は、教えられた通りのやり方を頑《かたく》なに続けているだろうから。溝延兵衛が、何十年か後にあるべき姿を想像して、小川に託したもの。それが今、目の前にあるのだ。庭は過去を内包しながらも成長する。そういう目で見ると、学ぶべきことはたくさんあった。

「気が済むまで庭を眺めに来るといい」

　三雲はそれだけ言って、立ち去っていった。

　一人にしてくれたのは有難かった。庭と対話する時間が欲しかった。学生だった三年前、無心で測量をしていた純粋な自分に向き合う時間でもあった。


　高桑が清閑庭に魅入られたのは、溝延兵衛の作品だからというだけではない。

　戦前にこの土地を所有していたのは、吉田房興《よしだふさおき》という華族だった。その当時は、屋敷も入れて一万六千坪もあったらしい。今は土地は分割され、美術館が建っている土地と清閑庭だけがかつての面影を残している。隣接地は私立の中高一貫校とマンションになっているが、そこも吉田邸のものだった。そちらには、西洋館と芝生の前庭があったという。

どれだけ広大な敷地だったのか。一度、高桑はマンションや学校も含めた周囲を歩いてみたが、想像し難い広さだった。だが、この辺りにはそういった華族の屋敷がいくつか建っていたらしい。調べてみると、戦前、東京の街の高台には、華族が所有する土地が連なっていたようだ。中には六万坪だのという桁外れの土地を持っていた華族もあった。まさに山の手と下町が厳然と区別されていたわけだ。

華族という特権階級は、明治維新後の明治二年に版籍奉還がなされた際、公卿《くぎょう》と諸侯を合わせて「華族」と称したことから始まる。高桑のような現代人からすれば、まったく馴染みのない称号だ。戦後、日本国憲法施行によって華族制度が廃止されるまでの八十年ほどしか存在しなかった階級だ。だからこそ、興味が湧いた。そんな若い高桑の疑問や質問を面白がって、三雲がいろいろと教えてくれたのだった。

「それまで特権階級にいた殿様やお公家《くげ》様を、いきなり平民とするわけにはいかないじゃないか」

そう三雲に言われてもピンとこなかった。それほど身分の高い人々だったということか。爵位にも、公爵、侯爵、伯爵、子爵、男爵という階級があったという。吉田房興は北陸庄越《しょうえつ》藩の藩主だったという武家華族で、侯爵だった。元大名の華族は、明治初年に政府から給与された家禄《かろく》や公債が公卿華族よりも多かった。家禄は江戸時代の収入（石高《こくだか》）に比例したものと決められていたので、莫大《ばくだい》な額を受領したのだった。その上に元大名の華族には、元家老の優れた顧問や相談役がいて、これをうまく運用していたため総じて裕福だった。維新後も大資産家として伝来の所有地である江戸時代の上屋敷に住み続けていた。

房興の代に溝延に依頼して、枯山水の庭を作った。もともと回遊式の池水庭園で、大きな池があったのを埋め戻したのだ。その理由として三雲が推察したのは、昭和八年に、池の底から白骨死体が見つかったというものだった。それを不吉なものと忌み嫌った当主が、池を埋めて新しく枯山水の庭に造り変えようとしたのではないかというのだ。

知的探求心の強い三雲は、タチバナ美術館の館長になった時に、興味を持っていろいろと調べてみたようだ。その時の資料を、高桑にすべて見せてくれた。当時の新聞にはこう見出しがついていた。

『吉田侯爵邸の池から身元不明の白骨上がる』

高桑も興味を引かれた。三雲によると当時の新聞は、現代のスポーツ新聞や週刊誌並み、いやそれ以上にセンセーショナルな記事を書いたそうだ。読者の目を引きつけることに主眼を置いているので、きちんと裏付けを取った上での信憑性《しんぴょうせい》の高い記事とは言い難いとのことだった。

三雲は吉田邸の白骨についての当時の新聞記事を図書館の検索サービスで見つけ出し、追って保存していた。名家である武家華族の庭内の池から白骨死体が発見されたという話題性のある記事は、次々と書かれていた。華族という特権階級は、新聞社会面の絶好の標的だったらしい。

東洋日日新聞、日本中央新聞、昭和日報、東亜新聞などが、真偽取り混ぜたような記事を書いていた。中でも東洋日日新聞が報じたものは、かなり踏み込んだ内容だった。

『吉田邸の白骨は、元運転手のものか?』というものだ。

読みにくい活版印刷の文字を拾ったところによると、作庭開始から遡《さかのぼ》ること十年前の大正十二年、吉田房興の妹の準子《のりこ》がお抱え運転手と恋愛関係にあり、この男の子を身ごもって出産したが死産であった。準子も産後、体調を崩して亡くなってしまう。それに腹を立てた先代当主の命で、運転手は殺されて池に沈められたのではないかというのだ。

「本当なんですか？　これ」

高桑の問いに、三雲は朗らかに笑った。

「当時はこういう推測だらけの記事を新聞社は平気で書いたんだ。読者さえ満足させればいいんだから。そういう点では個人情報も名誉棄損もあったもんじゃない」

昭和初期、不倫、詐欺、傷害、殺人、思想犯などに手を染める人物が華族の中にもあって、社会問題化していたらしい。実際に華族当主が芸者を身請けするなど放蕩《ほうとう》の末散財して没落してしまったり、華族夫人が運転手と鉄道に飛び込んで心中したりという衆目を集める出来事が続出したようだ。新聞は、そういうスキャンダルに飛びついた。つまり、吉田家の醜聞もそうした記事の内の一つであり、かなり煽情的《せんじょうてき》に書かれたものとして読まなければならない。

翌月、元運転手は生きていたことが判明し、何もかもがうやむやなまま終わってしまう。新聞報道も尻すぼまりに消えていった。

『吉田侯爵邸の池の白骨は、失踪した元書生』

昭和九年になった途端、そんな記事が出たのを皮切りに、またしてもいい加減な推測記事が続くのだった。書生こそが準子の産んだ子の父親だとか、彼は吉田家を恨んでいたとか。運転手の次は書生かと、うんざりするようないい加減なものだった。ただ死体の身元が書生だったということだけは、正式に警察発表されているから、本当のようだ。どちらにしても吉田家にとっては忌まわしいものだったろう。そんな中、吉田房興が験《げん》の悪い池を埋め立てようとしたのは頷ける話だ。

しかし、当主の目論見《もくろみ》も実を結んだとは言い難かった。庭が完成するまでに、吉田家には次々とスキャンダラスな出来事が続く。春には、邸内で親戚に当たる男性が事故死するし、とどめとして、家族に共産主義運動に手を染める者が出る。華族が左翼運動に加担することは、禁忌中の禁忌に当たる。房興は責任を取って貴族院議員を辞職し、他の要職からも身を引いた。こうして彼は表舞台から姿を消すことになる。

これが白骨死体の呪いだと、その当時、書きたてた新聞もあったが、さすがに追随する新聞はなかったようだ。しかし吉田家は、これを契機に確実に没落への道を進むことになる。落日の武家華族の屋敷に、これだけ立派な枯山水が完成したというのは、悲しくせつない気もする。

そうした背景も含めて、高桑は清閑庭に思い入れを深くしたわけだ。もともと華族の家が持っていた物語の上に、溝延が重ね合わせた庭の物語。そう考えると、清閑庭はますます不思議な造りに見えてくる。幾通りもの読み解き方があるような気がするのだった。

溝延は房興の意をどれほど汲んでこの庭を作ったのか。従来の枯山水の枠にはまらない庭はどうやってできたのか。指導教授の指示を仰ぎ、ゼミの仲間の協力を得て、清閑庭の測量と作図は進んでいった。

それらの研究の成果を卒論にまとめたものは、高い評価を受けた。有名な造園専門誌にも全文が載せられた。そういう事情もあって、高桑にとって清閑庭は出発地点でもあるわけだ。

三雲の言葉に甘えて、時間を持て余した高桑は、毎日のように清閑庭に足を運んだ。緑が照り映えるような晴れの日もあれば、庭石が黒く濡れる雨の日もあった。興味のある展示を見に、美術館の中に入ることもあった。三雲に会う日もあれば、会わないでじっとベンチに座っているだけの時もあった。

そんな気ままな高桑が、再会した人物がもう一人いた。近所に住んでいて、やはりこの庭が好きで通ってきているという永地《ながつち》という老人だった。

「面白い名字だろ?」

三年前に初めて会った時、高桑が言うより先に、自分からそんなふうに言った。

「妻の方の姓なんだ。彼女は山口県の出でね。あっちの方では由緒ある名前なんだそうだ。結婚する時、この名前を変えたくないっていうのが唯一の条件でね」

それで永地は婿養子に入ったらしい。

「それほど奥さんと一緒になりたかったんですね？」

学生だった高桑が言うと、「さあどうだろう」と永地は朗らかに笑った。

「家とか跡継とか、そんなのに僕は重きを置いてなかったからなあ。名前なんかどっちでもよかったんだ」

七十歳は超えている古い人間のはずなのに、あっけらかんとそんなふうに言った。永地は、散歩がてらに清閒庭にやって来ては、測量をする高桑たちを興味深そうに眺めていた。よく来るからか、小川とも気安く口をきいていた。若造である高桑とはろくに話もしない小川も、同年配の永地には一言二言返事をしていた。

高桑が書いた卒論が評価されて造園専門誌に載った時も、永地はそれを取り寄せて読んでくれた。

「あれはよくできている」

そう褒めてくれたものだった。

「もしかして、永地さんは華族だったんですか？」

ふと思いついたことを高桑は口にした。だからこそ、清閒庭に魅入られているのかと。若い高桑の質問を永地は、一笑に付した。

「いいや、違うね。僕はそんな立派な家系の人間じゃないよ。ただ君と同じにこの庭が好きなだけなんだよ」

永地は、今も変わらず清閒庭に通ってきているようだった。当時から歩行に不安があるのか、杖《つえ》をついていた。杖はついているが、背筋はぴんと伸びていて、姿勢がよかった。散歩とはいえ、身なりもいつもきちんとしていた。以前と同じようにソフト帽を被《かぶ》り、ジャケットにループタイを着けた永地は、遠くからでもよくわかった。

「館長から君のことは聞いたよ。また会えて嬉《うれ》しいよ」

「僕もです」

三年前にこの庭について散々話し合ったから、それで通じた。永地は、清閑庭は毎日違う表情を見せてくれるから、何度来ても飽きないのだと言った。彼からは、文京区春日に越して来たのは七年ほど前だと聞いていた。偶然、清閑庭の近くに家を構えたのだけれどラッキーだったと、永地はそんなふうに言っていたと思う。

「こんないい庭園が、今じゃ、自分の庭みたいに思えるよ」

永地は目を細めた。

三年という時を越えて、枯山水についてまた存分にしゃべった。枯山水においては、自然石による石組表現が主だ。日本人は自然の石に神を重ねた文化を持つ民族だから、それを細工することへの抵抗があったのだろうと、高桑は大学で習った。

枯山水に配置する石には、「臥牛石《がぎゅう》」だとか「亀頭石《きとう》」「亀甲石《きっこう》」「鶴首石《かくしゅ》」と名付けられた石があるが、それらはすべて自然石だ。人工的に作られたものではない。石を刻んで形を似せることは無粋だという考えが根底にあるのかもしれない。禅の精神とも通じるものだ。

この庭の特徴は、石を多用していることだ。緑泥片岩《りょくでいへんがん》に白色片岩、赤い丹波鞍馬《たんばくらま》石、青石は四国産か。そうかと思えば赤黒い山石もある。溶岩もある。これだけの石を集めてくるには、相当の時間と費用がかかったに違いない。おそらく莫大な財産を有していた華族からの依頼であったので、それが可能になったのだろう。

高桑は、この庭の作業工程にも思いを馳《は》せた。漠然とだが、依頼主の意図や希望もかなりの割合で入っているのではないか。この庭は、溝延と吉田家当主との共作なのではないか。なぜだかそんな気持ちがするのだった。

枯山水の中で、石は重要な役割を持っている。買い求めたり、山や河原で見つけた石はただの石なのに、その中に作庭師は形を見るのか。あの場所にあの向きに置くことで、あれは鶴であり、亀であるのだ。そういうことを永地と話した。庭に興味のない人が聞いたら、まったく意味不明な会話だろう。

時に三雲も加えて、溝延兵衛の作庭について語り合った。

「いずれ自然に還《かえ》ることを想定して、溝延はこういう庭を作ったんじゃないかな」

三雲が言う。「そうなったとしても、まったくかまわないという思想が見えるね」

「草は繁り、石は苔に覆われ、樹木は好き勝手に伸びて――」

永地が付け足した。

「維持管理する人間がいなくなれば、早晩そうなったでしょうね」

「なら、あの人がここを手入れしているのは、不自然な行為なのかな?」

三雲は顎をちょっと動かして、熊手で落ち葉を掻き集める小川を指した。

「いや、彼がただただ一徹に愚直に清閑庭を守っていくことは、溝延にはお見通しだったさ」

永地はくすりと笑った。

三人で、会ったこともない作庭師のことをあれこれと語り合うのは楽しかった。彼が遺した作品を目の前にして。

「僕が一番わからないのは――」

卒論を書いた時も疑問だったことを高桑は二人にぶつけてみた。

「美術館の裏にまで枯山水がこしらえてあるでしょう？　あれはどうしてなんだろう。戦前に建っていた日本家屋の裏ということになりますね」

三人で美術館の裏に回ってみた。脚の悪い永地に合わせて、ゆっくりとした歩調だ。永地の操る杖が、カツンカツンと切石の板石を突く。おしゃれな永地は、この杖も誂《あつら》えて作ったのだという。握りがすっと手に馴染む形状だった。

「美術館を建てるに当たって、うちのオーナーが建築家に出した条件は一つきりなんだ」

それは元建っていた日本家屋と同じ場所に同じ面積のものを建ててくれということだった。庭と建物のバランスも大事だ。それを考慮に入れて作庭してあるからこそ、清閑庭は映えるのだと。

幸い、建築家の方もオーナーの意をよく汲んで、目立たない木造建築を建てた。

「立派な考えだね。いいオーナーだ」永地が褒めた。「当時の建物が残らなかったのは残念だけど、清閑庭にマッチした美術館を建てたのはよかった」

豪勢な華族の邸宅の中には、戦時中、東京大空襲で焼失したものも多くあった。

吉田家では、妻子や使用人たちは、軽井沢《かるいざわ》の別荘に疎開していたらしい。東京に残った房興は、本郷弥生町《ほんごうやよいちょう》の別邸で幾人かの使用人と生活していたのだが、空襲で別邸は焼け落ち、房興も命を落とした。

こっちの屋敷に住んでいれば助かっただろうが、運命とはそんなものかもしれない。

戦後、華族制度が廃止になった後、特権を奪われた華族には莫大な財産税が課された。多くの華族は、所有する不動産を国に物納するよりほかなかった。吉田邸も同様の運命をたどった。この時に、代々伝わった家宝も売却されて流出してしまう。かろうじて残った邸宅もGHQに接収されるなどして他人の手に渡った。そのうち大きくて使い勝手の悪い日本館は取り壊されてしまった。いくつかの変遷を経て、清閑庭だけがこうして美術館の庭として保存されているというわけだ。

吉田房興の妻の韶子《あきこ》は、昭和三十二年に五十一歳で病死した。

そこまでは三雲が調べていて教えてくれたのだった。房興の息子は房通《ふさみち》といって昭和二年生まれだから、まだ存命である可能性が高いが、三雲もその消息はつかめていないのだと言った。

美術館の裏に回ると、そこにも庭がある。三角形の枯山水で、前庭と同じように白砂が敷き詰められたその真ん中に一つだけ大きな石が置いてある。シラカシと小径の縁取りは、この庭も含めて周囲を取り囲んでいるのだった。

三人は、白砂のほとりに静かに立った。

「あの石が一番の謎なんです」

三年前から持っている疑問を高桑は口にした。そもそも建物の裏手に前庭の続きのような庭を作ること自体が作庭の作法から外れている。

「まあね。すべてを解き明かそうとするのが間違っているのかもしれんね」

当時も言ったことを、三雲が繰り返した。溝延兵衛は、独自の芸術性と創造性に裏打ちされたユニークな庭を作り、その個性を好んだ者が、作庭を依頼したのだからというのが三雲の持論だった。たとえば吉田房興のような人物が。

「でも——」つい言葉がこぼれ出る。「あれは方解石《ほうかいせき》ですよね。なぜ、わざわざあの石をここに据えたんだろう」

三人は、黙って灰色の方解石を見た。正確には方解石を含んだ岩石というべきだ。透明度の高い方解石は貴重だとされるが、石英やリン灰石や磁鉄鉱などが混じった方解石はそう珍しいものではない。方解石の部分は光の加減でキラキラ光る。方解石は炭酸カルシウムが主成分なので、長らく雨に打たれていると少しずつ溶けていく。

ここにある方解石も炭酸カルシウムの部分が流れ出て、足下の白砂を汚していた。計算し尽くされ、空間をぴしりと区切って作られた庭の中にあって、あの部分だけが失敗作のように高桑には思えるのだった。三年前よりも溶けだした成分が多くなったような気がする。石は何十年何百年経《た》っても変わらないものだ。だからこそ、配石を鑑賞することは、作られた当時を一番感じることでもある。それなのに、この方解石は、年々溶けて形を変えるのだ。しかも白砂は流れ出した石の成分によって浸食されていく。

「あの性質を溝延は知らなかったのかなあ」

ぽつりと呟いた声に返事はない。

「知らないはずはないさ」だいぶ経ってから永地が答えた。「彼はわかってた。ああやってあの石が溶けだしていくのを」

この庭を愛する老人の言葉は妙に説得力があった。

「小川のじいさんに訊《き》いてみたかね？」

三雲が尋ねた。

「ええ、もちろん」

「彼は何て？」

「あれはあれでいいんだ。その一言です」

三雲と永地がぷっと噴き出した。

「もしかしたら溝延は、もっと大きな空間としてここをとらえていたのかもしれない。屋敷も含めた全体像を芸術作品として昇華させたんじゃないかな」

三雲が思い付きのようなことをぽつりと呟いた。

森の中に棲《す》みついたコゲラが「ギー」と濁った音で鳴いた。三人は、それに続くコンコンコンと幹をつつく音に耳を澄ませた。

昭和八年

おとないの声に、玄関にお迎えに出た書生が、とまどったように立ち尽くしました。わたしも足を止め、広々とした本玄関の方を見やりました。

家の中は暗く、開け放たれた玄関には戸口から光が射《さ》しています。逆光の中に立つお客様のお顔はよくわかりませんでした。ただ背が高い方というだけの印象を持ちました。

「あの――」

書生はどちら様でしょうか、と聞きたかったのでしょうが、そこで言葉を切りました。

用事で通りかかったわたしは、そのまま廊下を歩き、玄関の手前で角を曲がろうといたしました。そこでようやくお客様の様子が見えました。わたしも書生同様、ちょっと首を傾《かし》げたのでございます。

ハンチングを被り、白い詰襟シャツの上に上着を着た男の方でした。上着とズボンは、色は似ていましたが揃《そろ》いの仕立てではなく、ちぐはぐな感じがしました。シャツも何度も水を潜《くぐ》ったという代物です。この人にとっては上等な部類に入るのかもしれませんが、このお屋敷の玄関から入って来るにはみすぼらしいとしか言えません。どう見ても職人さんにしかお見受けできないのです。

「庭師でございます。御前様に――」

その方はハンチングを取り、おずおずという様子で口を開きました。次の言葉を言う前に、玄関横の御役所《おやくしょ》から家扶《かふ》の一人が飛び出して来ました。

「おい、裏へ回れ！　裏へ！」

血相を変えてそう怒鳴り付けました。やはり家のご用で来た職人が、間違えて本玄関から入ってしまったようです。このお屋敷のように大きな家では、たまに勝手がわからない人が迷うのです。そういえば肩幅も広く、胸板も厚く、力仕事をしつけているような体格です。わたしはそのまま、廊下を進みました。すると、家の奥から家令《かれい》の坂本《さかもと》さんが小走りでやって来るのが見えました。

「溝延先生ですか？　大変失礼をいたしました。御前様から伺っております。どうぞお上がりください。ご案内いたします」

そして目で家扶を叱り付けました。家扶がさあっと青ざめるのがわかりました。溝延先生と呼ばれた男性は、恐縮して大きな体を縮め、きれいに掃き清められた玄関で革靴を脱ぎました。そのお靴もくたびれて見えました。

庭師と名乗ったのに、いったい何の先生なのだろうとわたしは考えました。御前様がお呼びになったのには違いないのだけれど。坂本さんは、応接室に溝延先生をご案内していきました。

その時、わたしは初めて溝延兵衛さんを見たのでした。坂本さんはうやうやしく溝延先生とお呼びしましたが、その後、「先生」などと呼ぶ人はいませんでした。

溝延さんは作庭師という職業の方で、庭を設計し施工する人でした。御前様の依頼によって、庭の改修に当たられることになったのです。でもご自身では「庭師」と名乗られて、決して「先生」などという偉いものではないと、頑なにおっしゃられました。

昭和八年の秋のことでございました。御前様は庭の広い池を埋め立てて、枯山水を作る決心をなさったのです。

身元の知れない白骨死体が上がった池を。

わたしの祖母は貧乏な農家の生まれで学もなく、七十一歳で亡くなるまで家族の世話と家事だけに明け暮れた人でした。それでも時折、この世の道理、物事の本質を鋭く突くようなことを口にしました。

たとえばこんなことを。

「さらさらと流れている川のように見えて、流れは幾度も変わるもんだ。あちこちにいくつもの石があって、流れを変える。時には落っこちてくる石もある。川はそれを避けて低い方へ流れていくしかない。人の生きようもおんなじだ。後で振り返ってみると、それが大きく物事を変えた出来事だったんだとわかるんだ。でもその時は誰も大事《おおごと》だなんて思いやしない。素直に受け入れて別の方向へ舵《かじ》を切るだけさ。それじゃあ、こっちへいけばいいってさ。だって、その時はただの石なんだから」

それを聞いていたわたしはまだほんの子どもでした。

その意味がわかるのは、随分経ってからのことです。

何かがコトンと傾いて、小さな傾きがどんどん大きくなっていく。やがて思いもよらない方向に倒れかかっていく。人の力ではどうにもならないことが起きる。それが端緒だったと知るのは、ずっとずっと後のこと。

溝延さんがやって来た時がそれだったのかもしれません。御前様が気に入った作庭師の溝延兵衛さんが、本玄関に立った日が。

いいえ、そもそも池の中からお骨《こつ》が見つからなかったら、御前様は池を埋め立ててしまおうとも思われなかったのです。そうしたら溝延さんがこのお屋敷に来ることもなかった。

あの夏の日に、人々の上に影が落ち、時が止まったように静まり返った瞬間。庭の滝壺《たきつぼ》の周りを取り囲んだ人夫たちが、表情をなくして立ち尽くす。誰も彼もが黒い影になって凝《こご》っている。

池の中から人の骨が出てきた時。

いいえ、不吉な前触れというのなら、わたしの下駄の鼻緒が切れた時ではないでしょうか。

誰にもどうにもできない傾きが生じたのは、いったいどこだったのか。

幸福に満ち溢《あふ》れた生活の中に落ちた小さな石ころ——。


お玄関の前で車から降りて、急いで奥様の後をついて行こうとした時、駒下駄の鼻緒が切れて、わたしはその場でつんのめってしまいました。

奥様が降りた後のドアを閉めようとしていた運転手の河野《こうの》さんが、手を差し延べてくれたので、なんとか無様に転ばずにすみました。玄関前に並んだ家令の坂本さんはじめ、お出迎えの人たちが、はっとしたようにわたしを見たのがわかりました。奥様も気がつかれて振り向かれました。

「トミ、どうしましたか?」

「とんだ粗相を。申し訳ございません」

河野さんの手にすがったまま、どうしていいかわからず、頭だけを下げました。ようやく気の利いた女中のスミさんが、別の下駄を持ってきてくれて、急いでそれに履き替えることができました。河野さんにもスミさんにも小声でお詫《わ》びをしました。奥様はそれを見届けると、くるりと背を向けてお屋敷の中にお進みになりました。お出迎えの人たちは、それに続いてぞろぞろとお屋敷の中に入っていかれました。

かがんで緒の切れた駒下駄を拾い上げていると、カツカツと下駄の音が近づいてきました。顔を上げなくても誰だかわかります。

「トミさん、なんという醜態ですか。まだお屋敷に帰り着いてからでよかったけれど、竹之井《たけのい》伯爵様のところでこんなことになっていたら大変でしたよ。それに今日はどんなご用向きで奥様が竹之井様に向かわれたと思っているのです？　おめでた事に泥を塗るような羽目になっていましたよ。そうでなくとも吉田侯爵様のところでは、お付きの女中に満足にお仕度をさせていない、だらしないと噂《うわさ》になるところです。いつも言っているように、内でも外でも身だしなみはきっちりとなさってください。でないと吉田家の恥になりますよ」

「まことに申し訳ございません。これからは気をつけます」

こんな時は、ひたすら謝るしかないのです。韶子奥様付きの女中になってもう八年。女中頭の辰野《たつの》さんの厳しさは充分わかっているつもりです。深く頭を下げたわたしの目には、辰野さんの下駄と足袋先しか見えません。足袋は真っ白で一つの染みもありません。辰野さんは、この屋敷で働く五十人もの女中の言葉遣い、作法、身だしなみにも厳しく目を光らせておられるのです。もちろん、ご自分も寸分の隙もない身ごしらえです。

恐る恐る顔を上げると、辰野さんは背筋をピンと伸ばして、わたしの手元をじっと見ています。わたしの手には、緒の切れた駒下駄がぶらんとぶら下がっているのです。

「それはもう捨てておしまいなさい」

ぴしゃりとそう言われ、つい口ごたえをしてしまいました。

「いえ、あの——。緒をすげ替えたらまだ履けますから」

「とんでもない。歯が相当すり減っているじゃあありませんか。そんなもの、吉田家の者が履いていたら笑われます。特にあなたは奥様付きのお女中なんですから。わきまえなさい」

「はい、申し訳ございません」

もう一度、頭を下げました。地味な縦縞《たてじま》の伊勢崎銘仙《いせさきめいせん》の着物に、名古屋帯を一重太鼓にきっちりと締めた後ろ姿は、しゃきしゃきとお玄関の中に戻っていかれるところでした。


「だいぶ辰野に絞られたのでしょう」

わたしが駒下駄の始末をして奥へ通ると、奥様は寝室の続きの夫人室でくつろいでおいででした。身の周りのお世話をするキサさんという女中に手伝わせて、お着付け部屋で留袖から普段着の着物に替えも済ませておられました。留袖の五つ紋は、吉田家の家紋である桐揚羽蝶《きりあげはちょう》が染め抜かれています。

「はい」

うつむいてそう答えますと、奥様は「フフフ」と笑われました。奥様のこの柔らかな笑みに、わたしはどれだけ助けられたかしれません。それに奥様はとてもお美しい方です。生まれついてのご華族様ですから、凛《りん》とした気品もおありです。それはこの家にお輿入《こしい》れなさった当時と少しも変わっておられません。房通様という今年六歳になられるお子様がいらっしゃるとは到底思えないのでございます。

キサさんが紅茶とカステラを盆に載せて持ってきて、奥様の前の丸テーブルに置いて下がりました。

「わたしが悪いのでございます。竹之井伯爵様にお祝いをお届けする時に、きちんと身支度をしていかなかったのですから」

奥様は、また鷹揚《おうよう》に笑われて、紅茶のカップを優雅にお口許《くちもと》に持っていかれました。

「もうよくてよ。下がって少しゆっくりなさい」

わたしはもう一度頭を下げて退室いたしました。本当に、竹之井様のお屋敷で、無様なことにならなくてよかったとわたしは胸を撫《な》で下ろしました。竹之井伯爵様の五女の津和子《つわこ》様のご婚礼がお決まりで、そのお祝いを奥様がお持ちになったのでした。そんな時に、お付き女中のわたしの下駄の鼻緒が切れるというような不吉なことは、あってはならないことです。それでも奥様は、笑って許してくださるのです。本当にお優しい方です。

いつも「トミ、トミ」と呼んで何かと頼りにしてくださったり、気遣ったりしてくださるのには、理由があります。

韶子様は、公家華族の天野《あまの》伯爵家からこちらにお輿入れされました。二十歳《はたち》になられたばかりの時でございました。ひと回りお年上の吉田房興様とのご結婚が決まったのは、その一年ほど前です。房興様は、男のお子のなかった吉田家に養子として入られ、跡取りとなられた方です。ですから正確には、吉田侯爵家の養嗣子《ようしし》、房興様と天野逸文《いつふみ》伯爵様の三女であらせられる韶子様とのご結婚がまとまり、宮内《くない》大臣の許認を受けたというところから始まるのです。

華族様というのは、いろいろと面倒な手続きを踏まなければなりません。でもそういうところは、吉田家に長年ご奉公してきたわたしには、よくわかっていることでした。韶子様もお兄様方やお姉様方がご結婚なさる様子を、何度も見ておられたので、ご承知でしたでしょう。

大正十五年十月に房興様と韶子様はご婚儀の運びとなりました。房興様をせっかく養子として迎え入れたのですから、早く奥様をもらって跡継をと吉田家の方々は気をもんでおられたのでしょう。その年の暮れに大正天皇が崩御《ほうぎょ》あそばされました。その後は国民全員が喪に服す諒闇《りょうあん》という期間に入りましたから、その前にお輿入れしてよかったのです。

華族様が嫁ぐ時は、実家からお付きの女中を連れて来るのが常でした。華族家のご家族には、どんなに小さなお子様にもそれぞれ専属の女中が付く習わしになっていますから。

ところが韶子様と年の似通ったお付き女中が肋膜《ろくまく》を患い、療養を余儀なくされたのです。天野家では、韶子様のご相談相手となれるような若い女中が見当たらず、吉田家から誰かいい女中を付けてくれまいかと言ってこられたのです。それでわたしが選ばれて、韶子様と馴染んでお世話が滞りなくできるようにと、婚礼の二か月前に天野家に参りました。

天野様のご邸宅は神田区駿河台《するがだい》にありました。

わたしはその時まで、韶子様にお会いしたことはありませんでした。韶子様は二十歳で、わたしは一つ上の二十一歳でございました。天野家の応接間で初めて会った韶子様のお美しかったこと。わたしはきっと不躾《ぶしつけ》なほど韶子様のお顔を見てしまったと思います。雪のような白いお肌にかすかな紅が載った頰。すっと伸びた鼻筋と形のよい唇。その時は伏し目がちにされていましたけれど、聡明《そうめい》さを何より顕《あらわ》した黒い目。静穏の中に冒し難い気品が備わったお容姿《すがた》につい見とれてしまったのです。

﨟《ろう》たけた麗しさと申しましょうか。清楚《せいそ》なのに絢爛《けんらん》というと、何か変な表現ですが、二つの相反する美麗さが同時に存在しているのに、うまく調和が取れている、そんなお容姿でした。わたしはその瞬間、小さな鉢の中ですっくと立つ春蘭《しゅんらん》を想起いたしました。

ああ、このお方が吉田家に来てくださるのだ。当主、房興様の奥様になられるのだ、そう思っただけで得も言われぬ幸せをわたしは味わいました。この瞬間に、わたしは韶子様に一生尽くそうと決めた気がいたします。

韶子様の方でも、わたしを気に入ってくださいました。侯爵家に嫁ぐに当たり、付いていくことになっていた同年配の女中が去り、心細い思いをしていらっしゃったのでしょう。吉田家から来たわたしを何かと頼りにしてくださるようになりました。天野家で過ごした二か月の間に、韶子様とわたしは近しい関係になりました。韶子様は武家華族である吉田家のことをいろいろと尋ねられ、心づもりをされたご様子でした。

わたしが吉田家にご奉公に上がったのは、十七歳の時でした。華族様の成り立ちやしきたりや生活全般のことは、吉田家で勉強いたしました。平民であるわたしが突然高貴なお屋敷に上がったのですから、憶《おぼ》えなくてはならないことはたくさんございました。

華族様には、公爵、侯爵、伯爵、子爵、男爵という五段階の爵位があること、公爵様は公家の最高位五家と武家からは徳川宗家様など、ほんの数家しかおられません。まさに殿上人《てんじょうびと》という感じがいたします。それから侯爵様は、旧徳川三家や旧国主、旧大藩知事だった方々で、庄越藩の藩主であられた吉田家はここに入ります。

あとはそれぞれ伯爵、子爵、男爵という爵位が続くわけでございます。下町育ちのわたしなぞにはよく理解できませんでしたが、家格というものがことに重要だということでしょう。ですから、伯爵家から侯爵家に嫁がれた韶子様は、高貴な中にもいろいろとご苦労があったわけで、そこにわたしが寄り添ってこられたということは、心からの喜びなのでした。

わたしは夫人室を出て、お屋敷の北の奥に位置する自室まで下がりました。奥様付きのわたしには、日本館と呼ばれる建坪八百坪にも及ぶお屋敷の中に四畳半の自室が与えられています。他の住み込みの家職人や女中の多くは、敷地内に別棟で住宅が建っていて、そこで居住しております。なにしろ、このお屋敷には百人近い使用人がいるのですから大変です。家族持ちの使用人は、長屋に家族ごと住んでおります。同じ敷地内といっても、森のような庭の向こうですから、日本館からは、そういったごちゃごちゃした住宅はまったく見えません。吉田家の方々は、使用人の生活区画へ足を踏み入れたこともないと思います。

普段ご家族様が生活される日本館とは別に三階建ての西洋館もあり、そこは主に迎賓館として使用されています。西洋館の前には、何百人ものお客様をご招待してのガーデンパーティが開けるほどの芝生の庭があります。東京市小石川区第六天町《だいろくてんちょう》にある吉田邸は、敷地面積が一万六千坪もあるお屋敷なのです。高台にあることもあって、おのずと一般世間とは隔絶された高貴な場所のように思えるのでした。

ご近所には、最後の将軍であらせられた徳川慶喜《とくがわよしのぶ》様のお屋敷、会津松平《まつだいら》家などが連なっておりました。ご近所といっても、それぞれの敷地が広いうえ、樹木で隔てられ、建物を見ることはかないません。神田上水から緩やかに登る坂の上のてっぺんにありましたから、お天気のいい日には、遠くに富士山を望むことができました。

お住まいの華族の方々や使用人は、この土地のことを親しみを込めて「第六天」と呼んでおりました。

自室でわたしも手早く着替えました。外出用のお召《めし》から、木綿の着物にメリンスの半幅帯へ。大事なお召は、衣紋《えもん》掛けに掛けてしばらく風を通すことにいたしました。わたしたち華族様にご奉公に上がる女中は、まずまず上等なものを身に付けねばなりません。奥様について外出することの多いわたしは特に気を遣います。しかし吉田家では、女中の着物や帯は支給されるので、それにかかる費用について頭を悩ますことはありません。お給金も奉公に上がったばかりの女中でも月に十五円と、街中の女中より随分恵まれています。

その上に、使用人には下され物がございます。年に二度、盆と年末に御前様からという名目の下され物。それとは別に、女中たちは奥の勤めなので、奥の下され物があります。たいていが着物や帯や浴衣、小物等で、一応、御後室《ごこうしつ》様や奥様のお召し古しということになっておりますが、たいしてお手を通しておられないきれいで高価なものです。「お納戸《なんど》払い」とも呼ばれるこの習いが、女中たちにとっては、華族家に勤める楽しみであり、収穫でもあります。

しかし、それに勝る理由が、華族家にご奉公に上がったということが最高の行儀見習いとなって、よい嫁ぎ先が見つかるというものでした。わたしもわたしの両親も、そのつもりで吉田侯爵様のお屋敷でのご奉公を決めたのでした。そして韶子奥様専属の女中として勤め、気がついたらわたしももうじき三十歳に手が届く年齢になりました。

今さら嫁の貰《もら》い手もないでしょう。わたしはこうして韶子様に一生奉公をして、お尽くし申し上げる覚悟です。両親もとうに諦めたようです。

奥様に「ゆっくりしなさい」とは言ってもらえましたが、その言葉通り、自室でじっとしているわけにはいきません。いつお呼びがかかってもいいように、専属女中が詰める「お次の間」という控えの間に向かいました。「お次の間」では、常時七、八人の女中が詰めていて、お裁縫などをしながらそれぞれ決まったご家族から用事を言いつけられるのを待っております。

わたしが畳の上に腰を下ろすと、八重乃《やえの》さんがそっとすり寄ってきました。

「どうだったの？　竹之井様のところは」

縫いかけの浴衣を膝の上に置いたまま、手は止まっています。八重乃さんは、御後室様に付いておられる三人の女中の一人です。御後室様というのは、房興様の養母に当たる倭子《しずこ》様という方で、養父である先の御前様、房元《ふさもと》様はもう亡くなられてしまいました。年を取ってやや体が弱られた倭子様には、お世話係として三人の女中が付いています。わたしは竹之井邸での一部始終を八重乃さんに語って聞かせました。津和子様は、このたび横山《よこやま》男爵のご継嗣でいらっしゃる晴信《はるのぶ》様とのご結婚が整われたのです。

「横山男爵様のところの晴信様って大変な美男子なんですってね」

「そうなんですか？」

「津和子様はお写真を見ただけでご了承なさったそうよ」

「へええ」

八重乃さんは、針を持ち上げながら楽しそうに話します。たぶん、そういう情報は、御後室様がどなたかとお話になられたのをそばで聞いたりして得るのでしょう。

ご華族様の結婚は、とにかくご本人の意思は関係なく、周囲の意向で決められてしまいます。家の格式、爵位や当事者の年齢などを鑑みて、ご両親やご親戚が慎重にお相手を選ばれるということがほとんどです。

房興様と韶子奥様もそのような段取りでご結婚が決まったのです。けれどもそれでうまくいっているのですから、こういうやり方もあながち間違いではないのでしょう。房興様と韶子奥様は、お互いを信頼され、頼りにされて寄り添う素晴らしいご夫婦でいらっしゃいます。

その後も八重乃さんは、横山家は船舶会社の事業が大変うまくいっていて裕福なので、津和子様が不自由することはないだろうというような事情を語りました。わたしよりも、そばで聞いていた他の女中たちが興味を持って耳を傾けていました。

八重乃さんは、もうすぐ四十歳になる中堅の女中です。彼女も吉田家に一生奉公をするつもりでいるのでしょう。この家の使用人の多くはお国の人たちで占められています。八重乃さんもそうです。お国のご両親は、元藩主の吉田様にお仕えするのを誉《ほま》れと考えていて、喜んでいるそうです。わたしのように東京の下町育ちというのは、少数派です。

ざっくばらんな性格の八重乃さんは、わたしがこちらに上がった時から、指導係としてつきっきりでいろいろなことを教えてくれました。わたしが知らない吉田家の歴史や内情などを詳しく教えてくれたりもするので、助かりました。ただし、彼女のやや独断的な感想が付いてくるので、そこはわきまえて聞かなければなりません。女中頭の辰野さんの陰口をこそっと言ったりするのも、八重乃さんならではです。

広いお屋敷の中は「表」と「裏」に分かれています。「御役所」と言われる事務職の男性たちが詰めている場所が「表」で、家を維持管理する家政機関のことです。家令の坂本さんを筆頭に、その下に家扶さんが三人、家従《かじゅう》さんが五、六人います。その他、男の使用人たちをひっくるめて家職人《かしょくにん》と呼んでいます。

「奥」は女中たちが勤める場所です。老女《ろうじょ》とも呼ばれる年長の女中頭は四人ほどいて、辰野さんはその中でも最も上の地位にいらっしゃる方です。ご一家の生活空間万端を取り仕切る責任者です。元は庄越藩の士族の子女であった辰野さんは、まさにその任にふさわしいお方です。女中はたいてい下の名前で呼ばれるのに、辰野さんだけはご苗字《みょうじ》なのも、男性の使用人と同じで特権を持たれている印象が強いのです。この家に来た時、「タツノ」というお名前の方なのかしらと思ったら、ご苗字だったので驚いた記憶があります。

女中たちは、辰野さんがしょっちゅう口にする「吉田家の面目を保つために」を常に意識していなければなりません。ご奉公に上がってまだ日の浅い女中などはいつもぴりぴりしています。

「そういえば竹之井様のところで黒河《くろかわ》子爵様にお会いしましたの。慈仁《しげひと》様もお祝いにいらっしゃってたみたいです」

わたしがふと思い出してそう口にすると、八重乃さんは「あら、そう！」と目を輝かせました。黒河慈仁様は、吉田家の親戚筋に当たられる方です。先代の御前様とも御後室様とも縁戚ということで、よくこの家に出入りされておられます。房興様も親戚関係の中では同年配の慈仁様と一番ご懇意にされているようです。慈仁様が千葉で農場を経営する事業を始められた折には、結構な額の援助をされたようです。

慈仁様は陽気で人懐っこい性格で、この家の女中たちにも気安く声をかけてくださいます。だから女中たちにも人気があります。特に八重乃さんは、「あのもみあげが素敵よね」とか「どうしてご結婚なさらないのかしら」などと気にしています。辰野さんの耳に入ったら大変です。奉公に上がったお屋敷のご家族、ご親戚の噂をするなんて、とんでもないこと。立場をわきまえないと叱られるに決まっています。辰野さんは、奥の隅々にまで目を光らせています。とにかく辰野さんの采配に従って奥は動いているのです。

毎日の食事は、コックとその助手が和洋取り混ぜて作りますが、台所にも下働きの女中が数人はおります。配膳や給仕はまた別の女中です。御前様、奥様たちのお召し物のお世話をする係もいるので、特にお付きの女中が手を貸すこともございません。お衣裳《いしょう》に関しては、縫ったり洗ったり、アイロンをかけたりする係もおります。掃除の係は一日中、どこか拭いたり磨いたり。電気が来る前は、ランプのホヤを磨くだけの係もいたそうです。そんなだから、お付き女中はたいしてすることはないのですが、気を緩めるわけにはいきません。手持無沙汰にしていたり、奥様のお呼びにすぐに応じられなかったりしては、お付き女中の面目が立ちません。

「若様、お帰りー」

玄関の方から声がかかりました。その辺りにいた女中たちがお迎えのため、玄関へ足早に向かいます。わたしも一緒に玄関内の廊下まで出ました。玄関脇の御役所に控えていた家職人やら書生やらも出てきました。

正門から入ってきたフォードが、未だに馬車廻《ばしゃまわ》しと呼ばれている砂利敷きのカーブを回って来ました。学習院の幼稚園に通われている房通様のお顔が、窓の向こうに見えました。ずらりと並んだ使用人たちを見て、にこっと笑われました。房通様は、奥様に似て色白で目が大きく、とても可愛《かわい》らしいお子様です。ビロードの上着とお揃いの短いズボンがまたよくお似合いでいらっしゃいます。

フォードが内玄関前に停車すると、助手席から若い島尾《しまお》さんが飛び降りてきました。そして後部座席のドアをさっと開けました。房通様は、島尾さんが手を貸す前に、ご自分でぴょんと飛び下りられました。島尾さんは、うやうやしくお辞儀をいたします。驚くことに、島尾さんは、ただ若様の車のドアの開け閉めをするためだけに自動車に乗っていくのです。

房通さまは、内玄関に走り込んでいらっしゃいました。本玄関の横に設けられたやや小さな玄関を内玄関といい、お子様はここから出入りするように決まっているのです。華族家では、お子様への躾《しつけ》も厳しいものがございます。

「お帰りなさいませ」

並んだ皆が揃って頭を下げるのを見て、ようやく落ち着きを取り戻された房通様は、「うん。今帰ったよ」とお答えになり、「お迎えありがとう」と続けられました。こういう使用人へのお言葉遣いも、お父様やお母様、また家令の坂本さんから厳しく教えられているのです。

フォードから降りてきた房通様のお付き女中の千代《ちよ》さんが、「お母様にご挨拶をいたしましょう」とおっしゃると、若様は元気に「うん！」と答えられて、広い畳廊下を奥に進まれました。わたしもその後に続いて階段を上がりました。

「若様のお戻りでございます」

夫人室のドアを千代さんが引くと、若様は「お母様、ただいま帰りました」と深くお辞儀をされました。その仕草がまたこの上もなく可愛らしいのでございます。わたしのところからは見えませんが、奥様がお優しい目で房通様を見やったのが手に取るようにわかりました。

「お帰りなさい。こちらにいらっしゃい」

奥様のお声に、若様は嬉しそうにお部屋の中に駆け込まれました。やはりまだ五歳のお子様です。椅子にかけたお母様のお膝に頭をすり寄せられて甘える仕草をされます。奥様は、そんな若様を愛《いと》おしそうに眺め、頭を撫でておられました。

「さあ、若様。おあいのもの（おやつ）を用意してございますよ」

千代さんは、せかせかと若様に近寄って、慈愛に満ちた母子を引き離してしまいます。

華族家では、親からお子様に手渡しでお菓子などを与えるということはありません。お子様たちには、用意されたものがあり、お付きの女中が決められた分量のものを差し上げるという決まりになっています。お菓子は出入りの商人から買い上げたものや、御膳所《ごぜんしょ》といわれる台所でコックが作ったもので、どれもこれも辰野さんかその下の老女が選ぶのです。それが使用人の仕事ですので、若様であっても、「あれが食べたい。これを買って」と言うことはできません。

華族様は、恵まれているようで案外ご不自由な生活をされているのです。

「さあ、若様、お方《かた》へ参りましょう」

千代さんは、房通様を促します。「お方」というのは、子ども部屋のことです。若様には、「一のお方」と言い慣《なら》わされている八畳の間があてられています。中庭を挟んだ向かいには、「二のお方」があります。そこには房興様の末妹の田鶴子《たづこ》様が暮らしておられるのです。

以前はこの家にはたくさんのお嬢様がいらっしゃって、お方もたくさんあったのですが、皆よそへ嫁いでいかれたので空き部屋になっております。しかし誰も空き部屋のことなど気にしておりません。何せこの日本館には六十ものお部屋があるのですから。

千代さんは、入り口のところでぐずぐずする若様を引き立てるようにいたします。奥様は、ちょっと寂しそうな表情を見せられましたが、すぐにそれを引っ込めておしまいになりました。

「ミチさん、たくさんおあがりなさい」

愛称で呼ばれて、嬉しそうに頷いた房通様は、千代さんと出ていかれました。わたしの横をすり抜けていく千代さんは、うつむいたままです。まだ二十歳かそこらの若い千代さんは、辰野さんに教えられた通りのことを従順にするしかないのです。華族様のお子様を躾けるのは、お忙しいご両親よりもおそばに仕える使用人という側面もございます。いずれ吉田家の当主になられる房通様には、家令の坂本さんや辰野さんが日常の細々したことまでお教えになるのです。

まだお小さい若様は女中と接することが多く、その分、辰野さんが気を配っています。辰野さんが直接ご注意申し上げることもありますが、お付きの千代さんにもよく気をつけるよう申し渡してあるのです。房通様が間違ったことをすると、辰野さんはたちまち千代さんを叱ります。

「何のためにおそばに付いているのです」

そう言われてうなだれている千代さんを、何度も見ました。八重乃さんくらい年をとって熟練の女中になれば、ある程度は融通もきいてこっそりと若様の好きなようにさせておあげになることもできたでしょうに、若い千代さんは辰野さんに叱られまいと必死なのでした。また辰野さんもそれをわかった上で千代さんを房通様に付けているのです。

女中頭の辰野さんの力は、奥では絶大なものがあります。ご奉公に上がって四十年にもなりましょうか。彼女は一生を吉田家に捧《ささ》げたのですから。でもそれだけではないのです。辰野さんの後ろには、御後室様が付いていらっしゃる。辰野さんの采配は、つまりは御後室様のご意向ということになるのです。

公家華族から武家華族へ嫁がれた韶子様も相当に苦労されたと思います。それはわたしもおそばで見ておりましたから、よくわかります。

まず面食らわれたのは、武家華族様特有の言葉遣いでしょう。一度天野家へ入ったわたしには、その違いがよくわかりました。公家華族様ではゆったりした柔らかなお言葉遣いでしたのに、武家華族様ではやたらと固い言い回しをされます。天野伯爵様のところでは、「承りました」とおっしゃるところが「委細承知いたしました」となり、寝間に入られることを「おひけでございます」と言っていたのが「御寝《ぎょしん》あそばされました」となります。「おっしゃる」は「御意あそばす」、

「もう少し差し上げましょうか」と尋ねる時は「御加増《ごかぞう》いたしますか」となります。お嬢様方がいらっしゃった時には、「おとと様（お父様）の御意に従って」とか「おたた様（お母様）に拝領いたしました」と慇懃《いんぎん》な言葉を使っていらしたとか。

先代が生きておられた時は、お国元から来た家職人が、時々「殿様」と呼んでいました。

しかしこういうことは些細《ささい》なことです。言葉などはすぐに憶えられます。

ご自身も武家華族からお輿入れしてこられた御後室様は、元大名ということにことのほかこだわっておられて、韶子奥様に厳しく当たるのです。奥様がこの家に入られた当初は、公家華族との違いを並べ立て、韶子奥様の行き届かないところ、間違った作法などをあげつらっておいででした。それに辰野さんも同調するものですから、韶子奥様はおかわいそうでした。それでも口ごたえすることもないのです。

御後室様に細かいところを口酸っぱく指摘され、ついでのように公家華族を蔑むようなことを言われても黙って聞いていて、おしまいに「そうでございますか」とか「ごめんあそばせ」とおっしゃるのです。そうすると御後室様も辰野さんも鼻白んでしまい、お口をつぐんでしまわれます。

わたしは密《ひそ》かに胸のすく思いをしたものです。賢い韶子奥様は、そうやってさらりと受け流し、やんわりとやり返しているのだなと思いました。もちろんそんなことは口にいたしませんでしたけれど。

それというのも、奥様には房興様という強い味方があるからなのでした。房興様は奥様と一人息子の房通様を大変愛おしんでおられます。先の御前様が亡くなられたのは四年半前になります。そして房興様が家督を継がれたわけですけれど、少しずつご自分のやり方を取り入れられるようになりました。お若い頃、イギリスに長く留学されていたこともあり、西洋風の考えや生活様式を持ち込まれたのです。それは御後室様には我慢のならないことだったと思います。

先代様の時から、日本館の中には大テーブルのある洋室もありました。それでもご家族は別々にお食事を取っておいでででした。それを房興様は、夕食だけでも皆で揃って食事をするという形式に改めたのです。御後室様は反感を持たれて、しばらくは今まで通りお一人でお食事をされていたのですが、時々は洋室に出て来られるようになりました。

でも未だに御後室様が不満を持っていらっしゃるのは、房通様のご教育のことです。房通様は吉田家の「お後嗣《と》り」と大事にされる一方で、元大名としての教育をきちんと施されるよう、皆が心を砕いておりました。

武家華族の習いとして、七歳の学齢に達すると、敷地の中に「学寮《がくりょう》」という別棟を建ててそこで男所帯で暮らします。要するに家族とは引き離されるわけです。そこで書生や付き人がお世話をし、時には国元から呼び寄せた同年代の男の子が共に学んだりします。週末だけ本邸に戻って家族と過ごすということが、今までの習いでございました。房興様もお小さい時はそんな生活をされたとか。

ところが韶子奥様は、小さな若様を手放すのを嫌がられたのでした。

「まだ小さいですからかわいそう」と悲しがられました。

もちろん、御後室様はじめ、坂本さんも辰野さんも「とんでもない」と目くじらを立てられました。しかし韶子奥様の意向を聞いた房興様が、軽い調子で「それなら学寮なんぞにやることはない。今まで通り家にいればいい」とおっしゃったものですから、それこそ腰を抜かさんばかりに驚いたのです。

「別にいいじゃないか。これからはそんなやり方は古い。子どもは家族で慈しんで育てるものだ」

房興様は御後室様や古くからの使用人の言い分を、まったく意に介しませんでした。ひと悶《もん》着《ちゃく》はあったのですが、結局はご当主である房興様の意見が通りました。それで来年から学習院の初等科へ通われる若様は、ご両親と一緒に暮らせるようになったのでした。そういえば、「おと様」「おたた様」という古い呼び方も改められ、「お父様」「お母様」とされました。華族様の中には、外交官となって家族ごと外国にお住まいになる方もおられ、そういった方々のご家庭では「パパ」「ママ」と呼ばせていたりされるとも聞きました。御維新《ごいっしん》以降、国の政策で西洋化が進み、古いしきたりなどは次第に改められるようになってきたのです。

「そのうち華族なんていう特権階級はなくなるに決まっている。その時に一般の者と感覚がずれていると困る」

房興様は独特のお考えをお持ちでした。

「ばかげた殿様教育はよしにしよう。これは房通のためだ」

そこまで言われて、御後室様はぶるぶる震えるほどお怒りになったといいます。

そんなふうに房興様には、客観的と申しましょうか、世を冷めた目で見るというか、そういうところがございました。ご自身は貴族院議員をされているのに、華族にも元藩主というものにも、何の価値も見出《みいだ》しておられないご様子です。房興様のその思いに、韶子奥様はそっと寄り添っておいでした。可愛らしい若様にも恵まれて、お幸せになりだと、わたしはほっと胸を撫で下ろしたのでした。

「ごめんあそばせ。ただいま柳井《やない》子爵様ご室様がお出ましにございます」

ツタさんが韶子奥様を呼びにこられました。

「はい、ただいま参ります」

そう答えたのは、わたしです。奥様は、すっと立って廊下に出られました。華族のご婦人方というのは、たとえ家にいたとしても隙のない身支度でいらっしゃいます。いつどなたがお見えになってもすぐにお相手ができるようにされているのです。外出やお客様の予定がない時でも、奥様は朝起きると銘仙の着物を着て髪を結い、お湯を使われ、お昼前には縮緬《ちりめん》などのお着物を召されました。

お屋敷の端の応接室まで行くのに、大きなお屋敷ではかなりの距離を歩いていかなければなりません。常に奥様について歩くわたしは、奥様の歩き方を感心して見ています。今はお着物をお召しなので、足を出して次にその足に重心を移し、そしてもう片方の足を出す、というやり方でございます。姿勢よく、おしとやかな歩き方です。しかし洋装の時はこれとは違って、足と共に前へ重心を移すというやり方です。そうすると、重心が高いところにあるままお尻がかすかに揺れるのでございます。

こういう起居動作は、ご実家におられる時から身に付いていらっしゃったのです。華族様というのは、わたしたち平民にはない稟性《ひんせい》をお持ちなのだと常々思うのです。

「ごきげんよろしゅう」

奥様は、応接室の入り口で深々とお辞儀をされました。

「韶子さん、ごきげんよろしゅう」

柳井子爵ご夫人の礼子《あやこ》様も立ち上がって頭を下げられました。御後室様の倭子様と同年配でいらっしゃいます。お二人の束髪《そくはつ》には、同じくらいの量の銀髪が混じっておられます。倭子様と礼子様のお母様同士が従姉妹《いとこ》であられたということで、仲がよろしいのです。柳井子爵は、在イギリス大使館付陸軍武官として赴任中なので、礼子様はよく吉田家を訪ねて来られます。

日本館の中にあっても応接室は、暖炉をそなえた洋室です。先代が、こちらでもお客様のおもてなしができるよう後で建て増ししたと聞きました。それでお屋敷から少し飛び出した造りになっています。シャンデリアや絨毯《じゅうたん》、キャビネットなどはヨーロッパに注文して取り寄せたものだと伺いました。

「今日は、礼子さんは田鶴子に縁談を持ってきてくれたのですよ」

倭子様がソファに座るよう促しながら、言われました。

「まあ、そうでございますか。それはよろしゅうございますね」

給仕の女中が、韶子様の紅茶とお菓子を持ってきて並べました。わたしは隣の控えの間に下がりました。控えの間には、御後室様のお付きの一人のツタさんが体を丸めるようにして隅の椅子に座っていました。わたしはちょっと頭を下げてツタさんの前を通りました。そして椅子に浅く腰かけて背筋を伸ばし、正面を向きました。応接室との間のドアは開け放たれているので、こちらでおしゃべりをするわけにはいきません。

お隣の応接室では、礼子様が持ち込まれた縁談の話をさかんにされています。口を挟むのはもっぱら倭子様で、韶子奥様の声はほとんど聞こえてきません。女子学習院に通学されている田鶴子様は、来春ご卒業の予定です。小学生の時に盲腸や大腸カタルに続けて罹《かか》り、一年学校を休学されたので、十九歳におなりです。お嫁にいかれるのにはちょうどよろしいお年頃ではあります。女子学習院に通われているお嬢様方の中には、ご結婚がお決まりで、それを理由に退学される方もいらっしゃるとのことです。

「有難い話だけれど――」倭子様がため息をつかれました。「あの子が承知するかしらねえ。ちょっと変わった子だから。田鶴子は習い事も熱心にしないから、何も身に付かないのよ。上の娘たちとは大違い」

「そこは倭子さんが説得あそばして」

「わたしなどの言うことを聞くものですか。房興さんが甘やかすから」

「そうねえ。房興さんは次々と新しいことを持ち込まれますからね」

オホホと礼子様は笑われました。きっと倭子様から房通様を学寮に入れないことなどを聞き及んでおられるのでしょう。

韶子様がどんなお顔をされたかしらとわたしはちょっと心配になりました。きっと奥様は堂々としておいででしょうが。

「先代のやり方からはいろいろと変わられますわね。倭子さんも大変でいらっしゃいますね」

「そうね。先の御前がお優しい方でしたからね。房興さんにも厳しい態度は取られなかったのよ。でも吉田の家のことはきちんと伝えていかなければね。かつては一国一城の主《あるじ》だったのですからね。国元への顔向けというものがあるでしょう」

「そこがどうしても房興さんにはおわかりにならないのよ」

「あの人にはあの人の考えがあるのでしょうけれど、困ったものね」

「さようでございますね」

「吉田家は、侯爵の中でも徳川諸家に次ぐ家格ですからね」

「本当に。旧大藩知事でいらっしゃったから、侯爵の爵位をいただいたのですものね」

あんなふうに倭子様はちくりちくりと韶子奥様に嫌みを言われるのです。ツタさんが、ちらりとわたしの方を見て、体を縮めました。

ツタさんは、御後室様付きの女中になってまだ一年ほどです。古株の八重乃さん以外の女中は、御後室様や辰野さんの気分次第でよく交代させられます。とにかく奥で采配を振る辰野さんが厳しいので、ツタさんは、大過なく仕事をこなすことだけに気を配っています。極端に口数も少なく、控えめなのは、余計なことをして御後室様や辰野さんの機嫌を損ねないように心を砕いているからでしょう。

曲がりなりにも御後室様に付いているのですから、吉田家の事情はよく理解していると思いますが、自分を殺してお仕えしているのです。思えばそれが一番いい方法かもわかりません。八重乃さんが奉公に上がったばかりのわたしに、「華族家では、『ごきげんよう』と『恐れ入ります』だけでたいていは用が足りる」と教えてくれましたが、当を得た忠告だったと思います。余計なことは言うなという教えでしょう。

どこの華族様でも、それなりに複雑な事情を抱えているものです。

房興様は、分家筋からご養子で吉田家に入られました。ですから倭子様とは血のつながりがないのです。しかしそれはそんなに珍しいことではございません。

華族様の特権として貴族院議員になれたり、爵位を世襲できたりするのですが、これらを相続できるのは男子に限られます。ですから、どうしても男子に恵まれなかった家では、娘に婿養子を取るか、分家などの親戚筋から養子をもらうかするしかないのです。

倭子様は、たくさんのお子様に恵まれましたが、すべてが女のお子様でした。長女の和嘉子《わかこ》様、次女の仁子《まさこ》様、四女の盈子《みつこ》様、五女の準子様、そして六女の田鶴子様です。三女の方は夭折《ようせつ》されたと聞きました。準子様も二十歳で亡くなられました。

あまりに女のお子様が続くので、周囲では先代の房元様にお妾《めかけ》さんを置かれることをお勧めしたそうですが、先代は「男子が生まれなければ、よそからもらえばよい」と鷹揚に構えていらっしゃったそうです。実際、家を存続させるためにご養子を受け入れられるお家はたくさんありました。中には実の男のお子があっても、より優秀な養子を他家から入れたりした華族様もあったくらいです。

養子縁組のいきさつは、韶子奥様やわたしがこの家に来る前のことですから、細かいところは八重乃さんに教えてもらいました。男子を産むことができなかった倭子様は、女のお子様を格式の高い家に嫁がせることに躍起になったそうです。和嘉子様はやはり武家華族の池本《いけもと》伯爵家へ、盈子様は立花《たちばな》侯爵家へ、そして倭子様が一番自慢にしているのは、仁子様を君津宮《きみつのみや》という皇族家に嫁がせたことです。宮家には、華族からだと公爵家か侯爵家からでないと嫁ぐことができない決まりなのです。

そんな倭子様を尻目に、房元様が吉田家の家督を譲るために選んだ養子が房興様です。吉田家の分家の四男であった房興様が房元様の養子に入られたのです。その際に、「通庸《みちつね》」という元のお名前から吉田家伝来の「房」を継承する「房興」に改名されたそうです。若様のお名前が房通なのは、ご自分の元のお名前から引き継がせたのでしょう。

房興様を迎え入れることが、倭子様はご不満だったようです。房興様のご実家は、分家でも子爵の家でしたし、房興様は四男だし、長くイギリスに留学されていて、華族の生活様式や資産管理、家計の運営、家臣の統率などには不慣れであるというのがその理由だったそうです。

「でもまあ、要するに御後室様は房興様が気に入らなかったのよ」

八重乃さんは、そう切って捨てたものです。飄々《ひょうひょう》としていて辰野さんをそれほど怖がらない八重乃さんは、透徹した視点で吉田家の歴史を見てきた人です。

房興様のご実家もやや複雑な事情をお抱えだったようで、房興様はご当主様の三番目のお妾さんが産んだお子様だったようです。倭子様は「わき腹の子」と蔑んだ言い方をなさっていたと八重乃さんは言いました。しかも実のお母様という方は、奉公に上がったばかりの若い女中だったということです。いわゆる「お手付き女中」というものでした。正妻様や、年上のお妾さんに疎まれて、房興様は生まれてすぐに乳母の手に託されたそうです。

そんな事情から、房興様が若い時分にお付きもなく、たった一人でイギリスへ留学させられたのは、「へや住み」の身分で持て余されていたからだと倭子様は断じていたそうです。房興様は、ご実家でも家族の情から切り離されたお寂しい方なのかもしれません。

先代は、西洋の風に触れ、視野も広くて語学にも堪能で、その上恬淡《てんたん》としたご様子の房興様が気に入られたといいます。

「ああいう男がいいのだ。甘やかされておらず、欲もないからな」

先代の房元様は、初めは年がちょうど合うので、房興様を準子様の婿養子にとお考えだったらしいと聞きました。房興様もそれを受け入れられたのです。ところがある不測の事態が起こり、そのご縁談はうまくいきませんでした。

「韶子さんはどうお思い?」

礼子様が奥様にそう問いかけておられる声が聞こえてきました。

「いいお話でございますね。上月《こうづき》伯爵様のご次男の武知《たけとも》様はとても聡明な方と伺っております。陸大《りくだい》を優秀な成績でご卒業されたとか」

奥様はそつなくお答えになりました。

倭子様は深々とため息をつかれた後、言葉を継がれました。

「でも房興さんは軍人を嫌っておいででしょう? 田鶴子は房興さんの言ったことをそのまま受け入れてしまいますからね」

しばらく会話は途切れ、磁器の紅茶のカップがソーサーと触れ合うかすかな音がするのみになりました。

「ねえ、韶子さん。あなた、田鶴子を説得してくださらない? あの子、あなたの言うことなら聞くと思うのよ」

「さあ、どうでございましょうか」

「それがよろしくてよ。房興さんにも韶子さんからお話を持っていってくだされば。あなた方ご夫婦は仲がおよろしいんですもの」

礼子様は、自分が持ってきた縁談を進めたくてうずうずされておられるようです。

わたしの頭の中に、韶子奥様が御前様にゆったりとした口調でお話しになる様子が浮かんできました。房興様は、奥様の言われることにはたいてい反対はしませんから、この縁談はうまくまとまるかもしれません。

礼子様の言われる通り、お二人は穏やかでとてもお似合いのご夫婦です。もし房興様と準子様との縁談がつつがなく進んでいれば、韶子奥様と出会うこともなかったし、房通様がお生まれになることもなかったでしょう。人の運命とか縁とかの不思議が思われてなりません。

房興様と準子様の間に起こった不測の事態のことをわたしが知ったのは、吉田家に奉公に上がったばかりの時でした。わたしは悲劇的な結末の部分だけは、実際に見聞きいたしました。その顚末《てんまつ》があまりに衝撃的だったので、お屋敷の中では今でも禁句になっています。それは準子様の死に関わることなのです。

まだ十七歳だったわたしは、右も左もわからないでいたので、概要をよくつかめておりませんでした。わたしを指導してくれた八重乃さんは、あちこちで情報を収集し、わたしにこっそりと教えてくれました。それでも誰にも真相はわからなかったのです。だからわたしが理解している「ことの次第」は、八重乃さんの推測が大いに含まれたものでしかありません。

あの出来事から十年以上が経っても、やはり同じです。吉田家にとっては負の記憶ということなのでしょう。皆様、息を殺して年月の経過がすべてを消し去ってくれるのを待っておられるような気がいたします。それで真相は、ますます靄《もや》がかかったようにうやむやになってしまいました。

房興様が吉田家の婿養子の話をお受けになっても、すぐにこちらにいらっしゃるというわけにはいきませんでした。ある皇族の方が外遊されるのに、お供として半年ほどヨーロッパやアメリカを回るというお仕事を命じられていたからです。帰国されたのは大正十一年の夏の終わりのことでした。

すぐに吉田家に入る準備に取りかかられました。分家の方では、本家からの良縁の申し出に、諸手《もろて》を上げて大賛成でしたから。「へや住み」の四男の身の振り方としては、これ以上ないものとして、出来る限りの準備をして送り出すつもりでいたと思われます。しかしその直後、こともあろうに準子様の妊娠が発覚したのです。房興様はさぞかし面食らわれ、戸惑われたことでしょう。

準子様は、お父様、お母様がどんなに問い詰めても相手が誰だかおっしゃいません。それでお付きの女中を呼びつけて問い質《ただ》したところ、準子様は女中を連れずに車を出させて、どこかへ行かれることが度々あったと白状したのです。女中は、行き先は知らないと泣くばかりです。そうなれば、今度は運転手から行き先を聞くしかありません。

運転手も、行先は知っているけれど、そこで誰と密会していたかは知らないと言い張ります。そうこうするうちに準子様のお腹《なか》はどんどん大きくなり、大正十二年の三月、別邸でこっそりとお産をしたのです。わたしはその前の年に吉田家に上がり、八重乃さんについてもらって行儀作法などを習っていました。一番下っ端のわたしには、奥の事情などは聞かされませんでした。

複雑な事情は、準子様が別邸に移られてから、八重乃さんから聞きました。大正十二年の三月に準子様が出産されたということも、耳ざとい八重乃さんが耳打ちしてくれたのでした。お子様は死産だったそうです。準子様は産後、体も精神も弱られて食べ物も受け付けなくなり、ちょっとした風邪がもとで肺炎を起こして亡くなってしまわれたということです。お産も準子様の死も、別邸でのことでした。わたしを含めた女中たちには、辰野さんから事実だけが告げられたのです。

準子様のご葬儀は、菩提寺《ぼだいじ》でひっそりと行われ、谷中《やなか》にある吉田家の墓所に葬られました。大正十二年の梅雨時期のことだったと記憶しております。わたしは準子様のお顔を数回しか拝見することがありませんでした。線の細い、憂いを帯びたお方でした。でもそれは、後から起こった事実と結び付けて、わたしの脳が作り上げたものかもしれません。

辰野さんからは、「くだらない詮索や噂話をしないこと。外部にも漏らさないこと」ときつく言い渡されました。

ところがこの一連の出来事を、どうしたことか新聞記者が嗅ぎつけて、面白おかしい記事にしてしまったのです。

『吉田侯爵家の令嬢準子さん、未婚のまま出産』

『準子嬢は死産　赤ん坊の父はお抱え運転手か』

『吉田侯爵家の悲劇　準子嬢も病死　死んだ我が子の後を追って』

八重乃さんは東洋日日新聞やら日本中央新聞やらの切り抜きを取っておいたので、わたしはそれを見せてもらったのでした。こんなことが辰野さんに知れたら大変ですけれど、記事の内容に釘付《くぎづ》けになりました。それにしてもひどい記事でした。

房興様と準子様の間の縁談が着々と進んでいたことも暴露されました。準子様は、初めからこの縁談に乗り気ではなかったとか、勝手な推測と誹謗《ひぼう》の連続のようなまともでない記事が次々と書かれていました。結婚が決まった準子様に、いつもそばにいた運転手が言い寄ったのだとか、死産を悲観した準子様はカルモチンを飲んで自殺したのではないかとか、もう言いたい放題。御後室様は、準子様が亡くなられてしばらくは心労で茫然自失《ぼうぜんじしつ》されていたそうですが、この記事を読んで怒り狂ったといいます。

「あれでまた元気におなりだったわね」

八重乃さんはそんなふうに言われました。

夏の盛りの頃、準子様の運転手だった男がふっといなくなりました。誰にも告げずに姿をくらましたのです。きっと新聞にいろいろと憶測記事を書かれてうんざりしたのだと思います。数々の話題を世間に提供してしまった吉田家は、その後も事あるごとに、新聞にあることないことを書き立てられるようになってしまいました。

元大名の名門武家華族が、不幸な出来事に見舞われるのが面白かったのでしょうか。そのうち、使用人たちも慣れっこになってしまいました。新参者の女中であったわたしは、新聞を読む余裕などありませんでしたが、八重乃さんを始め、女中たちはどうにかして新聞を手に入れて読んでいたようです。ご奉公に上がった先のことを書かれているのですから、読まずにはいられなかったのでしょう。

おそらく準子様はお子様を死産され、そのショックがお身体《からだ》に影響して、産後の肥立ちの悪さと重なって命を落とされたというのが本当のところではないでしょうか。妊娠してお子様を産み落とされたということは事実ですけれど、相手の男性に関してはご本人が固く口を閉ざされたまま亡くなられたのですから、もはや誰にも真相はわからなくなってしまいました。

華族様の中には犯罪に加担したり、不行状なことを為《な》されたりする方がちらほらいらして、中には、華族夫人がお抱え運転手と道ならぬ間柄になり、二人で手に手を取って心中をされたりする事件も起こりました。そういうことで新聞記者は安易に、いなくなった運転手が準子様のお相手だということにしたのでしょう。続けざまに起こったことを勝手に関連付けて、記者は無責任に煽情的な記事を書き立てたのです。

華族という特権階級のことを書くと、新聞はよく売れる。それだけ一般の人たちの関心が高いということです。だからあることないことを書いて澄ましているのだそうです。華族様の方でも、そうした記事に対して抗議したり訴訟を起こしたりするのは恥の上塗りであり、さらに騒がれるとわかっているので、黙ってやり過ごすのが常となっているのでした。

読者に飽きられないよう新聞は次々と話題を変えていくので、やがては世間から忘れ去られていくのです。それを待つしかないといいます。情けなく悔しいことではありますが、これも恵まれた地位を世襲していける華族様の一種の試練でもあるということなのでしょうか。

とにかく、この不名誉な顛末を覆すためにも、また吉田家の跡継を得るためにも、房興様には立派な奥様が必要だったのです。そこで二年の後に選ばれたのが、天野韶子様だったというわけです。その際にわたしは韶子奥様付きの女中になったのですけれど、こんな不愉快なことは決して奥様の耳には入れまいと決めていました。

しかしよくよく考えると、韶子様はこういうことすべてを知った上で房興様と結婚なすったのではないかと思えるようになりました。これほど世間を騒がせた出来事を、天野伯爵様の方で承知していないはずはない。天野伯爵様のところにも目端の利く老女がおりましたから、こちらに来てから動転することのないように、ある程度の知識は授けられたのではないでしょうか。賢明な韶子様は、何もかも呑《の》み込んで、黙って吉田侯爵家へ来られたのだ。そう思えたのです。

房興様が、奥様にそうした過去の詳細を伝えたかどうかはわたしにはわかりません。

「それじゃあ、頼みましたよ。韶子さん」

倭子様の言葉にわたしは我に返りました。奥様は、田鶴子様に縁談の話をして納得させるという難しいお役目を押し付けられたようです。準子様のことがあってから、御後室様は、娘をいい家に嫁がせるという意欲を失っておしまいになったのかもしれません。一人家に残られた田鶴子様にも、少し冷淡に当たられているような気もいたします。

家というものを重んじる華族様は、わたしたちが思うより難しい立場においでなのです。

「それにしても房興さんに一人しかお子がないのは寂しいですわね」

礼子様が甲高い声で言われます。

「韶子さん、どうなの？　次のお子さんは？　こういう名門のお家にはね、いくらお子がいてもいいものですよ。お子をもうけてお家の繁栄に尽くすのも女の仕事ですからね。わたくしなどは、九人もの子を産みましたよ」

きっと奥様は曖昧に微笑《ほほえ》まれたことでしょう。房通様というお世継ぎを産んでも安心できるものではありません。幼いお子様が立派に成人になられるとは限らないからです。優秀なお抱えの侍医がいらっしゃるとはいえ、病に取りつかれて命を落とす方は多いのです。次男、三男と続けて産んで、家の安泰につなげなければならないと礼子様はおっしゃっているのでしょう。

「房通さんもご兄弟がないと寂しいでしょうにね」

礼子様が言葉を継がれましたが、韶子様も、男のお子様に恵まれなかった倭子様も話に乗ってこないので、礼子様は小さく咳払《せきばら》いをされました。そして話題を竹之井伯爵様のところのご婚礼の話へと転じました。

「竹之井伯爵様が横山男爵様へお嬢様を嫁がせるとは思いませんでしたわ。伯爵家から男爵家ですからね。まあ、横山様は羽振りはいいようですけれど。先だって、麻布《あざぶ》の森元町《もりもとちょう》に一万坪もの土地をお買い求めになってそれはそれは豪奢《ごうしゃ》な洋館をお建てになったそうですわ」

「でもあそこは新華族でしょう？」

倭子様がやや蔑むような口調でおっしゃいました。華族様の種類の中には、武家華族と公家華族の他に、勲功《くんこう》華族というものがございます。下級武士や平民の出でも国家の功労者に爵位を与えるという制度のことです。政治家、官僚、軍人などから選ばれました。伊藤博文《いとうひろぶみ》伯爵や山縣有朋《やまがたありとも》伯爵などがそうです。その他、勲功華族の中には、実業家で財閥を作り上げた方々も含まれます。たくさんの大企業を設立された渋沢栄一《しぶさわえいいち》様や三菱《みつびし》財閥の岩崎久弥《いわさきひさや》様などがこれに入ります。

そうしたにわかに華族として取り立てられた方々のことを、もともとの華族様は「新華族」と呼んで差別していらっしゃいます。その裏には「成り上がり者」という意が含まれているのです。何とも複雑怪奇なあり様ではありませんか。

それから小一時間ほどおしゃべりをされて、礼子様は帰っていかれました。

西洋館の前の広い芝生で、房通様が犬のジョンと遊んでいらっしゃいます。

一緒にジョンを追いかけているのは、房興様のご友人の谷田彦三郎《たにだひこさぶろう》様のご子息の充嗣《みつぐ》様です。充嗣様は十歳におなりで、房通様にとってはお兄様のような間柄でしょうか。投げたボールをジョンに取って来させるという遊びを、二人で飽かずに繰り返しています。まだそう遠くへボールを投げることのできない房通様に、充嗣様はボールの投げ方を優しく教えて差し上げています。

そんな様子を房興様と韶子様、谷田ご夫妻がガーデンチェアに座って和やかに見ていらっしゃいます。房興様と谷田様は、互いに心を許したご友人です。お二人は、共にイギリスのケンブリッジ大学で学ばれたとお聞きしています。その時に、無二の親友になられたとか。貴族院議員や各種名誉職のお仕事、また吉田家の交際などで忙しくされている房興様にとって、谷田様のご一家とくつろがれるひと時は、何ものにも代え難い時間だと思います。

谷田様は華族ではありません。日本郵船にお勤めで、奥様の京子《きょうこ》様とは恋愛結婚だったそうです。京子様のお膝には、まだ三歳の美加子《みかこ》様がお座りになって、お兄様方が走り回っているのをご覧になって指を差し、おしゃまなもの言いをされています。

御後室様が谷田様ご一家のお出《い》でをあまり好ましく思っていないのは、谷田様が平民でいらっしゃることと、キリスト教徒でいらっしゃるという理由からだと思います。京子様はお子をもうけることのできないご体質だそうで、谷田様は、それを承知の上で結婚なさったとのこと。

ですが教会の関係で、家庭に恵まれなかった充嗣様と美加子様を、別々のお家から引き取られたのだそうです。そういうところも武家華族としての家格を重んじる御後室様には理解できない部分なのではないでしょうか。ですが、房興様も韶子奥様もそんなことはちっとも気にしていらっしゃいません。谷田様ご一家とは、ひとかけらの偏見も持つことなく、親しく付き合っておられるのです。

そういうわけで、充嗣様は学習院ではなく、東京高等師範学校附属小学校に通われています。

ガーデンテーブルの上には、お茶のご用意がなされています。給仕の沼田《ぬまた》さんが、真っ白な給仕服でテーブルの脇にかしこまって立っています。

芝生の上に直立不動の沼田さんの影が落ちています。今日は少し気温が高いので、おそらく彼の額にはうっすらと汗がにじんでいることでしょう。

ご夫人方はお二人とも洋装です。韶子奥様は広い襟の付いた白いレースのワンピース。京子様はスカート部分に細かい襞《ひだ》をあしらった花模様のドレスで、お二人ともよくお似合いです。京子様は断髪にされていて、アイロンウェーブをかけていらっしゃるので、一層モダンなご様子です。最近は普段着として簡単服が巷《ちまた》でも流行《はや》っているようですが、女中がそんな恰好《かっこう》をするのはもちろんご法度です。

わたしはこういう席では、少し離れたところで控えています。西洋館の影が芝生の上に伸びたその中に椅子を出してもらってかけています。こうした計らいは奥様によるもので、いつもご一家のおそばにいるという気持ちになれるのです。

「本当にあの二人は仲がよいわね」

京子様が走り回るお子様たちを、目を細めて見ておられます。

「ねえ、あなた」と谷田様に言われると、それを受けて谷田様は、御前様に向き直られました。

「君のおかげだな。僕らをこうして呼んでくれて、子どもたちも仲良くさせてもらえて」

「礼を言うのはこちらの方だ。充嗣君はいい子に育ったね。充嗣君に遊んでもらえて房通も喜んでいる」

チェアに座って脚を組まれた御前様は、のんびりとお答えになりました。

「ママ！」

声を弾ませて充嗣様が駆け寄って来られました。美加子様がお母様のお膝からするりと降りて、お兄様に手を伸ばしました。充嗣様は妹様を軽々と抱き上げて、頬を摺《す》り寄せました。美加子様も嬉しそうに声を上げられます。この慈愛に満ちたお二人に血のつながりがないことが、にわかには信じられない仕草です。そしてそれを微笑んで見ていらっしゃる谷田様ご夫妻もまた、お子様をこの上もなく愛していらっしゃるのです。

わたしはキリスト教のことはよくわかりませんが、根底にはこの宗教の教義からくる無償の愛というものがあるのでしょうか。谷田様は、イギリスに留学されている間に洗礼を受けられたと聞きました。

どちらにしてもこの穏やかなご夫婦が、吉田家の当主のご夫婦と懇意にされているのは、自然な成り行きのような気がいたします。

充嗣様の後から、房通様も駆け戻って来られました。

「まあ、ミチさんたら、いっぱい汗をかいて」

奥様は、手にしたハンケチで、若様の額の汗を拭いておあげになりました。房通様は、嬉しそうにお母様のされるままに上向いていらっしゃいます。こういうお二人を見ていると、若様が学寮などにやられなくて本当によかったと思ってしまいます。

房興様が、西洋館の入り口で控えている書生に合図をしました。書生は、小倉《こくら》の袴《はかま》をバサバサいわせながら駆け寄って来ました。そしてジョンに綱を付けました。賢いシェパードのジョンは、おとなしく連れられていきます。

書生は常に五、六人はいて、皆このお屋敷から夜学に通っているのです。

「喉が渇いたでしょう。何か冷たいものを」

すかさず沼田さんがテーブルに近づいて、お二人の男の子の前のコップにオレンジジュースを注《つ》ぎました。お二人は訳もなく笑ってコップを手に取りました。沼田さんは、銀盆からフルーツや焼き菓子を取り分けて差し上げます。それに美加子様も手を伸ばし、お皿ごと落としそうになったりしています。

今日は谷田様一家とご昼食を共にされるとのことなので、西洋館の厨房《ちゅうぼう》では、コックの三島《みしま》さんが、助手たちを指図してお料理の準備をしていることでしょう。お客様とのお食事は、たいてい西洋館で取られることになっています。時には何百人ものお客様を招待したパーティや園遊会を開くこともありますし、外国からのお客様がお出でになることもあります。三島さんは、和食から洋食まで腕を振るう優れた料理人です。普段の日でも、このお屋敷で生活する大勢の人々の食事を用意するのですから大変です。

「おみお膳が上がります」

しばらくすると、家従の一人が食事の用意ができたことを告げに参りました。

一同は揃って西洋館の中に入って行かれました。わたしもその後に続きます。迎賓館として使われている三階建ての西洋館の中は、豪勢な造りになっています。玄関を入ったところが広いホールになっていて、高い天井からはヨーロッパから取り寄せたというシャンデリアが下がっています。建物の真ん中に中庭があり、三階までの吹き抜けになっています。室内の設《しつら》えもイタリア製の大理石、イタリアンシルクの壁絹、中国製の絨毯、ペルシャ製のタペストリーと贅《ぜい》を尽くしています。磨き上げられた家具類は、ロンドンのハンプトン社というところのものだそうです。何でもイギリスのチューダー様式というものでまとめられているとか。上の階には図書室や撞《どう》球《きゅう》室もあります。

これは房興様の趣味ではなく、先代が西洋館を建てられた時に、建築家や宮内省の内匠寮《ないしょうりょう》技師の方、イギリス人の室内装飾家らと相談の上設えられたとお聞きしました。それというのも、吉田家では、貴賓をお招きすることが多いからです。皇族方もお迎えしますし、外国の王族方や高位高官が来日された時には、外務省や宮内省からの要請でご接待申し上げるのです。

一階にはいくつかの応接室やサロンがあり、百三十人が一堂に会して食事をすることのできる大食堂と落ち着いた雰囲気の小食堂が並んでいます。各階には庭に面したバルコニーがついていて、わたしは三階のバルコニーから見渡す景色が大好きです。目の前の芝生やお屋敷の周囲を取り囲む森、木々を透かして見える日本館の屋根。温室や邸内にある稲荷神社、テニスコート、貴重な書物や家宝をしまってある二つの蔵までが一望に見渡せるのです。高台にあって敷地も広いので、よそのお家が見えるということはありません。広いお空とこのお屋敷と、まるでこの世にはこれだけしかないような気にさせられるのです。

御前様と奥様、それに谷田ご夫妻が小食堂のテーブルに着かれました。

お子様方は、千代さんら女中に連れられて別室でお食事ということになります。大人の会話を邪魔しないようにとの配慮です。何度もここに来られている充嗣様も美加子様も、素直に従っていかれました。

四人の前には、三島さんが腕によりをかけた食事が運ばれてきました。給仕担当の女中が、お子様たちのお食事のお世話に回ったので、わたしがこちらのお給仕に手を貸すことになりました。

「ドイツではとうとうヒトラーが独裁権を獲得しただろう？　君はどう思う？」

谷田様がアスパラガスの冷製スープをお口に運びながらおっしゃいました。房興様は、小さくお首を振られます。そっと眉をひそめられたのが、わたしのところからも見えました。

「どうにも気に入らんね。日本も国際連盟を脱退するし。まったくばかげている」

「大陸では関東軍が華北への侵攻を開始したというじゃないか」

ご夫人方は口を挟まず、静かに食事を続けられています。一昨年、満州の柳条湖《りゅうじょうこ》で関東軍が起こした爆破事件をきっかけとして、関東軍は満州全土を占領しました。それ以来、日本は軍国主義に、いえ、戦争に向けてどんどん傾いていくようです。去年五月には、海軍の青年将校らが反乱事件を起こしました。内閣総理大臣官邸に押し入り、総理大臣の犬養毅《いぬかいつよし》閣下を射殺してしまうという恐ろしいことになりました。

そういったことを、房興様は憂慮されておられるのです。

無二の親友の谷田様とは、腹を割ってそういうことをお話しされます。

「君は武家華族なのに、軍部には批判的だね」

わたしが空いた皿を下げると、給仕が鱒《ます》の香草焼きを並べていきます。

「公家も武家もあるものか。華族なんてものは西洋の真似《まね》で偽装的に編み出されたものだ。底の浅さが露呈して、そのうち消えてなくなるさ」

房興様は、谷田様には率直な意見を言われます。こうした相手がいることが、他家から養子に来てこの家を継いだ、ある意味で窮屈な身の上におられる房興様には大事なことなのでしょう。

「まあね。絶対王政期のヨーロッパ貴族とは本質的に違っているな」

谷田様も鷹揚に受けられます。西洋で教養を身に付けられ、英語とフランス語を巧みに操られるお二人は、こうして自由に意見交換されるのです。房興様の辛辣な物言いは続きます。

「明治の世代が懸命に作り上げた大日本帝国は、大きな変潮期を迎えているんだ。欧米文物を模倣した近代化の夢は崩れ去ったというところかな」

「国内産業を振興して国力が盛んになったのはいいけれど、アジアに軍事的暴威を振るわしめ、領土を拡大している。君の言う通り、明治の偉業それ自体がもはや意味を失ってしまったのかもしれないな。まさに行きつくところまで行きついてしまった観がある」

「華族はそうした世相も気にせず、のんべんだらりと特権階級に居座っている。いつまでもその地位が守られると高をくくっているのさ。愚かなものだ」

御後室様が聞いたら、こめかみに青筋を立てそうな会話が続きます。しかし奥様も京子様も、平然とお料理を口に運んでいらっしゃいます。こういう透徹した房興様の物言いにも、遠慮なく自由に意見を述べられる谷田様の口調にも慣れていらっしゃるのです。このお二人も仲良しで、性格も似て大らかで腹の据わったご夫人たちでいらっしゃいます。

谷田様がクスクスと笑われました。

「君は貴族院議員じゃないか」

「ああ、あれほどのまやかしはないよ。貴族院議員でいるから、政治に関わっていると勘違いしているんだ。そういう役目ももう明治の時代に終わってしまった」

「なるほど。華族が歴史の上に占めていた存在理由《レゾン・デートル》はもう失われたんだ」

このところ、インテリと呼ばれる人々や労働階級の中から、華族廃止論や貴族院無用論が公然と言われているということは、わたしも知っております。

忌憚《きたん》のない会話から、お二人ともが、昨今の軍部の台頭に危機感を抱いているのだということも、よくわかりました。特に房興様は軍部を嫌っておいででした。今は皇族や武家華族の男子は、たいてい陸軍士官学校か海軍兵学校などに入学するのが当たり前なのです。

それきり、このお話は打ち切りになり、お食事が終わると、ご夫人方はお子様がいらっしゃるお部屋へ行かれました。御前様と谷田様は、撞球室へ上がられるようです。

「二人じゃつまらないから、黒河君を呼んだらどうだい？」

慈仁様と谷田様は、同じ乗馬クラブに所属されているとかで親しくされているのです。お時間のある時は三人で吉田家に集まり、撞球やブリッジをしたりテニスをしたりして過ごされることがおありになります。

廊下に出たところで、房通様と充嗣様がお部屋から飛び出して来られました。

「お父様、ツグちゃまとお池で遊んでいいでしょう？　お舟に乗りたい」

房興様は優しく微笑まれ、さっきの書生を呼んで子どもたちを舟に乗せるよう命じました。それから家令の坂本さんに、慈仁様に電話をかけるように言いました。

「黒河君は、今、馬術学校を設立する計画を立てているらしいよ」

谷田様は美加子様を抱き上げ、ふんわりした髪の毛を撫でながら言われました。美加子様は可愛らしいお顔で、大きなあくびをなさいました。

「へえ」

房興様は、たいして興味がないような返事をなさいました。

「馬術クラブで知り合った資産家の男と組んでやるらしいが、どうかな。このご時世だ。学校まで行って馬術を習おうなんて輩《やから》はそういないと思うがね」

谷田様は、美加子様を京子様に渡しました。

「軍事色などどこ吹く風の優雅な華族が呑気《のんき》にやって来るんじゃないか」

房興様は皮肉っぽく言われました。

「そうかもしれないが――。僕は反対したんだよ。彼は手広く事業がやりたいんだろうな。千葉の農場の方はどうなんだ？」

「まずまず収益が上がっていると聞いているよ」

「なぜ黒河君は結婚しないんだろう。もういい年なのに」庭に駆けだしていく子どもたちを見ながら、谷田様が八重乃さんと同じことを口にされました。「彼に子どもがいたら、もっと賑《にぎ》やかに遊べるのにな」

房興様は何ともお答えになりませんでした。

慈仁様は、先代房元様の弟の徳臣《のりおみ》様のご子息です。徳臣様は黒河子爵のところへ養子に行かれ、そこでご次男として生まれたのが慈仁様でした。黒河家には、御後室様の叔母様に当たる方がお輿入れをされていて、やはり縁戚に当たります。慈仁様はご次男ですけれど、お兄様がチフスに罹って亡くなられたので、結局は黒河家の跡を継がれたのです。

御後室様は、準子様のお婿様には慈仁様を強く望まれたといいます。慈仁様と準子様ご夫婦で吉田家を盛り立てていってもらいたいと。華族様がいとこどうしで縁組なさる例は案外多いのです。しかし房元様は、妻の倭子様の希望を退けられて、房興様を婿養子に決められたという経緯があるのだそうです。その辺の事情も、御後室様があまり房興様を好もしく思われない理由なのでしょう。

そうこうしているうちに準子様の妊娠が発覚し、死産を経て亡くなられてしまいました。その後、慈仁様は黒河家の跡取りとなられたので、よそに養子に行くわけにはいかなくなりました。こうした各家のいきさつを見ると、家を守るために、華族様は苦心しておられるということがわかります。

八重乃さんによると、準子様とご夫婦になりたかったのに、あんな亡くなり方をしてしまったので、慈仁様は未だに独身を貫いていらっしゃるのではないかということでした。小さい時からお二人は仲のよろしいいとこどうしだったそうですから。

韶子奥様と京子様は、先ほどのお庭のテーブルに座られて、和やかにお話をされています。房通様と充嗣様は、千代さんや書生と一緒に日本館の前のお池の方に行ってしまわれました。美加子様はお昼寝をされ、女中の一人が子守りに残っているようです。わたしもさっきと同じ西洋館の軒下の椅子に腰かけさせていただきました。

森からの濃い緑の匂いを含んだ風に、小鳥のさえずりが混じります。それに被さるように、お二人が交わされるおしゃべりの声が、かすかにわたしのところまで届いてきました。時に肩を震わせて笑ったりする韶子奥様を後ろから見ていると、わたしも幸せな気分になります。谷田様ご夫妻が訪ねて来てくださって、奥様も気晴らしになったでしょう。

というのも、倭子様に頼まれた田鶴子様の説得はうまくいかなかったのです。

「まあ、わたし、結婚なんて全然考えておりませんわ」

そうきっぱりと田鶴子様はおっしゃいました。

「そうですか。でもあなたも来年は学校をご卒業でしょう?」

奥様は、礼子様の持ってこられた縁談がいい条件だということを丁寧に説明されたのですが、案の定、田鶴子様は首を縦に振りません。

「わたし、学習院を卒業したら聖心女子学院へ行きたいと思っていますの」

田鶴子様は、倭子様が聞いたら腰を抜かしそうなことをおっしゃいました。芝白金《しばしろかね》にある聖心女子学院はカトリックの教義に基づいた教育をされている学校です。といっても特に信者でなくても通える学校ですし、華族の子女もたくさん通われていると聞きました。しかし、キリスト教のことを、未だに耶蘇《やそ》などと言う御後室様が許されるわけがありません。

韶子奥様は、無理強いのできない性格ですから、田鶴子様の説得は諦めておしまいになりました。ところが気に染まぬ縁談を押し付けられそうになった田鶴子様は、憤然とお母様のところへ行き、自分の希望を伝えました。そのことでひと悶着が起こったのです。御後室様は本当に腰を抜かさんばかりに驚き、田鶴子様を叱り付けました。

華族家の令嬢は、ある程度の教養を身につければ、あとは家格や身分を鑑みて親や親戚が選んだ相手と結婚するのが習いです。親の意向に逆らうなどということは許されないことなのです。窮屈でご不自由なことのように、平民のわたしなどは思いますが、ご本人は当然のこととして受け入れ、そして嫁いだ先でも同じような裕福な生活をなさるのですから、それはそれでおよろしいのでしょう。

しかし不屈の精神の持ち主の田鶴子様はご自分の意思を通されて、とにかく縁談には「うん」と言いません。御後室様のお怒りは相当のもので、うまく縁談の話を持っていけなかった韶子奥様にまで当たられたりもしました。

言い争いに疲れた御後室様は寝付かれてしまい、一時休戦ということになりました。房興様は気の強い妹を笑ってお許しになり、礼子様には丁重に縁談をお断りになったということです。田鶴子様は、お兄様にも聖心女子学院に進みたいという希望を伝えたらしいのですが、これはどうなるかはまだわかりません。

そんなことがあったので、今日は韶子奥様にはよい骨休めであったと思われるのです。

小一時間もすると、房通様と充嗣様が書生に伴われて戻って来られました。

「お母様、五百木《いおき》はお舟を漕《こ》ぐのがとても上手なんだよ」

「うん、そうだね。池の真ん中の島に上陸したんだ。うまく舟を寄せてね」

房通様と充嗣様に褒められて、この春雪深い北陸から出てきたばかりの書生は、はにかんだように微笑みました。

「いいえ、松印《まつじるし》様も漕がれました。お上手でございました」

お国訛《なま》りの言葉で房通様を精一杯褒めようとします。若様のことを「松印様」と言うのは、お印が松だからです。華族様は、お一人お一人が印をお持ちです。ご兄弟がどれほど多くても、身の回り品に印を付けていれば、見分けがつくからです。御前様は桐《きり》、韶子奥様は藤、御後室様は扇で田鶴子様は牡丹《ぼたん》のお印です。先代の御前は「隆」というめでたい一文字を印として使っておいででした。持ち物に「松」とか「松印」と文字で書くのが一般的でしたが、時には意匠として表したものを付けられることもありました。

生まれた時にご両親や祖父母様が相談してお印を決めるのだそうです。一生使う印ですので、大事なものです。時折、家族どうしや使用人から「松印様」とか「藤印様」などと呼ばれます。田鶴子様は、牡丹印を嫌っておいでで、その呼び方をされると返事をしませんでした。

芝生の向こうの森の中から慈仁様が来るのが見えました。ふと、この方は稲印だったとわたしは思い出しました。慈仁様は、ご自分の印を気に入っているようで、革のお鞄《かばん》やハンケチ、筆記用具などに稲を図案にしたものを入れさせておられます。

「あ、シゲおじちゃまだ」

房通様は喜んで、ぴょんぴょんと跳ねられました。奥様方もお話をやめて、慈仁様が近寄ってくるのを待っています。慈仁様は、駆け寄ってきた房通様をひょいと抱き上げられました。

「重くなったじゃないか。ミチさん」

「そうだよ。もう来年は小学校だからね」

そう言う房通様の頰を、慈仁様はご自分のもみあげにわざと擦り付けました。房通様は、大声を上げて体をのけ反らせています。

「御前はお二階にいますよ」

房通様を下ろされた慈仁様に、奥様がそうお声をかけられました。

「わかりました。谷田君もご一緒でしょう？」

「ええ。いつもの通り。ねえ、慈仁さん、お帰りの前にはお義母《かあ》様のところへお顔を出して差し上げて。あなたの顔を見れば、お義母様も元気が出るでしょうから」

「ええ、そうします」

慈仁様は、素直にそうお答えになりました。西洋館の玄関を入る慈仁様の後ろ姿は、本当に颯《さっ》爽《そう》としていて、女中たちが夢中になるはずだと思いました。

韶子様は、また京子様との会話に戻られました。若様たちは、五百木さんや「お相手」と呼ばれる三、四人の子どもたちとクロッケーを始めました。「お相手」とは、長屋に住み込んでいる家職人たちの子どもが、遊びのお相手になることです。房通様は一人っ子なので、お相手たちは貴重な存在です。

充嗣様が打った球がころころ転がっていって、森の方に消えてしまいました。笑いながらそれを追いかける若様たちの声が遠ざかります。

わたしはつい微笑んでしまいます。今頰を撫でた陽春の風に。空の高みから聞こえるひばりの歌声に。森の中でも一本すっと伸びた樅の木のてっぺんに。厨房の窓から漏れ聞こえる皿やフォーク類の触れ合う音に。子どもたちの笑い声に。

この一点の曇りもないお幸せなご一家のあり様に。

わたしはこの第六天という地と、ここに暮らす人々を心から愛しているのでした。

しかしあの恐ろしい夏が来たのは、その年のことでした。

暑い夏でした。あれほど暑い日が続かなければ、吉田家はあのまま絵に描いたような幸福を享受できたはずでした。いえ、やはりあれは避けて通れない道だったのでございましょうか。いくら考えてもわたしにはわかりません。

まず空梅雨から始まりました。御膳所に野菜を納めに来る農家や八百屋が、水がなくていい作物ができないとぼやいていると聞きました。出入りの和菓子屋も小間物屋も、商人部屋と呼ばれる小部屋に上がって来るなり、「暑い、暑い」と汗を拭いていました。老女たちが品定めをする間も「暑い、暑い」というものですから、辰野さんに「暑いことはわかっています」とぴしゃりと言われておりました。

雨がないまま、七月、八月を迎えました。あちこちで水不足が言われるようになりました。お屋敷では水道も通っておりますし、不自由のないよう使用人たちが気を配るので、それほど困ったことにはなりませんでした。

ただ日本館の前の池がどんどん干上がってきたのです。どろりとした底の水があちこちで溜《た》まり、そこに鯉やら鯰《なまず》やらが集まって口をパクパクさせているのが、どうにも気味の悪いことでした。若様は夏の間中、舟遊びができなくて残念そうな顔をなさっていました。外から水を引き込んで滝にしているところも水量が落ち、まるで勢いがなくなってしまいました。

盆も過ぎた頃のことです。いつもは群青色の水が深く溜まり、落水で渦巻いている滝壺が浅くみすぼらしくなっていました。それで滝壺の底の様子がわかるようになったのです。園丁が見たところ、水底で組まれていた石がいくつか崩れているようだということでした。広大なお庭を維持するために、常に三、四人は専属の園丁がいるのです。年長の園丁が推測するに、震災で崩れてしまっていたのに気づかないでいたのではないかということでした。

大正十二年九月一日に関東大震災が起こった時のことは、よく憶えております。

ご奉公にもようやく慣れたところでした。地震が起こった時、わたしはたまたま田鶴子様のお部屋におりました。何か用事を言いつかっていたのだと思います。田鶴子様はまだ九つほどでした。開け放たれていた窓から、ゴーッという音がしました。田鶴子様とわたしが、はっと窓の方を見た瞬間、下から突き上げるような揺れが来て、とても立っていられなくなりました。衝立《ついたて》やら箪笥《たんす》やらがバタバタと倒れてきて、私は何が何だかわからないうちに、倒れ込んだ田鶴子様の体の上に伏せたのでした。

老女の一人が血相を変えて飛び込んできて、「お姫様《ひい》! お逃げあそばして!」と叫んだことが印象に残っております。

とにかく東京中が大混乱でした。あちこちで半鐘がジャンジャンと鳴り続けていました。第六天町一帯もそこかしこで火災が起こりました。吉田邸は庭が広く、木々が繁っておりましたので、それが防火帯となって焼けずにすんだのでした。

余震もありましたからお屋敷が倒壊するかもしれないということで、すぐに逃げられるよう庭に面したお座敷で雨戸も開け放って、ご家族様も使用人もかたまって生活をいたしました。

わたしは浅草福井町《ふくいちょう》にある実家がどうなったか、気になって仕方がありませんでした。火事が方々で起こって空が真っ赤になっていましたから。やっと家族全員が逃げ延びて無事でいると知ったのは、地震から十日も経ってからでした。

もう十年も前のことですが、あの時の恐ろしさと不安は未だに忘れることができません。ですから、吉田邸の庭の池の底の石組が崩れていたと聞いた時も、驚きはしませんでした。房興様は、水が減ってちょうどいいから、今のうちに石組を修理するように言われました。園丁だけでは無理ですので、外から土木業者を入れての工事となりました。

大勢の職人が来て、滝壺を囲い、残った水をかいだしました。倒れた石は大小様々だったといいます。それを一つずつ引き上げていきました。華族様のお庭の改修ですから、皆張り切って働いておりました。お昼もお屋敷の御膳所でこしらえた食事が出るし、朝十時とお三時には、甘いものとお茶が出ました。職人たちは、滅多に口にすることのできない食べ物をいただけるのです。そんなこともあって、現場の雰囲気は明るく和やかでした。

わたしたち「裏」の女中も、お屋敷の廊下や縁側から汗まみれになって働く職人を目にすることがありました。「表」の小使い室で控えている下男さんは、土木工事に興味があるのか、暇があるとしょっちゅう現場を見にいって、家扶さんに叱られていました。

工事が始まって四日目のことでした。池の方が少し騒がしいように感じましたが、裏で仕事をするわたしたちには、何があったのか、よくわかりませんでしたし、そんなことに気を取られていたら辰野さんにお目玉をくらいます。窓から何気なく外を見ると、園丁の一人が、あたふたとこちらに駆けて来るのが見えました。事務方の家職人から家令の坂本さんを呼んでくれるよう頼む声がしました。その声がえらく上ずっているように思えました。が、それきりわたしはその場を離れました。

その後用事を済まして、韶子奥様のお部屋がある二階へ行きました。奥様は、翌日開かれる茶会に備えて、茶席の設えを考えてノートに書き込んでいらっしゃいました。日本館の近くには翠《すい》月庵《げつあん》という立派な茶室が建っていて、月に一回は奥様主催の茶会を催されるのです。隣の着付け室では、衣裳係の女中が奥様に命じられて、着物を何枚か衣紋掛けに掛けていました。明日着る着物も選んでおいでなのでしょう。

「少し秋を感じる柄ゆきがよろしいわね」

奥様は、ノートから時折顔をお上げになって、指示を出していらっしゃいました。

「でも紅葉《もみじ》はまだ早いわね。今時分の花は何があるかしら？　ねえ、トミ」

「そうでございますね。睡蓮《すいれん》の柄はいかがでしょう。あの藍の地の一越縮緬《ひとこしちりめん》の。まだ暑うございますから、涼し気で——」

その時、韶子奥様はすっと顔を窓の方に向けられました。睡蓮という言葉から、池を連想されたのでしょうか。わたしも釣られて庭の池を見下ろしました。工事が行われている滝壺は遠くにありましたから、人だかりも小さくしか見えませんでした。しかし、毎日見る活気ある作業の様子とは違って見えました。人々は黙って立ち尽くして、滝の下を眺めているのです。滝壺の中に入った人も動きを止めています。手際よく仕事をする人たちのそんな様子には違和感がありました。

空を流れてきた雲が太陽を隠し、動きを止めた人々の上に、影を落としました。すると影の中で何もかもの色が失われ、立ち尽くす人たちが無機質な彫像のように感じられました。陽《ひ》が翳る、それはよく目にする自然現象でしかありません。そういう自然の姿も含め、このお屋敷で起こるすべてを愛していたはずのわたしですが、なぜかその時、嫌な感じを覚えたのでした。

そのうちに、家の中から家令さんや家扶さんが駆けていくのが見えました。

奥様はそこまで眺めて、「どうしたのかしらね」とだけおっしゃいました。それからまたノートに目を落とされました。わたしも自分の仕事に戻りました。たぶん、人夫の一人が怪我《けが》でもしたのに違いない。沈んだ大きな石を動かすというのは、思いのほか危険な作業だから。そう自分に言い聞かせました。

でもなぜかわたしは、駒下駄の鼻緒が切れた時のことを思い出していたのです。

あの不吉な予兆は、何を指し示していたのだろう。唐突にそんなことを思いました。

「大変なのよ！」

しばらくして行ったお次の間で異変を教えてくれたのは、八重乃さんでした。

「滝壺の石の下から――」八重乃さんは、珍しく言葉を詰まらせました。「お骨が見つかったらしいの」

「お骨？」

そこにいた三人ばかりの女中は、きょとんとしました。八重乃さんが言い出したことの意味がよくわからなかったのです。

「そうよ、お骨、人骨よ」八重乃さんはもどかし気に言葉を継ぎました。

「白骨になった人。つまり、滝壺の底に人の死体があったってことなのよ」

今度こそ、わたしたちは息を呑みました。

「それってどういうことなの？」

八重乃さんと年の近いスミさんが、恐る恐る訊き返しました。

「つまりね――」

八重乃さんが声を落としたので、わたしたちは額を寄せました。

「誰かが殺されて、池に沈められたってこと」

「まさか」スミさんは口を歪《ゆが》めました。「殺されたなんて――」

彼女はちらりと部屋の入り口に目をやりました。辰野さんがやって来るのではないかと怯《おび》えたのでしょう。

「そうよ。誰かが誤って落ちて、溺れてしまったんじゃないの？　ほら、いつもはとても深いでしょう？　あの滝壺は。水もひっきりなしに落ちてくるし」

キサさんが、平静を装ってそう言いました。でもその声は震えています。

「いいえ」八重乃さんは自信たっぷりにそれを否定しました。

「伊平《いへい》さんから聞いたの。死体の上に石がいくつも載せられていたそうなの。浮き上がってこないように」

伊平さんは、時々作業を見物に行っていた下男です。彼はこの騒動の一部始終を見ていたのです。

「ただ池の中に落っこちた人の上に石が載るわけないでしょう?」

八重乃さんはいつもの推理力を発揮して、誰かが意図的に石を落としたと決めつけたのです。

わたしたちは黙り込んでしまいました。スミさんはぶるっと体を震わせ、また部屋の入り口を見やりました。

すぐにこのことは、お屋敷中に広がりました。ざわつく邸内を落ち着かせようと坂本さんや辰野さんは躍起になっておりましたが、無駄でした。庭での騒ぎは日本館からは丸見えですし、口づてにことの次第が伝わっていきました。

まずお屋敷の前の坂を下ったところにある交番から巡査が飛んで来て、吉田家の請願巡査《せいがんじゅんさ》と話していました。請願巡査というのは、一般個人からの請願で派遣された巡査のことで、その巡査の給料や時には住居なども請願者が負担することになっているのです。主だった華族様のお屋敷には、たいてい請願巡査が派遣されていました。

吉田家でも、正門の両脇に門番の家と請願巡査の派出所が建っていて、出入りする方々を注意しておりました。この時の請願巡査は、派遣されてまだ半年ほどの若い巡査で、カチコチに緊張しているのが遠くからでもよくわかりました。

小石川の警察署から何人もの警察官が駆けつけて来た時には、房興様も出先から帰られて、日本館の中で待機されておりました。あらましは家令さんや請願巡査から報告を受けられていたと思いますが、取り乱すようなことはなく、ご自分で現場を見に行かれるということもなく、静かに見守っておられるという感じでした。

わたしは奥様と一緒にいたのですが、奥様も同じように落ち着いていらっしゃって、家職人や女中たちが浮足立っているのが申し訳なく感じられたほどでした。御後室様の耳にもこのことは入っていたと思いますが、お部屋にこもられたきりで、そのご様子はわかりませんでした。

御前様は、一度韶子奥様の様子を見に二階へ来られました。

「さあてね。何がどうしたもんかね」

などとのんびりと言われるので、奥様は柔らかく微笑まれたほどです。御前様は、天性の人を和ませるお力をお持ちなのだとわたしは感じ入りました。

御前様が行っておしまいになると、奥様は「ミチさんが帰って来たら、お庭には出さないよう、千代に言ってちょうだい」と、それだけはおっしゃいました。それきり、特に庭の様子に興味を持たれることもなく、ご本を読んだり、お手紙をしたためたりなさっていらっしゃいました。

ですが、お屋敷の中を歩くと、使用人たちはやはり平静でいることはできないで、何ともざわついております。辰野さんがどれほど抑え込もうとしても、あちこち交わされるひそひそ話が聞こえるようでございました。

人の骨が見つかったのですから、これはもう立派な事件です。いったい誰があんな場所で亡くなっていたのか。誰にも心当たりはありません。警察は応援の人員を呼び、その場にいた人夫を使って白骨を引き上げることにしたようです。慎重な作業でしたので、日が暮れるまで続きました。その晩は、御前様と奥様は、揃って華族会館でのお食事会にお出ましの予定でしたが、それは取りやめにされました。

夏の夕刻、まだかろうじて陽があるうちに作業は終わったようです。人が亡くなったのはお気の毒ですが、その不吉な白骨がお屋敷から運び出されると、皆ほっとしたものです。思わぬ作業に手を貸すことになった人夫たちに、御前様は別のお手当を出され、御膳所で作らせたお弁当を持たせて帰らせました。

華族家の庭の池から白骨死体が上がったという事件を、新聞が見逃すわけはありません。第一報は翌々日の朝刊に載りました。

普段、女中たちは新聞を読むことはありません。その時も、坂本さんや辰野さんによって、つまらない噂話やあて推量が広がらないよう、新聞記事のことは伏せられました。それでも出入りする商人などから手に入れたものかどうか、新聞は密かに回されました。

『吉田侯爵邸の池から身元不明の白骨上がる』

そんな見出しの記事を、皆が貪るように読んだものです。わたしも読みました。わたしのところに回ってきた時は、くしゃくしゃになっておりましたけれど。

記者が警察からの情報を得て、事実だけを報じたものでした。それでもきっと東京市の、いえ、お国元を含めた日本中の衆目を集めるものだろうなと思いました。何かといえば華族様にまつわるニュースは取り沙汰されるものですから。ましてや吉田侯爵家は、華族様でも名門中の名門です。

御前様も奥様も、新聞は読まれたはずですが、特にわたしの前で話題にされることはありませんでした。警察では、身元の調査や死因やらの捜査が続いているとは思いますが、何か進展があったという報告は、吉田家の方にはないようです。女中たちも、この時は何とか平静を保っているようでした。

しかし、新聞の後追い記事で様々なことが書かれると、口をつぐんでいることはできなくなりました。

『吉田邸の白骨は、元運転手のものか?』という東洋日日新聞の記事が出た時には、お次の間で、廊下の隅で、女中用の食堂や浴室で、驚きの会話がなされたのです。これはもう辰野さんにもお手上げでした。

元運転手とは、もちろん、準子様のお子の父親ではないかと取り沙汰されたあの運転手のことです。名前は野本《のもと》というのだと、八重乃さんから聞きました。準子様が亡くなられた後しばらくして失踪した運転手です。もう十年以上も経っているのに、またあのことを皆が思い出してしまいました。それが記事を書いた記者の目論見なのでしょうが、腹立たしいことです。御後室様は、一昨日《おととい》からお部屋の外には出て来られません。

記事の内容もひどいものでした。準子様を妊娠させた運転手に腹を立てた先代房元様の命で、野本は殺されて池に沈められたのではないかというものでした。それからも似たようなあてずっぽうの記事が次々に出ましたけれど、わたしはもう読む気にはなりませんでした。

準子様が不義の子を妊娠され、別邸に移された頃から、房元様は持病の心臓病が悪化され、入退院を繰り返されていたのです。準子様の相手を突き止めたり、ましてや危害を加えたりする気力はなかったはずです。そんなことは、新聞はおかまいなしでした。華族様というものは、こんな中傷にも黙っていなければならないのかと思いました。

房興様は淡々と日々を過ごしておられます。房興様は議会がない時も、他のお仕事で忙しいのです。日米協会、日濠協会、日本汎太平洋協会、中央社会事業協会など諸々の会の会長や顧問、日本倶楽部《クラブ》の評議員、それに赤十字の理事など、多くの職に就いておられ、毎日外出されます。

家のことをあれこれ書かれたからといって、それらをお休みするわけには参りません。

　奥様も沈んでおられるご様子は見受けられません。奥様どうしのお付き合いもございますし、勉強熱心でいらっしゃいますから、フランス人の先生をお招きしてフランス語のレッスンを受けておられます。社交界《ソサエティ》ではフランス語が必要なのです。それから和歌やお習字も習っておいでです。ご夫婦で各国大使館主催の晩餐会《ばんさんかい》や、他家の結婚式に出席されたり、音楽会や美術展にお出かけされたりします。韶子様もそうやって特に変わりのない生活をしておいででした。わたしも今まで通りお仕えするしかありません。

　しかし、吉田家と近しい黒河慈仁子爵の気持ちは治まらないようでした。新聞記事に憤慨して、房興様を訪ねて来られました。ちょうど外出からお戻りだった御前様と奥様をお玄関でつかまえて「新聞社に抗議すべきだ」と言い募りました。その日はある宮家がインドの王族を招いてのお茶会を催し、ご夫婦はそれによばれていたのでした。奥様はアフタヌーンドレス、御前様はタキシードという装いでした。洋装をすっきりと着こなされたお二人が並んで歩かれると、うっとりするほど秀麗で、人目を引きました。およばれしたお屋敷のお供部屋に下がりながら、わたしは密かに誇らしい気分に浸りました。

　ご夫婦は、お着替えのために二階の着付け室に上がられました。ついて行こうとしたわたしに、御前様は慈仁様を応接室に案内するように言われました。憤懣《ふんまん》やるかたないご様子の慈仁様は、ご案内するわたしを押しのけるようにドシドシと応接室まで歩かれました。しょっちゅうこの家に来られる慈仁様は、屋敷の中の造りはよくご存じなのでした。

　書生が付いて来て、「お茶を」と言うのを断り、「伯母様のところにご挨拶に行ってくるよ」とさっさと出ていかれました。御後室様は、池から白骨が上がって以来、お食事も自室に運ばせて外には出ていらっしゃいません。お付きの八重乃さんによると、すっかり憔悴《しょうすい》されているご様子とのことでした。名門の吉田家の醜聞ともいえる事態は、御後室様にとっては由々しき問題です。嘆いてみたり、黙り込んでしまったり、辰野さんがおそばについて、お慰め申し上げているようですが、なかなか気持ちの整理がつかないようです。

挙句の果てに、変わりない日常を送っていらっしゃる御前様ご夫婦を冷たいだの、当主としての自覚がないだのとこき下ろしたりもするらしいのです。

「要するに、ご自分の気持ちの持っていきようがないのよ。一緒に思い切り腹を立てたり嘆いたりしてくれる人が欲しいのよね」

八重乃さんは冷静に分析しました。長年、倭子様にお仕えしている八重乃さんは、御後室様の性情がよくわかっているのでしょう。御後室様は、血のつながらない房興様のやりようは、あまりに飄逸《ひょういつ》だと感じておられるのです。先代が生きておられたらまた違ったでしょうが、そんな苛《いら》立《だ》ちを抱えて悶々《もんもん》とされておいでなのです。

お気に入りの慈仁様が訪ねて来られたのは、好都合でした。お見受けしたところでは、慈仁様も新聞社の記事について腹に据えかねているようですから、お互いに気持ちをさらけ出せば少しは気が済むかもしれません。

着付け室に上がって、そのことをご報告すると、御前様も同じようなことを口にされました。

「お母様の慰めになるし、慈仁君も少し冷静になれるというものだね」

白いシャツに茶色い綿のズボンに着替えられた房興様が言われました。洋風の生活スタイルが身に付いておられる房興様は、普段着も洋装です。お屋敷の中では常に和服で、兵児帯《へこおび》に白足袋でいらっしゃった先代とは異なります。

小紋の着物に羽二重更紗《はぶたえさらさ》の帯を締めた奥様が、衝立の向こうから出て来られました。お二人は夫人室に移られて、しばらくくつろがれました。慈仁様が御後室様のお部屋から戻られるまで待つつもりだったのでしょう。その間に家令の坂本さんが、いくつかの指示を受けに来られました。

慈仁様が応接室に戻られたのは、一時間も経ってからでした。

「伯母様は相当参っているじゃないか」

「お気の毒だが仕方がない。池の庭から人の骨が出てきたんだからね」

房興様はさらりと言われました。

「そうじゃないよ。伯母様をあんなに弱らせたのは、新聞記事だ。読んだんだろ？　あれはひどい」

「まあね」

御前様は女中が運んできた紅茶を口にしながらお答えになりました。

「もっと怒るべきだよ。あんなことを書かれるいわれはない。絶対に抗議すべきだ。亡くなった伯父様の名誉のためにも。伯父様は殺人者に仕立て上げられたんだぞ」

房興様は苦笑されました。

「邪推にもほどがあるな。あんなのをまともに受けて、抗議なんかする気にならない」

房興様の返答を聞いて、慈仁様は、苛立ったように部屋中を行ったり来たり歩き回りました。

わたしは部屋の隅に立って、そのご様子を見ておりました。慈仁様のご自慢のもみあげが、怒りのためにブルブル震えていました。

「それじゃあ、吉田家の威信にかかわる。新聞はこれからもどんどん好き勝手な推測を書くぞ」

きっとそれは御後室様のお気持ちを代弁したものなのでしょう。とかく倭子様は、元大名だった吉田侯爵家の家格を保つために懸命なのです。先代が亡くなってからは、特にそうです。それなのに、房興様は、そちらの方面には無関心でいらっしゃいます。それはそうでございましょう。この間、谷田様と率直にお話し合いなされたように、御前様はいずれ華族などという特権階級は消えてなくなってしまうと考えておられるのですから。

きっと御後室様は、慈仁様に、あまりに恬淡とした態度を取られる房興様へのご不満を口にされたのではないでしょうか。もしかしたら、やはり慈仁様が準子様と一緒になって吉田家を継いでくれたらよかったというふうなことまで言われたのかもしれません。

慈仁様が跡を取られた黒河子爵家は、武家華族とはいえ、吉田家に比べると相続資産は格段に少なかったのです。慈仁様のお父様は商工業へ出資したりして、何とか資産を増やそうと努められ、慈仁様も事業を継承したりもいたしましたが、あまりうまくいったとはいえませんでした。他人がいい話を持ちかけて来るのに乗って、少ない資産をさらに失《な》くしてしまうような結果になっています。

こうした無知と無経験のために事業や業務で失敗する武家華族のことを世間では「武家の商法」と揶揄《やゆ》し、華族全体を、無為徒食の中に生きる高等遊民だと指弾したりもいたしました。そこに関東大震災の被害を被《こうむ》ったり、金融恐慌が起こって十五《じゅうご》銀行が休業に至るということが重なりました。十五銀行は、華族様が受領した公債をまとめて設立したいわゆる華族銀行でございました。華族様が十五銀行の主たる株主であり、預金者だったので、大きな損失を受けました。

吉田家は、こうした状況でもびくともいたしませんでしたが、経済的苦境に陥る華族様は多かったのです。先祖伝来の土地や家宝を売り払ったり、借金をしたりする羽目に至りました。慈仁様が当主になられた黒河子爵家へは、吉田家からかなりの援助があったようです。それで何とか華族としての体面を保っておられると聞きました。

先代の時から、今に至っても援助は続いていて、それは御後室様のご意向が働いているとのことでした。大らかな房興様は、そういうことを特に気になさってはおられませんでした。千葉の農場にしても、房興様は慈仁様に乞われるままに援助をされるだけで、経営などには無関心でいらっしゃいました。

吉田家の経済的基盤は揺るぎなく、それに頼ってくる縁戚の華族様は他にもいくつかあられたようでございます。

慈仁様は、御後室様とも御前様ともお親しいので、援助をしてくださっていることに恩を感じていらっしゃるのでしょう。この度の吉田家の醜聞に対しても義憤を感じておられるようです。

「だいたい君はおっとり構え過ぎているよ。ああ、あることないこと書かれたんじゃあ、華族全体にも影響が及ぶ」

そんな言いようが、房興様の心を打たないことは、奥様のみならず、わたしにもよくわかりました。特に何かを口にすることもなく、房興様は口元に小さく笑みを浮かべたのでした。


池から見つかった白骨死体の身元については、警察が捜査を続けていました。警察が骨を調べたところによると、亡くなって十年以上は経っているご遺体ということでした。それで何となく皆納得しました。この頃に至っても、大震災の犠牲者のお骨が各所で見つかるということがありました。何せこの未曾有の災害で亡くなった人は行方不明者と合わせて、東京だけで約十万人以上ということでしたから。

吉田家の使用人の中にも、大震災で亡くなったり、行方がわからなくなったりした人がいました。当時、敷地の広い吉田家には、火事や余震を恐れて一般の方々が大勢逃げ込んで来ました。その人たちのために、房興様が指図して炊き出しをしたり、テントを張って寝起きさせたりしたのです。わたしも大忙しで働いた覚えがあります。

その時に逃げ込んで来た方が池に落ちて誰にも知られず溺れ死に、余震で不幸にもその上に滝の石が崩れてきたのではないか。そう警察も考えたようです。その根拠は、お骨の指先や頭に焼け焦げた跡があったからというものでした。

衣服はおおかた朽ちていたのですが、かろうじて残っていた生地にも焦げた痕跡があったとのことでした。頭蓋にヒビも入っていたそうです。震災で怪我をし、その後の火災で火傷《やけど》を負った被災者だったと警察は見ているようでした。あの混乱の中では、起こり得ることだったのかもしれません。お骨の上に石が載っていた理由もわかりました。

途中経過を、小石川警察の偉い方が説明に来られたようです。継続して捜査は続けるけれども、震災の犠牲者という線に落ち着きそうでした。

御前様もそれを受け入れられました。警察もこの件を長引かせたくなかったのでしょう。小石川区第六天町の名家、吉田侯爵家に気遣い、さっさと幕引きをしたいという意向が透けて見えました。房興様は、僧侶を呼んで、池のほとりでお経をあげてもらい、誰とも知れぬ人の安らかな成仏を願ったのでした。

どうにも収まりの悪い結末となったわけですが、翌月、少なくともそれが元運転手ではないということが明らかになりました。日本中央新聞でしたか、野本本人を見つけ出してきたのです。彼は失踪した後、知人を頼って鳥取県で暮らしていたそうです。新聞に出た野本の言い分は、「自分は準子様とは何の関係もないのだ。ただ言いつけられるまま、車を運転してお運びしていただけなのに、お嬢様が亡くなってから新聞にいろいろと取り沙汰され、周囲からも疑われて、それで嫌になって姿をくらましたのだ」というものでした。

重ねて「準子様が誰と密会していたのかは知らない」と言い、これ以上は絶対に取材には応じないと記者を追い返したそうです。

しごく理に適《かな》った言い分でした。それでいろいろと推測した記事を書いていた新聞報道も萎《しぼ》んでいき、やがてこの件は紙上から消えました。吉田家の人々は、使用人も含めほっと胸を撫で下ろしたのでした。御後室様もお部屋から出ておいでになり、不機嫌ながら通常の生活を営まれるようになりました。お客様の相手もされ、誘われてお芝居や歌舞伎を見に出かけられたりもされるようになったのです。

御後室様が主催するお屋敷での句会も再開しました。

とにかくそういういきさつがあって、房興様は池を埋め立ててしまうことを決心したのでした。先代が造営されたお庭の池を大きく変えてしまうことに、御後室様が反対されるかと思ったのですが、それはありませんでした。不吉な池を見て過ごすことが嫌になったのかもしれません。

そして房興様が連れて来た作庭師が、溝延兵衛さんだったというわけです。溝延さんは、まだ三十三歳という若さでしたが、東京市中数か所でお庭を手がける才能のあるお方でした。震災で破壊された庭園をやり替える施設や個人の要望は多かったと思います。溝延さんは、農学校を出てから師匠について庭師の修業を積まれ、独立されたと聞きました。枯山水にしても、伝統にのっとった格式の高いものから、新しい感覚で取り組む斬新なものまで自在にデザインし、造営されるそうです。腕のいい職人もたくさん彼の許には集まってきているようでした。

房興様は、あちこちのお庭を見て回り、溝延さんの造園が気に入られたということです。それで溝延さんに庭の池を埋め立てて枯山水の庭を造るという仕事を依頼されたのです。あれほどの広い池を埋め立てるのですから、一筋縄ではいきません。大がかりな工事になるだろうとわかっていました。あの方が請け負った仕事の中でも大きなものになったのではないでしょうか。それも侯爵家の庭園を造り変えるのですから、緊張もされたでしょう。

でもあの日、本玄関に現れた溝延さんは、飄々としたものでした。応接間で御前様とどういう打ち合わせをなさったのか、知る由もありませんが、お帰りの時も特に変わった様子はなかったようにお聞きしました。

それから何度となく溝延さんはお屋敷に足を運ぶことになります。わたしも親しくお話をさせていただくようになりました。家職の人々も女中も、まずは作庭師という身分がよくわかりませんでした。平民には違いないのだけれど、飛び抜けた才能をお持ちの方ですから、特別です。わたしたちがよく知る職人でもない。どんな態度で接すればいいのか、どれくらいの敬意をはらえばいいのか、そういうことは使用人には重要です。

溝延さんは不思議な雰囲気をお持ちの方でした。無骨な職人を思わせるように口下手で、まるで尊大なところはありません。着ているものも、いいものとは言い難く、こう言っては失礼ですけれど、わたしたちよりみすぼらしく見えることもありました。

溝延さんは、御前様とよく庭に出て歩き回っておられました。きっとお二人でどんな庭にするか話し合っておいでだったのでしょう。そういう時、御前様の前をどんどん歩き、あちこちを指差しては何かを声高に言っておいででした。手にした手帖《てちょう》にさらさらと書きつけたりもします。そういう時の溝延さんは、自信に満ち溢れているように見受けられました。時には御前様が話しかけているのに、黙り込んでしまうこともあります。

御前様は特に気を悪くなさることもなく、溝延さんが口を開くのを待っているのです。そういう様子を拝見すると、作庭というものに真摯に取り組み、いいものを作り上げるための情熱のようなものをお持ちなのだなあと思いました。そんな時の溝延さんは颯爽としていて粋で、なおかつ威厳をまとわれているように感じられました。

それなのに、わたしたちのところに戻って来ると、肩をすぼめて照れたように笑われるのです。とらえどころのない人、と初めは思いました。しかし、次第にわたしたち使用人は、彼の魅力に囚《とら》われていったのです。

それは御前様も同じでした。聞いたところによると溝延さんはその若さゆえに、日本庭園の造園という伝統的な世界ではそれほど名の通った作庭師ではないとのことでした。それでも溝延さんの造った庭を見て、彼を選んだ房興様は、ご自分の目が間違いではないと思われるようになったと思います。

いい人はいい仕事をする、そんなふうにわたしは思いました。うまく表現する言葉が見つからなかったのです。

「御前は庭造りに夢中におなりだわね。溝延さんに出会えてよかったこと」

韶子奥様は、わたしにそう言われました。奥様のおっしゃりたいことはよくわかりました。おこがましい言い方ですけれど、それまで房興様は、何かに熱を入れるということがないように見受けられました。吉田家の当主としても、貴族院議員としても、また各種の名誉職としても、何もかもをそつなくこなされておられました。でもそれは何か、当てられた役を演じているというふうだったのでございます。

ご実家でも愛情深く育てられたとは言い難く、乞われるままに吉田家に養子に来て、過不足なく何もかもを全うされておいででしたが、どこか上の空と言いますか、与えられたものに応えているだけのような――、そうです。真に生きて人生を楽しんでおられるというふうではありませんでした。

韶子様と添われたことは幸運だったでしょうが、もしかしたら、夫であり、父である、その立場すら、与えられた役目のように感じておられたのかもしれません。わたしがこんなことを言うのは、失礼千万なことは重々承知しておりますけれど、このお方は、本当はお寂しいのだなと思うことがあったのでございます。

そして肝心なことは、韶子奥様もそれを感じ取っていらっしゃったということです。わたしは奥様に影のように寄り添っておりましたから、それはよくわかりました。

　表面上は、仲睦《むつ》まじいご夫婦なのです。信頼し合ってもおられました。房興様は、奥様を大事にし、房通様を可愛がっておられる。それは間違いのないことです。お二人の存在は、房興様にとってかけがえのないものだと思います。きっとお二人がいなかったら、房興様の生活は殺伐としたものだったでしょう。

　でも、結婚もお子様の出生も、房興様にとって、受け入れたもののうちの一つであったとも考えられます。恐れ多くも踏み込んで言うと、房通様という吉田家の跡継をもうけられたので、もはや自分の役目は大方終わったとお考えなのではないでしょうか。ご夫婦の間に二人目のお子様が生まれないことが、それを表しているのではないかと思ったりもいたしました。

　御前様は、いつしか受け身でいることに自分自身の生き方を見出していかれたのかもしれません。たくさんのことを、房興様なら選んでいけたはずなのに、そうはなさらなかった。へや住みの身の上から、一転、名門華族の当主となったことをすんなり受け入れて有頂天になるほど、御前様は軽薄で単純な方ではなかったのです。

　御前様は心の最後の扉を閉ざしておいでで、それは誰にも開けることができないのです。華族というものをうわついた実体のないものと断じ、戦争に傾いていく世の中を憂えながらも、房興様はご自分の役目をはたしていくしかないのです。

　わたしは十七歳でこの家に奉公に上がり、世の中の仕組みも道理も何もわからない女ですが、それでも、いえ、それだからこそ、ある種の感覚が研ぎ澄まされたところがあります。韶子奥様のお近くに置いてもらえて、奥様の身になって考えることが習いになりましたから、そんなことを考えてしまうのです。

　奥様は何もおっしゃいません。わたしにそういうことを語られたことも、ましてや愚痴をこぼしたこともありません。韶子奥様もお寂しい方なのです。寂しいどうしのお二人が寄り添って、かりそめの人生を生きている。

そんな吉田家の池から、誰とも知れぬ白骨死体が出てきて、それをきっかけとして御前様は庭の改修を思いつかれました。どうしたことか、房興様は、それだけには没頭され、熱中されました。趣向を凝らして造られた元の池水庭園を壊して、自分好みの庭にすることが、格式を重んじる武家華族に取り込まれてしまったことへのささやかな抵抗だったのか。とにかく溝延さんと話している時の御前様は、生き生きとしていて楽しそうでした。自分の仕事に誇りを持ち、それを完遂することにのみ純粋な情熱を注ぐ、作庭師に影響されたのかもしれません。

溝延さんの登場は、それほど重要でした。流れを変える大きな石が据えられた瞬間でした。

「溝延さんは、どんなお庭をお造りになりますの?」

奥様も、御前様があまりに熱中されるものですから興味を持たれたご様子でした。ある日、朝食の席でそんなことを問われました。お二人は、寝室の隣の洋間で朝食を取られます。朝食の場で、坂本さんは御前様に、わたしは奥様に、その日のご用を言いつかることになっています。

奥様は、化粧室でお化粧を済ませてから来られるので、たいていは御前様より遅くお出ましになられます。御前様は新聞を読みながら、先に朝食を始めておられます。

奥様は「ごきげんよう」と挨拶された後、席に着かれるのです。朝食は英国式で、バタートーストにベーコンエッグ、果物と熱いお紅茶といったものです。

「それじゃあ、溝延が造った庭を見に行こう。見ればすぐにわかるから」

そう御前様はお答えになりました。

「あら、それは楽しみですわね」

奥様は、何気なくおっしゃりました。そこまでは期待しておられなかったご様子でした。でも御前様が言われることには黙って従われるのが、奥様の習いです。房興様は、坂本さんに日程を調整するように言われました。

溝延さん作のお庭を見物に行かれることになったのは、十日ほど後のことでございます。四谷区霞丘町《かすみがおかまち》にある沢渡義展子爵《さわたりよしのぶ》邸でございました。沢渡子爵の元々のお屋敷は本所横網町《ほんじょよこあみちょう》にあったのですが、震災で全焼となり、こちらに移って来られたとのことでした。義展様の代に替わった後、溝延さんに庭の造営を依頼されたとのことです。

奥様付きのわたしも当然お供をする予定でしたが、迂闊《うかつ》なことに風邪をひいてしまい、その役目をキサさんに代わってもらいました。

三日ほどお休みをいただき、すっかり回復いたしましたので、奥様のところにご挨拶に上がりました。

「ねえ、トミ、それはそれは素敵な庭だったのよ」

珍しく昂《たかぶ》った調子で、奥様は言われました。

「さようでございますか。それはよろしゅうございました。それで、どのようなお庭でございましたか？」

「ああ、あれはとても口では言い表せないわ。実際に見ないことには」

それでも奥様は、一生懸命に説明してくださいました。沢渡子爵様は、もともとは京都にお住まいだった由緒正しきお公家様でしたから、奥様はその庭の造りを一目見て、「曲水の宴」を思い浮かべられたそうです。蛇行する川の流れを白砂で表現して、石組の青石と築山に植えられたサツキの緑が白砂との対比で景の美しさを際立たせていたということです。

白砂の川も、流れを感じさせるものであったと奥様は言われました。貴族の優雅な遊びを髣髴《ほうふつ》とさせるものだったとのこと。それほど大きな庭ではないらしいのですが、開放感があって、奥行きが感じられる庭だったようです。奥様が感動なさったのは、川の曲線の自在さや敷石の色、形、石組の豪快さ、植栽、苔と敷石の組み合わせの妙。要するにすべてなのでした。お屋敷の中から眺めると、一幅の山水画のように切り取られて見えたそうです。

奥様はすっかり溝延さんが造られたお庭のとりこになっておしまいでした。

「忘れ去られていた古式の庭園を今に蘇《よみがえ》らせたという趣なのよ」

「はあ、では伝統的な枯山水ということでございますね」

「いいえ！」奥様がこれほど感情を顕されたことはありませんでした。「モダンなの。とってもモダンなお庭なのよ」

「さようでございますか」

わたしにはちっともわかりませんでしたが、そのようにお答えしました。

「ああ、トミにも見せてあげたかった」奥様は身をよじりました。「でも、うちの庭が完成するまで楽しみにとっておいた方がいいわね。きっとびっくりしてよ」

奥様は、まるで歌うようにそうおっしゃられました。

この前奥様は、御前様が溝延さんに出会えてよかったと言われましたが、奥様も同じ思いにおなりなのでした。

枯山水の庭にするには、池を埋め立てなければなりません。それは造園というよりも土木工事の部類に入るものです。溝延さんの見立てでは、全部埋め立てて更地にするのに一か月はかかるとのことでした。土砂もたくさん運び込み、大掛かりなものになりそうでした。土木工事に秀でた別の業者の手も借りなければなりません。費用もたくさんかかるでしょう。

溝延さんと御前様とでいろんな計画を立てられました。御前様は、決して庭師任せにはされませんでした。どんな細かいことも知りたがり、ご自分の意見も述べられました。房興様と溝延さんは、どんどん親しくなっていきました。

ある秋の日、溝延さん配下の庭師の職人たちがやって来ました。まずは池の水を抜くことから始めなければなりません。その前にお目見えとして御前様にご挨拶をしに来たのでした。溝延さんの下で働く職人たちで、二十人ほどもおりましたでしょうか。皆、ぱりっとした揃いの法被《はっぴ》を着て髪を短く刈り上げておりました。総じて若い人が多かったように思います。

その日は予定にはなかったのに、振舞い酒が出されました。日本館の一番広い座敷に上げて、溝延さんはじめ、皆さんを座らせて歓待したのです。使用人たちは、おおわらわとなりました。手が足りないので、わたしも手伝いに駆り出されました。御膳所で急いでこしらえた料理を運び、清酒を出しました。職人さんたちは恐縮しながらも喜んで飲んだり食べたりしておりました。御前様はその宴《うたげ》には加わりませんでしたが、書斎におられ、お屋敷の中に満ちた職人たちの活気あふれる気配に上機嫌でいらっしゃったとのことでした。

御膳所の下働きの女中がお座敷との間を行ったり来たりして、料理やお酒を運びました。とにかく廊下が長いので、大変なのです。お見受けしたところ、溝延さんはあまりお酒を召し上がらないようで、三島さんがこしらえた料理を少しずつつまんでおられる様子でした。

一段落した時に、わたしは職人の中に子どもといってもいいくらいの少年がいるのに気づきました。近くにいる職人が「惣六、惣六」と呼び捨てていました。小柄だけれど、十五歳くらいにはなっているのでしょうか。お酒は飲めませんから、わたしは御膳所からサイダーを持って来て、コップについでやりました。

「ありがとうございます」

惣六と呼ばれた子は、ぺこりと頭をさげました。小さな体に大人の法被を着ているのがおかしくて、わたしはつい笑ってしまいました。

「あなた、いくつなの？」

「へい、十四歳で」

そう答えると、隣に座った職人が「もっと丁寧にお答えしないか」と叱りました。

「すみません」

惣六はさらに小さくなってしまいました。

「勘弁してやってくだせえまし。まだ親方んとこに来たばっかりで、口のきき方を知らねえもんで」

職人が口を挟みました。華族のお屋敷での仕事ということで、その人も気を遣っているのでしょう。

「いいんですよ。そんなこと」

わたしは慌てて言いました。そうしてうつむいてしまった惣六の横顔をつくづくと見ました。どことなく弟に似ていると思いました。末弟の安次《やすじ》は、九つの時に疫痢《えきり》に罹って死んでしまったのです。安次も生きていたらこんな男の子になって、どこかで住み込みで働いていたに違いありません。

「溝延さんのところに住み込んでいるの？」

「へい」

そう言葉少なに答える惣六の中に、やっぱり安次の面影を見てしまいます。わたしはもっと話したくて、惣六の横に膝をつきました。

「おうちはどこなの？」

「左衛門町《さえもんちょう》です」

「まあ、あんたも浅草なの？　わたしは福井町なんだよ。すぐ近くじゃないか。うちは省線の浅草橋駅の近くなの」

つい、下町言葉が出てしまいました。

惣六は顔を上げてわたしを見、嬉しそうににっこり笑いました。

それが惣六に初めて会った時でした。たった十四歳の小柄な見習い職人。

こんな小さな子に、あんな重い仕事を頼むようになるとは、その時は思ってもみませんでした。かわいそうなことをしたと思います。


翌日から、池の水を抜く作業が始まりました。

どんどん水が減っていくと、鯉や鯰が泥の中で身をうねらせているのが見えました。相当の数です。干上がってしまうとかわいそうなので、魚たちをつかまえて盥《たらい》に移し、神田上水まで持っていって放《はな》ってやるという作業を職人たちでやりました。

房通様は、それが見たくてたまらないご様子でした。とうとう根負けした千代さんが、辰野さんからのお許しをもらい、五百木に頼んで池のそばまでお連れすることになりました。

「ねえ、トミ。わたしたちも行ってみましょうよ」

奥様がそんなことを言われるのは、珍しいことです。目を輝かせておいででした。それでわたしもお供して、庭に出たのです。

職人たちは、泥の中で大騒動をしていました。中には一抱えもあるような鯉がいて、盥に入れられると房通様がキャアキャアと飛び上がって駆け寄っていかれました。鯉が跳ねて、お洋服に泥が散るのもおかまいなしです。

「お母様、ほら、あんなに大きいよ。あんなのが池の中にいたんだね」

少し離れて見ている奥様にそんなことを言われました。

奥様も嬉しそうにご覧になっています。

「あら、溝延さんまで」

池の中で格闘している職人に混じって、溝延さんもいらっしゃいました。泥だらけなので、初めはわかりませんでした。いかにも溝延さんらしいと思ったものです。親方だといって気取ったり、威張ったりはなさいません。

奥様は、池の周囲をぐるりと回るようにして、溝延さんの方へ近づいていかれました。奥様に気づいた溝延さんが、岸に寄ってきました。

「ご苦労さま」

奥様がそう声をかけると、溝延さんは、ぺこりと頭を下げました。そして泥を撥《は》ねないよう、気をつけて池から上がってきました。

「奥様、池の中からこんなものが――」

作業着の懐《ふところ》から、小さなものを取り出しました。

「大事なものだといけませんから」

その品物も泥だらけで、何が何やらさっぱりわかりません。岸で魚を受け取る役目をしていた惣六を、溝延さんは呼びつけました。

「惣六、バケツにきれいな水を汲んで来い」

「へい」

少年は駆けていって、すぐにバケツを提げて戻ってきました。

溝延さんは、拾い上げた品物を、バケツの中で洗いました。奥様とわたしは、膝を曲げてそのバケツの中を覗《のぞ》きました。そうしながらも、奥様の着物の裾が、打ち上げられた泥で汚れるのではないかと、わたしはハラハラいたしました。奥様は、そんなことにはおかまいなしに、熱心にバケツの中を覗いておいででした。

小さな二つの石のようなものが、細い紐《ひも》でぐるぐる巻きにされていました。こんなものを、なぜ溝延さんは大事なものと思ったのかわかりませんでした。溝延さんは、バケツの中で紐を丁寧に解いていきました。紐は元は色とりどりの美しいものだったのでしょうが、よっぽど長い間池の中にあったと見えて、色褪《いろあ》せて朽ちかけていました。上等な組み紐に見えました。

紐が取り除かれると、中から楕円形《だえんけい》の金属製のものが出てきました。同じものが二つあって、それを紐でぴったりとくっつけるように巻いてあったのでした。

「文鎮だわね」奥様が言われました。

溝延さんは水の中で、文鎮をゆすがれました。無骨な指で表面の泥を取り除《の》けると、楕円形の真ん中に、背広のボタンほどの丸くて白いものが埋め込まれているのがわかりました。

奥様が手を出されたので、溝延さんは、文鎮の一つをそっと奥様の手の上に置かれました。奥様は、白い部分を指でなぞられました。

「象牙ね」

「さようでございますね」

わたしはそれだけをお答えし、文鎮に埋め込まれた象牙の部分に目を凝らしておりました。象牙は細工がしてあって、鳩《はと》の印が見えたのです。思わずもう片一方、溝延さんの手の中にある文鎮に目を移しました。

そっちの象牙には、稲の印が刻まれていました。奥様も、しばらくは二つの文鎮をつくづく眺めておられました。これは何を意味するのでしょうか。奥様は、何もおっしゃいません。象牙が嵌《は》め込まれているのですから、高価なものには違いありません。

わたしはつと惣六に視線を移しました。惣六も池に入ったのでしょう。小柄な少年は、胸の辺からもう泥まみれでした。

長い間掻い掘りをしていなかった池には、泥だけでなく、そばの森からの落ち葉も堆積していることでしょう。その中を歩き回るのは、こんな小さな子には骨が折れることに違いない。そんなことを思って、惣六を見ていました。わたしの視線に気がついた惣六は、少しだけ笑顔になりました。笑うと片頬にだけ、えくぼが出ました。わたしも笑い返しました。

「あなたは、なぜわざわざこれを拾い上げたの？」

奥様の口から出た言葉に、わたしは首を傾げました。どうして溝延さんにそんなことを訊かれるのか、腑《ふ》に落ちませんでした。庭師の溝延さんに文鎮のことなどわかるはずがないと思ったのです。ところが溝延さんの答えには、ちょっと驚かされました。

「水には魂が宿ると申します。水から出てきたものも同じでございます」

「魂が——宿る？」

奥様は文鎮に視線を落としたまま、小さく呟かれました。奥様の手の中にあるそれが、溝延さんの言葉でずっしりと重さを増したような気がいたしました。

「溝延さん」

奥様は顔を上げられました。

「はい」

「これ、あなたが預かっていてちょうだい」

自分の手にある文鎮も、溝延さんに渡されました。

溝延さんは受け取りながら、一瞬戸惑ったような表情をされました。当然でしょう。まさか奥様にそんなお願いをされるとは思ってもいなかったでしょうから。いや、だいたい当主の妻たるものが、使用人や出入りの商人や職人に、ものを預かっていてくれなどと頼むこと自体がありません。

わたしも面食らってしまいました。それでも溝延さんは、すぐに答えられました。

「承知いたしました」

奥様は、すっと立ち上がりました。そして背中をぴんと伸ばして、しゃがんだままの溝延さんを見下ろされました。

「それから、このことは内緒にしておいて。御前にも言わないように」

「はい、かしこまりました」

溝延さんは、きれいな手拭いで、二つの文鎮と朽ちた組み紐を包んでしまわれました。背の高い溝延さんが立ち上がると、奥様を見下ろす格好になりました。奥様は「頼みましたよ」と、くるりと背を向けたのでございます。そのまま、すたすたと房通様の方へ歩まれました。わたしは慌ててその後を追いました。

「何でございましたんですか？　あれは」

奥様に追いついて、そう尋ねました。わたしの中ではある推測が生まれていたのですが、奥様に確認したかったのです。奥様は、真っすぐ前を向いたまま歩を進めながら言われました。

「トミもこのことは内緒にしておくように」

奥様が、厳しい口調でそんなふうに言われることは珍しいことです。

「はい」

池の底に沈んでいた二つの文鎮。組み紐できつく巻かれ、決して離れないようにされた文鎮。象牙で刻まれた印。

それが意味するところを、それ以降、奥様と語り合うことはありませんでした。しかし白骨死体が沈んでいた池が吐き出した奇妙な品物は、わたしの想像力をかき立てたのでした。鳩と稲のお印のついた文鎮は、何かを訴えようとしているとしか思えませんでしたから。

あれをなぜ奥様が溝延さんに預けたのか、そこが少し疑問でした。でもそれきり、奥様は黙ってしまわれました。ちらりと振り返ると、溝延さんは奥様から託されたものを大事そうに持って、どこかへ歩いていくところでした。

この時、奥様と溝延さんは、お互いに意識しなくても、ある契りを結ばれたのだ。後になってわたしはそう解釈いたしました。


池の魚は、すっかりよそへ移されました。池の表面は、束の間《つかま》の静けさで収まっておりました。数日後の早朝のことです。まだ明けきらぬ薄暗い池のほとりに、一人溝延さんが立っておられました。起床して身支度を整えたばかりのわたしは、廊下を歩きながらふと窓から庭を見て、それに気がつきました。まだ職人たちは誰も来ていません。溝延さんはお一人でやって来られたようです。

わたしはつと立ち止まりました。溝延さんの後ろ姿からは、なぜか厳かな気配が伝わってきたのです。あそこでいったい何をしているのだろう。よく目を凝らしてみると、彼のすぐ前の池の中に、細い竹のようなものが一本立っていました。竹の先は二つに割ってあり、神札が挟み込まれているようでした。それで溝延さんが、池に向かって拝礼をしているのだとわかりました。

溝延さんは、ガラス瓶を取り出して、池の中に中身を注ぎました。おそらくは清酒でしょう。それから溝延さんは、池に向かって柏手《かしわで》を打ちました。その「パンパン」という音が、わたしの耳に届きました。池の水が柏手の音に呼応して、さざ波を立たせたような気がいたしました。それくらいその柏手は、何かの恩寵《おんちょう》のようにして響いたのです。その後、溝延さんは、深く頭を下げられました。

——水には魂が宿ると申します。

溝延さんは、池の魂をなだめ、それを抜く儀式をされているのだと思いました。神官も呼ばず、たった一人でこうしたことを行うことに、何かあの人なりのこだわりがあるのでしょうか。溝延さんは、池の魂と対話しているのではないか。そんな不思議な能力が、あの方には備わっているのかもしれない。かなり真剣にわたしはそんなことを思いました。

水は、長い間抱え込んできたものを溝延さんに渡し、役目を終えた池は死んでいく——そこまで妄想してしまいました。

廊下の向こうから、誰かが来る足音が聞こえてきて、わたしは我に返りました。そのまま階段を上って、夫人室に向かいました。まだ起きてはいらっしゃらないだろうと思っていたのに、奥様は窓辺に立っておられました。池のそばで独自の儀式をなさる溝延さんを、じっと見下ろしておられるのでした。わたしは声をかけそびれ、開けかけたドアをそっと閉めて退きました。

池の埋め立ては、主に土木業者に委託するのだということでございました。

その間に御前様と溝延さんは、お二人で各地の名園を見て回るということを始められました。御前様は忙しいお仕事の合間を縫って、溝延さんが見たいという庭を見に行かれました。関東近辺のみならず、東北や京都、四国にまで足を延ばしました。溝延さんの方にも、御前様の熱の入れようが伝わったことでしょう。そういう施主さんに出会ったことはなかったと思います。

時には韶子奥様を伴われることもあり、奥様についてわたしもよその土地の庭園を見に行かせてもらいました。奥様は、そういったご旅行を心《しん》から楽しまれました。いつもわたしがおそばにおりましたけれど、溝延さんとの間で、池から拾い上げたものに関して話されるということはありませんでした。

わたしは自分が巡らせた池に関しての現実離れした妄想を笑いました。池の中に落ちていた古い文鎮などに意味があるわけがない。あれは奥様の気まぐれなのだ。そのうちに、溝延さんに預けたことなど忘れてしまうほどのものだ。そう自分の中で治めるようになったのでございます。

ただその一件以来、奥様は、溝延さんに信頼を寄せるようになったご様子でした。溝延さんのおかげでご夫婦共々、「庭」に取りつかれた、そんなふうでございました。

その時は京都の西芳寺《さいほうじ》と天龍寺《てんりゅうじ》のお庭を見に行きました。西芳寺の石組は、枯山水の始まりだと言われていましたし、天龍寺の石組の滝の素晴らしさは一見に値するということでした。枯山水の神髄は、石組にあると自分は考えているのだと溝延さんは言われました。たった一個の石を立てることによって、高い山岳を表すことができるのだと。

「もともと日本庭園は自然の再現だからな。石を山に見立てるわけか」

作庭についての書物を読まれたのでしょう。御前様はそう言われました。

「しかし、自然そのものではないのです」

溝延さんは、庭の話になると堂々と意見を述べられます。

「庭に取り込まなくても、美しい自然はあるわけですから」

「ほう！」

いかにも愉快そうに房興様は応じられました。奥様とわたしは、並んで歩く御前様と溝延さんの後ろをついていきました。

「庭は人が造るものです。人間が自然を真似て造るのですが、自然と比べて劣っているわけではございません。創造と芸術というものが加わります。いわば、超自然なのだと手前は考えますんで」

「なるほどなあ」

房興様は心から感じ入ったように頷かれました。

「大自然に対して超自然か」

「さようでございます。生け花も同じでございましょう。自然のままに生えている花は、それはそれで美しいのに、人はわざわざ水盤に花を活《い》けるのですから」

御前様は、奥様の方を振り向かれました。

「どうだい？　韶子。君は生け花をたしなむじゃないか」

「そうでございますね。お花を活けるのは、自然のままというわけではありませんわね。どうやったら美しく見えるかと考えて活けております」

「そこに創造と芸術があるのさ」

御前様は溝延さんの受け売りを口にし、楽しそうに声を出して笑われました。こんなふうに爽快で快活な房興様のご様子は、お屋敷ではあまり見ることはありませんでした。

「それにしてもあの池を埋め立てた跡地は広大なものだ。あの広い場所にお前は何を持ってくる？　自然を凝縮したものでは物足りなくはないか？」

房興様は、枯山水を造営するには、あそこは広すぎないかという疑問を投げかけられました。

「はい、手前はあの場所に『動』を作ります」溝延さんは、澄まして答えられました。

「ほう」溝延さんの方を向いた御前様は、目を細められました。

「『静』の中の『動』でございます」

「『静』の中の『動』とは？」

「枯れたものほど、反対に生きた美を表現するのだと、そのように師匠から教わりました。あの広さに白砂で海を表現するのなら、ある時は空を映す平らかな鏡のような海、またある時は荒ぶる波高い海。それを感じられるような空間にいたします」

房興様は溝延さんを真っすぐに見られ、ごくりと唾を呑み込まれました。

「庭で本物の海を見せるのか。お前は枯山水で実際の世界以上のものを表すと言うのだな？」

溝延さんは、少しも動じませんでした。

「世界とは広大なもの。とても人間には及ばないものでございます。が、一方では世界は手のひらの中に収まるのです。庭は器でございます」

禅問答を聞いているようで、わたしにはよくわかりませんでした。そっと奥様の顔を盗み見ると、奥様は柔らかに微笑んでおいででした。

「それなら、世阿弥《ぜあみ》もこう言っているぞ。『秘すれば花なり。秘せずば花なるべからずとなり』。石の中に滝の音が隠されて、白砂の中に海がある。それをまた動いて見せるとは。相当な高度文化の所産だな」

房興様はそう言われ、すっと笑いを引っ込めると、真顔で溝延さんに問われました。

「それをうちの庭に顕現するというのか？　お前はこれほど広い場所に枯山水を造ったことがあるのか？」

溝延さんは肩を縮められました。

「いいえ、ありません。御前様のお庭ほど広い場所を手掛けたことはございません」

それを聞いても房興様は軽蔑したり、落胆したりもされませんでした。却《かえ》って勢いづいたご様子です。

「それなら、初めての試みなのだな？　うちの庭が」

「はい」

溝延さんは、御前様の言葉に励まされたように背筋を伸ばされました。

「師匠からは、徹底的に伝統的な手法を叩《たた》き込まれました。手前は一生懸命にその教えを学んだのでございます」

溝延さんは、何とか自分の思いを伝えなければと、一言一言を考えながら口にされているようでした。

「正統を打ち壊すためには、正統をきっちりと学ばねばならないと思いました」

「打ち壊すためにそれを学んだというのか？」

「はい、さようで。いい加減に身に付いたものは壊すことができませんから」

御前様の足取りが、こころなしかゆっくりになったようでございました。

その隣を行く溝延さんの肩がすっと持ち上がりました。深く息を吸い込んだのです。

「決められた道を行くことは簡単でございます。既にある道を外れることも容易《たやす》いことでございましょう。難しいのは、新しい道を作ることでございます」

御前様は、つとその場に立ち止まられました。後ろで奥様とわたしも立ち止まりました。溝延さんは、二、三歩先に進んでから、気がついて御前様を振り返られました。

わたしのところからは、御前様の表情を窺《うかが》うことはできませんでした。しかし、想像はつきました。御前様は、溝延さんの言葉に衝撃を受けられたのだと思います。溝延さんの生き方は、御前様の生き方とは、正反対のものでした。新しい道を模索することなく吉田家を継がれ、型に嵌《はま》ってしまわれた御前様には、溝延さんの言葉は鋭く重いものだったのではないでしょうか。

一介の庭師である溝延さんは、侯爵家の当主の心を揺さぶったのでございます。

「では、存分にやってくれ。『静』の中に『動』がある庭を造ってくれ」

御前様は、静かにそう言われました。

「はい、一生懸命に務めさせていただきます。ありがとうございます」

溝延さんは、ハンチングを脱いで深々と頭を下げました。

溝延さんもこの時にはもう心を決められていたのです。これほど大きな作庭の機会は、二度と与えられることはないだろうと。吉田家の庭を、自分の代表作にしなければならない。そしてその自信がおありだったのでしょう。だからこそ、若く、ある意味で異端の自分に作庭を任せてくれた房興様に深く感謝されたのです。

この時、お二人は施主と庭師の間柄を越えて、深く結びつかれたのだと思います。

もう少し後になって、より親しくなってから、溝延さんはこっそりわたしに言われたのです。施主様がどれだけ偉いお方でも、お金持ちでも、作庭師の意欲を掻き立てることはない。どれだけ高い意識を持っているのかということが自分には重要なのだ。それは具体的に言うと、文化性とか理解力というか、芸術性というか、そういうものなのだと言われました。おこがましい言い方だけれど、施主様の人間性が庭を造る。どれだけ優れた庭師が努めても、施主様の高さだけの庭しかできない。

訥々《とつとつ》とそういうことを言われたのです。それを聞いた時、わたしは心が震えました。それなら房興様と溝延さんは最高の施主と作庭師だと。きっといい庭ができるに違いない。そう思ったのでございます。

池を埋め立てるに際しても、水に宿った魂の行方を思い、なだめる儀式を一人で行う庭師。彼が言う超自然とは、自然を打ち負かすことではなく、自然の前で謙虚になることから始まるのでしょう。その姿勢が御前様にも伝わったのではないかと思います。

お二人はどんどん親しくなっていかれました。そのうち、御前様は溝延さんのことを「兵衛」と呼ぶようになりました。それに倣って奥様も「兵衛さん」と呼ばれるものですから、わたししたち使用人も親しみを込めて「兵衛さん」とお呼びするようになりました。

そうやって吉田家の枯山水のお庭の造営は始まりました。

ご夫婦の心をこれほどまでに魅了する兵衛さんの庭は、どんな姿になるのでしょうか。わたしも含めて使用人たちは、広い池が、兵衛さんが掲げるモダンな枯山水に生まれ変わるのを、とても楽しみにするようになりました。

大きな池の埋め立ては、予想以上の大工事となりました。見立てよりも時間が取られそうでした。

たくさんの石と土を運び込むので、ダンプトラックが出入りしました。ダンプトラックを通すために一時門を壊して広げたほどです。

「まあ、本当に埃《ほこり》っぽいこと」

御後室様は、お気に召さない様子で、眉間に皺《しわ》を寄せておられましたが、このことについてはそれ以上の文句は言われませんでした。でも庭師の兵衛さんには苦言を呈しておられました。

「あの溝延という庭師は、とんでもなく奇矯《ききょう》な庭を造るのですって。礼子さんが教えてくれたのよ。到底この吉田家の庭にはそぐわないわね」

御後室様が苦々しいご様子でそんなことをおっしゃいました。

「まあ、さようでございますか。どうしたことでございましょう。なぜ御前様はそんな方に――」

辰野さんが、いつになく踏み込んだことを口にされました。御後室様は大きくため息をつかれました。その場には、韶子様はいらっしゃいませんでした。

「おかしな庭を臨んでは、句会も開けないでしょう。困ったものだわね」

「まことに」

「房興さんに忠告しても、聞く耳を持たないでしょうね。でも完成した庭を見て、お屋敷とあまりに釣り合いの取れないものだと、別の庭師を呼んで手を入れさせることも考えなくては」

「ええ、それがよろしゅうございますね」

「先代が雇った庭師はもう代替わりをしているでしょう。坂本に調べさせておいてちょうだい」

「かしこまりました」

そんな会話をお二人で交わしておられました。

でもとうとう御後室様も辰野さんも、吉田邸の庭の完成を見ることはなかったのです。


埋め立ての工事の目途が立つと、庭の造営の無事を祈って神事が行われました。お屋敷では、今度はちゃんと支度をして、職人たちをもてなしました。

惣六も来ていました。兵衛さんをはじめ、年長者は紋付を着ていましたが、惣六は絣《かすり》の着物でした。キャラコの足袋がほころびていました。こんな小さな子に、兵衛さんの奥さんは気を配っていないのかしらと思ったりもいたします。

兵衛さんは奥さんとの間に、男の子が二人、女の子が一人いると聞きました。まだ小さくて手が取られるだろうから、住み込みの職人の身の周りのことなどにかまっていられないのかもしれません。惣六の姉にでもなった気持ちでそんなことを考えます。

作庭師溝延兵衛さんの右腕は、遠藤友蔵《えんどうともぞう》さんという年配の人です。その人が棟梁とでもいうのでしょうか、職人たちを統率しています。後は若い人ばかりなので、兵衛さんは遠藤さんを頼りにしているようでした。設計は兵衛さんがしますが、作業については友蔵さんに相談をしています。

それまでに施主である房興様とは何度も打ち合わせをしたはずなのに、御前様は度々お屋敷の中に兵衛さんを呼び込んで何かと注文を付けているようです。

「あまり口を挟むと兵衛さんがやりにくいでしょうにね」

そんなことを韶子奥様はわたしにおっしゃいますが、御前様には何も申し上げていないようです。奥様は差し出がましいことを言われることはありません。ある日、御前様が兵衛さんに翠月庵の茶庭を見せてやるように、奥様に言われました。

翠月庵には、寂《さ》びたいい茶庭が備わっています。

「まあ、兵衛さんに茶庭を？　どうしてですの？」

「兵衛は、いずれ茶庭の設計もしてみたいと言っているんだ。わたしは茶の湯に関してはさっぱりだからね。韶子が案内してやったほうがいいだろう」

奥様はご実家では、裏千家のお稽古を熱心にされ、許状もいただいた腕前です。吉田家に来てからも月に一回は茶会を開かれてお点前《てまえ》を磨いておられます。時に家元を招かれることもございます。

茶道は奥様にとって、なくてはならない大事なものです。忙しい生活の中で茶を点《た》てる時間は、安らぎと落ち着きをもたらすものでございました。一期一会の精神で、心を込めてお客様をおもてなしするということも、普段の目まぐるしい交際とは違って意味深いものがおありなのです。

ですから、翠月庵そのものも、露地と呼ばれる茶庭も、大切な場所なのです。そこへ茶の心得もない兵衛さんを案内せよとは、御前様も思いつきでとんでもないことをおっしゃるものだとわたしは密かに思いました。ところが奥様は微笑んでこうお答えになったのです。

「よろしゅうございます。では兵衛さんのお時間のある時に見てもらいましょう」

房興様は我が意を得たりというふうに頷かれました。

「そうか。それなら頼むよ。あれは勉強家だから、案内のし甲斐《がい》があるというものだろう」

房興様の口調は、まるで兵衛さんが親しいお友だちかのようでした。わたしは不思議な気持がしたものです。谷田様や慈仁様と親しくされておられ、谷田様とは率直な言葉を交わされもするけれど、御前様は本当に心を開いているかどうかはわかりません。それなのに、兵衛さんとは、子どもどうしのように、あっという間に近しくなってしまわれたという事実に。

翠月庵は、先代が家を建てられた時に造られたものだと聞きました。当時まだご存命だった先々代もその奥様も茶道に通じたお方だったからだそうです。

倭子様は、あまり茶の湯には興味を持たれないようで、ここを使うことはまずありません。その代わり、俳句をたしなまれます。日本館の座敷でたびたび句会を開かれるのですが、それには韶子様も参加するよう言い渡されます。和歌しか習っておいでにならなかった奥様でしたが、俳句にも優れた才能を発揮されました。俳句仲間の皆さんが、韶子様作の俳句をほめそやすと、倭子様は不機嫌になられるのです。

そういうことを房興様は知っておられるのかどうか。きっと頭の中は枯山水のいい庭を造ることしかないのでしょう。それに兵衛さんが最も適した作庭師だとわかり、自分とも易々《やすやす》と通じ合えると知ってからは、もう夢中でございました。

「まあ、兵衛さんもお忙しいようですから、いつになりますやら」

奥様はさらりといなしたのでした。

奥様にも気がかりなことがあったのです。田鶴子様のことでございます。気に染まぬ縁談を断ってから、田鶴子様はますます自儘《じまま》におなりでした。これからは女性も勉学を積んで知識を身につけなければと言い張り、御後室様を困らせました。

聖心女子学院へ進みたいという希望はどうしても通りませんで、それならと房興様の提案で、日本女子大学校へ入学することになったのです。向学心がおありの方ですから、入学試験にも合格されました。倭子様はもうお手上げという格好で、それをお許しになりました。御前様に「あなたがつまらないことを吹き込むからですよ」と一言嫌みを言うことはなさりましたけれど。

華族様のお家では、男子には家庭教師を付けたりして、厳しく学習をさせますが、女子はある程度の教養が身に付けばいいのだという考えでした。変に賢くなると、却って嫁の貰い手がないなどと言われていました。

田鶴子様は、すぐ上の準子様とは十一歳年が離れておいででした。御後室様が四十七歳の時にお産みになったお子様です。もうお子は生まれないだろうと言われていた時に恵まれたお子様だったので、先代も周囲の方々も、こんどこそは男のお子ではと期待されたのです。ところがやはり女のお子様だったので、皆さん、がっかりされたという経緯があるようです。おそらくは倭子様も落胆されたのではないでしょうか。

吉田家の六女としてお生まれになった田鶴子様は、上のお姉さま方とは違って、ぞんざいな扱いをされてきたようだとは、八重乃さんの感想です。子育ても躾も女中まかせで、学校でいい成績を取っても、習い事が習熟しても、たいしてご両親の興味を引きませんでした。わたしがご奉公に上がった後もそうしたご様子は見受けられました。

お寂しい境遇の田鶴子様に、房興様はご自分の身の上と重なるものを感じられたのでしょうか。年の離れた妹を気遣い、可愛がっておられました。田鶴子様もお兄様を慕っておいででした。お嫁にいかれたお姉さま方も、田鶴子様に対して冷淡な態度で当たられるので、房興様はますます同情されて何かと心配りをされるようになったのです。

この度、田鶴子様の結婚問題が起こった時も、田鶴子様には、ご自分の率直な意見を述べられたと韶子奥様から聞きました。つまり、「華族はそのうち消えてなくなるのだ。だから田鶴子さんは平民でも、立派な考えの男と結婚したらいい」と言われたのです。それを聞いて田鶴子様は、まずは自分自身を高めて、そういう自分を認めてくれる男性と結婚しようと決めたそうでございます。これからは女性も自由に生きていいのだと御前様は諭されたといいます。

御後室様に知れたらまたお小言をもらうでしょうが、田鶴子様は、そんなことは気になさらないでしょう。田鶴子様は、ご両親にもかまわれないで育ったせいか、もともと自由闊達《かったつ》で大胆不敵なところがおありでしたから。そこがまた御後室様には「変わった子」というふうに映るのでございます。

味方をしてくれる房興様と同様に、韶子様にも随分懐いておいででした。実のお姉様方よりも奥様に、よく打ち明け話やご相談などを持ちかけておられました。

十三、四歳の時でしたでしょうか、女子学習院から帰って来るなり、奥様のところに来られて、こう言われました。

「ねえ、お義姉《ね え》様、わたし、今日、奥田福子《おくだとみこ》さんからお手紙とプレゼントをいただきましたの」

「あら、そうなの？　奥田福子さんって、大蔵大臣のお孫さんでしたかしら？」

「そうよ！　福子さんはわたしよりも一つ年上の方なの」

田鶴子様は、いそいそとお鞄から封筒ときれいな包装紙に包まれた小箱をお出しになりました。封筒はもう開いてあって、そこから便箋を取り出すと、田鶴子様は声に出して、お手紙をお読みになりました。

「愛《いと》しい愛しい田鶴子様。私は田鶴子様を深く愛しております」

「は？」

おそばにいたわたしは、つい声を上げてしまいました。韶子奥様は、落ち着いた様子で、フフフとお笑いになったきりです。田鶴子様は、その短いお手紙を最後まで奥様に読んで聞かせたのです。まるで男性が女性に送る恋文のような文面でございました。小箱の中には、縮緬の花が付いた髪飾りが入っておりました。

田鶴子様は、面食らった顔をしているわたしを見て、ぷっと噴き出しました。

「トミは何もわからないのね。ああ、おかしい。これはね、S《エス》なのよ」

「何でございますか？　Sとは」

わたしは戸惑って奥様の方を見ました。

「Sというのは、女どうしの同性愛のことなのよ、トミ。お互いにシスターと呼び合うから、こう言うの」

落ち着き払ってそんなことを言う奥様に、わたしは肝を潰しました。言葉を失っているわたしに、奥様は続けて言われました。

「女学生がする恋愛ごっこのようなものね。本物の同性愛にまで発展することはまずないと思いますよ」

女子学習院に通われた韶子様にもこんなお手紙をいただいた経験がおありなのかもしれないと、わたしはその時思いました。少女時代の奥様は、また違った可憐《かれん》な美しさがおありだったでしょうから。

「それで？　田鶴子さんは、福子さんを同じように愛しいと思っていらっしゃるの？」

「まさか」

急に熱が冷めたように田鶴子様は手紙を折り畳まれました。

「そんなことございませんわ。福子さんってお祖父《じい》様がお偉いのを鼻にかけていらっしゃって、嫌みな方なのよ。Sなんてとんでもない。お断りするわ」

「それがよろしくてよ。でもそんなお手紙をもらったことはお友だちには言わない方がよろしいわ。学校で噂になると困るから」

「わかりました。お義姉様の言う通りにいたします。担任の笠松《かさまつ》先生に知れたら大変ですもの。こんなことにうつつを抜かすと勉強が疎《おろそ》かになります、とお叱りを受けるに決まっていますわ。笠松先生の口癖は、『皆さまは将来立派な日本婦人として国民の亀鑑《かがみ》となるべき方たちです』ですもの」

奥様はまたフフフとお笑いになり、わたしは大きく息を吐いたものです。

中等科二年生だった田鶴子様は、韶子奥様がおかけになった椅子のそばにご自分も座られました。その時、奥様は、房通様をご懐妊中で、大きなお腹をされていました。田鶴子様は、奥様のお腹をじっとご覧になっておられました。

「あのね、お義姉様。鳩印様のお相手は、書生の藤原《ふじわら》だと思うの」

いきなりそんなことを口にされたのでした。鳩印様とは、亡くなられた準子様のことです。ご家族は準子様のことを話題にするのは、憚られていたのですが、どうしても口にしなくてはならない時は、お印で呼ばれるようにされておりました。

「どうして田鶴子さんはそう思うの？」

「藤原は鳩印様のことが好きだったのよ。焦がれていたんだわ。それは確か」

準子様が亡くなられた時、田鶴子様はまだ小学三年生か四年生だったはずです。それでもませたところがおありだから、そういうことに気がつかれたのかもしれないと、わたしは思いました。

「さあ、それはどうでしょうね」

まだお輿入れ前の出来事ですから、韶子奥様は首を傾げられました。すると田鶴子様はムキになって、言い募られました。

藤原という名の書生がいたということは、十七歳だったわたしには記憶がありません。大勢の使用人がいて、名前を憶えるのに四苦八苦していた時期でした。それに書生は頻繁に入れ替わるのです。田鶴子様が言うには、藤原は準子様のことを熱っぽい目でいつも追っていたし、何かと用事を作っては、おそばに行きたがっていたということでした。限られた範囲の女中の中では噂になっていたのだそうです。その当時の田鶴子様のお付き女中も、親しい女中とひそひそ話をしていたらしいのです。

「藤原はね、鳩印様に付け文を渡したのよ。それ、わたし、見たもの」

「まあ」

奥様は、困った顔をわたしに向けました。わたしもどうお答えすればいいのかわかりませんでした。

「鳩印様の恋愛のお相手は、藤原だと思うの」

「それは田鶴子さんの想像でしょう？　それとも鳩印さんがそう言われたの？」

珍しく奥様は、いくぶんきつい口調で問い質しました。田鶴子様は、ますます昂られたご様子でした。

「ええ、それはお聞きしましたわ。付け文をもらった時に。でも鳩印様は寂しそうに笑ってお答えにならないの。そして野本に運転させて出て行かれるの。そういう時、藤原もたいていは家にいないのよ」

「ご用を言いつけられて出かけていたんでしょう。田鶴子さんの考え過ぎです」

「でもね、お父様は藤原をやめさせたの。鳩印様が別邸に移られてお産間近になった時によ。お父様は鳩印様を妊娠させたのが藤原だと気がついたのかもしれないわ」

奥様は深々とため息をつきました。

「田鶴子さん、もうその話はよしにしましょう。終わったことですもの」

田鶴子様は、不満げに唇を尖《とが》らせました。

「皆、大人はそう言うの。まあ、いいわ。わたしは鳩印様のような悲しい生き方はしないわ。男の人に妊娠させせられて、挙句に命を落とすような」

「田鶴子さん!」

韶子様がたしなめられると、田鶴子様はすっと立って部屋を出ていかれたのでした。


広い池を埋め立てた跡地は、まずは平らに均《なら》されました。

「うちの庭に大きな運動場ができましたのよ」

御後室様はお客様があると、皮肉を込めてそんなふうにおっしゃいました。

池水式の日本庭園は先代が造営したものですから、御後室様にとっても大事なお庭だったのでしょう。池の背後にあった築山や樹木が、四季それぞれの彩りに染まり、それが池に映り込む様子は、わたしどもが見ても、うっとりする光景でした。豊かな水が落ちる滝も風情がありました。あれが失われたのは、残念なことだと密かに思いました。

坂本さんが、お庭について少し勉強されたところを披露してくださいました。寺院の小面積の庭園向けに自然を取り込むという目的で発達したものが枯山水の様式だったそうです。池や流れといった水を引き込むことが難しい場所にも造営することができます。石組の豪快さが武士に好まれて、お屋敷の庭に設えられるようになったのだとか。しかし、これは狭い庭の造営のために、回遊式庭園を凝縮した形で取り入れるというものでした。西芳寺でも回遊式の庭園部と、枯山水庭園部とが別々にこしらえられておりました。

御前様と兵衛さんが取り組まれている広大な枯山水は、伝統的な型を無視したものと言えるかもしれません。

　あれほど立派で美しい池を埋め立ててしまったのは、あの不吉な白骨が見つかったことに端を発しているとしか思えません。それを考えますと、あの白骨は何かを訴えるために暑い夏の日に、この世に浮かび上がったのではないでしょうか。その時にコトンと傾いた方向に、吉田家はどんどん加速していくのではないだろうか。行きつく先はどこなのだろう。眠れない夜には、わたしは鬱々とそんなことを考えました。

　もう設計図はできているので、それに基づいて遠藤さんが指揮を取り、図面通りに線を引いていきました。あまりに広大なものですから、全体像ができるのにかなりの時間がかかるとの見通しでした。

　それでも御前様は特に急ぎませんでした。却ってこれ幸いと、兵衛さんと枯山水の庭に据える石を探しに出かけることにしたのです。日本各地の石の産地のみならず、いい石を求めて山や河原に足を運びました。兵衛さんは、房興様の熱の入れように改めて感銘を受けたようです。どんな名家でも、資産家でも、庭を造る仕事を請け負ったら、施主さんのだいたいの希望をお聞きし、予算をお伺いし、設計を始めるというのが通常のやり方でしょう。

　ところが吉田邸においては、施主である房興様がとことん関わってくださるし、期待もしてくださる。お金の心配もなく、兵衛さんのやりたいようにやらせてくれる。石にしたって、現地まで赴いて気に入ったものを調達させてくれるのです。そんな施主さんは、どこにもいないでしょう。そこまで自分を信頼し、付き合ってくださる御前様に、兵衛さんもどんどん引き込まれていかれた様子です。

　しかし、別の見方をすると、房興様の庭に賭ける熱情は異様ともいえるものでございました。どうしてそこまでなさるのか、御後室様も家令の坂本さんも不審に思われたに違いありません。

わたしどもでさえ、やや不安を感じたほどです。

韶子奥様はどう思われていたのか、そこはちょっとわかりませんでした。いつもと変わりなくお過ごしでいらっしゃいました。

いえ、あの時から聡明な奥様はもう気づいておられたのです。武家華族、吉田侯爵家は盤石でございました。経済的基盤や伝統的な格式は固くしっかりしております。お家が崩れ去るということは決してない。

しかし当主ご夫婦は、虚構を生きていらっしゃる。ただ家を存続させるために迎え入れられた当主の房興様は、自分というものを殺し、受け身で生きていらっしゃった。奥様を迎えられ、跡継の男のお子様もおできになった。それでもう自分の役目は終わったのだ。後は無為な人生を嘆くこともなく、大過なく過ごしていくしかない。ある諦念が房興様を生かしていたのです。

韶子様は、やはり自分も吉田家というもの、房興様の人生を支える一要員でしかないと悟っておいででした。特別なことではありません。華族様の大部分はそうでしたから。そういう生き方に疑問を抱くことなく、深く考えることもなく、安寧に平和に暮らしていけるならばそれでいいという考えの方々。特に女性はそうでした。

そのままの状況が続いていけば、吉田家も表面上は安泰でしたでしょう。御前様は、もうとうに覚悟を決めておいでだったのですから。ご自分の人生を華族家に嵌め込まれて、滞りなく次の世代に引き継ぐという役目を受け入れておられました。韶子奥様も、房興様というよき夫に仕えて人生を終えるつもりでいらっしゃったと思います。そういう意味では、お二人は信頼関係を構築され、寄り添ったご夫婦だったのでございます。

しかし、はからずもそこに入り込んできたのが、庭の改修でした。いいえ、溝延兵衛さんその人でした。

「あの男だからこそ、何ものにも縛られない新しい庭が造れるのだ」

そう御前様が奥様に話されているのを聞きました。

御前様は、自由闊達に庭造りに取り組む兵衛さんに、自分を重ね合わせておいでではないか。そんなふうにわたしは推測いたしました。

「難しいのは、新しい道を作ることでございます」と兵衛さんは言われました。

御前様は、自分が選ばなかった別の人生を、純粋な庭師に見ていたのではないでしょうか。こういう生き方もあったのだと、苦い後悔を込めて。そして自分をそんな思いに浸らせる兵衛さんと、彼が造る庭から目が離せなくなってしまったのでしょう。

御前様は交際範囲を縮小し、庭の造営に傾倒されました。日本館の二階に、御前様専用の書斎があるのですが、そこにこもられて専門書を読んだり、書斎に兵衛さんを呼び込んで、設計図の案を検討されたりしておられました。それが本当に楽しそうでございました。外からは地面を固める槌音《つちおと》が聞こえ、職人たちの活気にあふれた声も聞こえてきます。屋敷の中では、表面上は奇妙な静けさに満ちていたけれど、その下には不安と好奇が渦巻いておりました。


兵衛さんが奥様にお願いして茶庭を見せていただきにいらしたのは、そんな時でございました。奥様も予定をやりくりして、その時間を作られたのでした。奥様とわたしは、翠月庵の露地門のところで兵衛さんをお待ちしておりました。

兵衛さんは恐縮しつつ、やって来られました。茶庭に足を踏み入れることを意識したのか、サージで仕立てた着物と羽織に角帯という格好でした。作業着姿の兵衛さんはきびきびと動くのに、この時はどうにもぎこちない感じがいたしました。着物のせいか、奥様に茶庭を案内してもらうために緊張されているのか、顔もいくぶん強張《こわば》っておいででした。

「奥様、今日は手前のために時間を取っていただき申し訳ございません」

まずは深々と頭を下げられます。

「よろしいのよ。兵衛さんがわたしの庭を見てどう思うか、それもお聞きしたいのよ」

奥様が「わたしの庭」というほど、翠月庵には思い入れがあるのです。毎月の茶会には、他家の奥様方やお嬢様方、和歌やお習字のお仲間、時には外国の方々もおいでになります。その度に、奥様は設えに趣向を凝らされるのです。

毎年の初釜には、大勢のお客様がいらっしゃいました。点心席のこしらえや下足番、水屋の係などに使用人も駆り出されるのです。これは代々、吉田家の行事の一つで、当主の奥様が引き継がれるものだそうです。韶子様の前は倭子様が亭主を務められていたのです。御後室様にとっては、吉田家の威信を保つために必要不可欠な行事という位置づけでございました。

つまりお茶会は、御後室様にとってはやらなくてはならない義務の一つでした。ですから、韶子様がお輿入れして来られてからは、その役目をすっかり奥様に譲り渡してしまわれたのでした。韶子奥様は倭子様と違って、茶道を愛し、究めてもいらっしゃいました。ですから喜んでこれを受け継がれたのでございます。お道具もお気に入りのものを揃え、一期一会のおもてなしに心を砕いておられました。

露地も大事にしておいでで、茶室に至るまでの風情を楽しんでいただきたいと思っていらっしゃいます。茶道に通じた先々代の意向をもとに作られた茶庭が、年を経て、ちょうど今が侘《わ》び寂《さ》びの境地がよく出ているとお思いなのです。御後室様も足を踏み入れない、韶子奥様だけの聖域です。裏千家出入りの専門の庭師というのがあって、その庭師にしか手入れをさせないのです。

ですから、茶の心得のない方をここにお入れすることは決してありません。御前様に乞われたものの、奥様はお困りなのではとわたしは思ったのでした。ところが、奥様は喜んで兵衛さんを受け入れたのです。

庭草履を履いたわたしは、お二人の後に続いて露地門をくぐりました。奥様がお茶のお稽古をされる時は、わたしがお相手をさせていただきます。ですから、わたしも翠月庵にはすっかり馴染んでおります。露地門を入ると、飛石と霰《あられ》敷石が続いています。門のそばには外腰掛待合があります。飛石の両脇には、植栽のお庭があります。小さい中にも趣味のよいお庭です。飛石の先には中門《ちゅうもん》があります。中門の内側にある飛石は二手に分かれていて、一方は茶室へ、一方は内腰掛待合へと続いております。こうして茶室へ続く露地を鑑賞することも、茶会の一部なのです。そういうことを、わたしは奥様から学びました。

奥様は、兵衛さんを外腰掛の方に誘いました。

「ここからだとよくお庭が見えますから」

外露地にある待合は、連客《れんきゃく》が待ち合わせる場所で、内露地の待合は、亭主がお客様をお迎えする場所です。外露地の待合は、茅葺《かやぶき》の屋根がついた広々としたものでした。奥様に促されて、兵衛さんは、何べんも頭を下げて腰掛に座りました。わたしもそっと脇に腰を下ろしました。

そこからは、茶室と内露地がよく見えました。檜皮葺《ひわだぶき》の茶室は軒が深く、質素な風情です。さきほどわたしが水を打ったので、飛石は黒々と濡れています。露地の中で一番目立つ木はイロハカエデで、ちょうど今は紅葉が映えています。その他の植栽は、多くの山野に自生する木を主体としたものです。クロガネモチ、ヒサカキ、ネズミモチ、イスノキ、ヒイラギモクセイ、アオキ、サンゴジュなどの常緑樹が、高さや向き、取り合わせを充分に考慮して植えてあります。足下の飛石の周囲には、苔やシダが繁茂しているので、ここに座るとすっぽりと緑の中に包まれた感じがいたします。

こうして深山幽谷の景を写し取っているのです。石灯籠や手水鉢《ちょうずばち》も苔むして、その景の中に溶け込んでおります。

しばらくわたしたち三人は、黙ってお庭に見入っておりました。兵衛さんは、膝に手を置いて身を乗り出すようにして眺めておいででした。まるでこの景色を目に焼き付けておかなければならないというふうでした。

「あまり入念に手入れをしないように言いつけておりますの」

奥様が口を開かれました。

「自然のままにあるように。落ち葉も掃かないで飛石に張り付かせているのよ」

「さようで……」

兵衛さんは、感心したように言われました。

「手前などは茶の湯の心得がまったくない不調法者ですから、その心を知るまでにはいきませんで」

「樫《かし》の葉のもみぢぬからにちりつもる奥山寺の道のさびしさ」

奥様が唐突に和歌を口にされたものだから、兵衛さんは面食らわれたご様子でした。

「何も難しいことはありません。利休居士《りきゅうこじ》はこの句のように露地を保つようにと申されたそうです。山奥の寂しい寺のように。つまり、手をかけず、自然のままにということかしら」

それから奥様はホホホと笑われました。

「それなら、兵衛さんの仕事がなくなるわね」

「いえ、これはこれで整えられているのでございましょう」

「ねえ、兵衛さん、あなたは前にこう言ったでしょう。庭は器だと。世界は手のひらの中に収まるとね」

「はい……」

兵衛さんは、小さな声で答えられました。房興様と奥様の前で熱弁を振るわれたことを恥じていらっしゃるのかもしれません。あの時は、兵衛さんもこれから造りあげる庭のことを思い、昂っておられたのでしょう。

「それこそ、まさに茶の湯の教えです。お客様が茶室に入るまでの間、露地を通って深山幽谷の美を味わうでしょう。それはわたしが作る世界への導入なの。茶室にはわたしが考える最高の美を詰め込んであるのよ。この小さな愛らしい庭も茶室も器なんだわ」

奥様は悦に入《い》られたようにそう言われ、一人で頷かれました。茶室の床には、一級品の墨蹟《ぼくせき》や花鳥、山水などの絵をかけ、季節を表す香盒《こうごう》や花入れが飾ってあります。こうした設えを、奥様はじっくりと悩んだり楽しんだりしながら考えられるのです。お道具や飾りは、決して贅沢《ぜいたく》なもの、高価なものがいいわけではなく、質素だけれど、お客様を大切にする心こそが最高であるとわかる品を選ぶのだと。そういうものを選ぶことのできる審美眼を、亭主は持たなければならないそうです。

それがお客様への第一のご馳走《ちそう》になるのだと、わたしは教わりました。それこそ、ここは奥様の世界なのです。きっと兵衛さんにも伝わったと思います。

兵衛さんは生真面目な顔で、奥様の言葉にじっと耳を傾けておられました。

「そして茶室で一碗《わん》のお茶を飲むのです。それは、世界の最高の美を飲むことになるの。それが茶の湯であり、一碗の茶を味わうことは、最高の美を味わうことなのですよ」

兵衛さんは、奥様の言葉に感じ入ったようで、何度も頷いておられました。奥様もそこで言葉を切られて黙り込まれました。

それで別に気まずくなってしまうこともなく、三人で腰掛待合に並んで座っておりました。

晩秋の風はきんと冷えて気持ちがよく、空には薄い雲がかかっていました。森の方からジョウビタキやシジュウカラの鳴き声が聞こえてきます。風の中に混じっている甘い香りは、山茶花《さざんか》でしょうか。それとも森の際《きわ》の窪《くぼ》みに群れて咲くサフランでしょうか。

わたしは、なぜか泣きたいような気持ちになりました。

この第六天しか、わたしの居場所はない。韶子奥様のおそばしか。改めてそう思いました。たとえ池の底から骨が見つかろうとも、その池が埋め立てられて枯山水になろうとも、わたしはこの土地にずっといるでしょう。

「兵衛さん」

奥様の声に我に返りました。

「薄茶を一服差し上げましょう」

わたしは驚きました。露地を案内されるにしても、奥様が茶道の心得のない兵衛さんを大事な茶室にお入れになるとは思いませんでした。わたし以上に兵衛さんが驚きふためいておられました。

「滅相もございません。手前は不調法者でして、茶席に上がるようなことは――」

「作法など、たいしたことではないわ。トミのする通りにすればおよろしいのよ」

下町育ちのわたしは、茶道を習ったことはありません。しかし、奥様のお茶会のお手伝いをさせていただいているうちに、作法は自然に身に付きました。きっとそれは表面だけのもので、茶の湯の心を知ったわけではないのでしょうが、見様見真似で一応の型は憶えたのでございます。

その日、畏《かしこ》まった兵衛さんは、奥様のお点前でお茶をいただいて帰りました。

以来、時間のある時に兵衛さんは、奥様から茶道の手ほどきを受けられるようになりました。それを知って、御前様は喜ばれました。

「茶庭を手掛けるには、やはり茶の湯そのものに精通しなければだめだ」

などとおっしゃっておりました。わたしは毎回、お稽古に同席いたしましたが、御前様は一度も翠月庵には足を運ばれませんでした。

作庭の方も着々と進んでおりましたから、兵衛さんもそう頻繁にお稽古をされるというわけにはいきませんでしたが、人柄そのままに、真面目に取り組まれておりました。奥様は飲み込みのいい庭師が、茶道の腕をあげられるのが楽しみなようにも見受けられました。

兵衛さんは、毎回翠月庵のたたずまいに感嘆されます。数寄屋建築にも、露地という茶庭との馴染み具合にも新しい発見をされているようでした。

着々と進む現場の監督をし、その合間を縫ってのお稽古でございました。奥様とて、各種の行事に出席したり、華族の奥様どうしの交際、房興様に付き従った格式高いパーティなどへの出席、また老女たちへの日々の指示など、じっとしている間もございません。それでも誰かに茶を教えるという行為が、奥様にとっては日常の中の新鮮な時間になっていったのです。

考えてみますと、習い事に関しても奥様は受け身でございました。ご幼少の頃からの習い事は、おそらくご両親が決め、先生も選んで差し上げていたと思います。ただ与えられたことを真面目に憶え、練習を繰り返して身に付けていくことだけが、韶子様の喜びでした。どこのお嬢様もそうでございましょうが、それによって身を立てるとか、習得したものを別の方に教えて差し上げるなどということはもっての外でした。学校の勉強だけでなく、習い事すら、ある程度でやめておくことが、女性のたしなみのように思われておりました。

吉田家のお嬢様たちに、先代の房元様は、「婚家先では、どんな流儀で物事を進めるのかよくわからないから、一通りの習い事をそこそこ身に付けたのでよい。あまり上達し、極めると、向こうの舅《しゅうと》様や姑《しゅうとめ》様に疎まれるのだ」と教え諭していたと八重乃さんから聞きました。うまくなってこれからというところで中断させられるのですから、お嬢様方にはご不満もおありだったでしょうが、そういうことは口にされなかったとのことです。親に逆らうなどということは考えられないことなのです。

そういうご様子を見ていらっしゃった末っ子の田鶴子様の中で、反骨精神が育っていったのかもしれません。

従順な韶子様も、ご両親や老女から同様の心構えを教えられて嫁いで来られたと思います。田鶴子様のように、そこに疑問などは持たれなかったでしょう。ご自分の人生は、家や夫に従うことによって成立するのだとお考えだったのです。

でもここでまた小さな石ころが転がってくるのです。兵衛さんに茶道を指導するという行為が、韶子様の楽しみになってきたことは、いつもおそばにいるわたしにはよくわかりました。その時間を心待ちにされておられました。

兵衛さんは、素直な生徒さんでした。まるで砂地が水を吸い込むように、茶道の作法を身に付けていきました。初めは茶室の設えにだけ気を取られていた兵衛さんでしたが、茶道の極意を奥様から伝授されると、どんどん茶の道に傾倒されていきました。そこにある日本人の精神土壌といいますか、生活文化といいますか、そういうものが作庭にも大事だと深く理解された様子でした。

奥様も優れた先生でいらっしゃいました。兵衛さんが上達していく様を、目を細めて見ていらっしゃったのです。

「優雅というもんは、手前には縁がありませんので。どうにも無作法であいすみません」

兵衛さんが丁寧に教えてくれる奥様の前で恐縮すると、奥様は柔らかに微笑まれるのです。

「お流儀というものは、一つの形に過ぎないのです。一度型を憶えたら、それを頭の中におきながら、ご自由にやればよろしいのよ。わたしもそんなふうに習いました」

「はあ、奥方様はそう言われますが、それが一番難しいので」

兵衛さんのものの言いようがおかしくて、ついわたしも笑ってしまいました。

奥様はお稽古の後、露地に下りて、兵衛さんとこうした会話を交わすのも楽しみにされていました。才能あふれる庭師であり、ある意味で芸術家である兵衛さんのような人物と、今まで出会うこともなく、ましてや親しくなるということはなかったのです。これは新鮮な驚きだったと思います。

奥様は、兵衛さんには自由に質問をなさいます。

「あなたは新しい感覚でお庭を造るのね。あなたが考える超自然とは、どんなものなのかしら」

「はい、自然をお手本にはしておりますが、写しにはならないように。独自の創作を心掛けております。そうすると、伝統的な作庭からは外れてきてしまいまして、古い庭師たちからは、不心得者と思われているのでございます」

「写し！　つまり二番物ということね」

奥様は身を乗り出されました。

「二番物は、茶の湯でも禁忌とされているのよ。何々写しといってね、いいお道具の模造品を使ったり、他人の茶室を真似てこしらえたりした亭主は恥をかくの」

奥様は、大茶人である松平不昧公《ふまいこう》も、先人の業績を研究し、尊びながらも自分の創作に進むのがよいと諭していることを話されました。そういうことを兵衛さんを相手に語られる奥様は、生き生きとしていて楽しそうでした。御前様も奥様も変えてしまう兵衛さんという人物は、どういうお方なのだろうと、不思議な気持ちがしたものです。

「それで兵衛さんなら、どんな露地を造ろうと思うの？」

奥様は、言い募られました。わたしもお二人の会話を楽しんで聞いておりました。兵衛さんは、ちょっと考え込まれました。

「一木一草もない茶庭はどうでしょうか」

「石や砂ばかりの庭を造るということ？　緑のない庭を？」

奥様は弾《はじ》かれたように、体を反らせました。普段の落ち着き払った奥様の仕草からは、あまり想像できない動作でした。

「はい」

「枯山水でこしらえた茶庭もあることはあるけれど、どうかしら。それはあまりに殺伐としているのではないかしら」

翠月庵の緑滴るようなお庭とは、正反対の寂しい庭のように、わたしも感じました。しかし、兵衛さんは揺るぎなくこう答えたのです。

「白砂を用いて水を表現し、石を組んで滝を見出す。つまり、実体を実体のままとして見るのではありません。御前様が前に言われた『秘すれば花なり』の精神でございます」

あれから兵衛さんは、その心を知るために、房興様から教えを乞い、世阿弥の本を借りて読まれたのだそうです。

「まあ」

奥様は感嘆されました。兵衛さんは探求心旺盛なお方でした。だからこそ、一つところに留《とど》まらず、先を目指される新進気鋭の庭師さんなのです。

「このような立派なお庭を前にして、大変失礼なことを申しますが――」

おずおずというふうに、兵衛さんは言葉を継がれました。

「そんなこと、ちっとも気にしなくてよくてよ」

奥様は先を急《せ》かされました。兵衛さんの意見を聞きたくてたまらないというふうでした。

「多数の植え込みをすることは、大自然の模写であって、こうして深山幽谷の景を出すことは、割合簡単なことかもしれないと、手前は考えるのでございます」

「そうね、確かに」奥様は小首を傾げて考え込みました。「だから、木も草もない茶庭を?」

「石の中に隠された滝の水、砂の中に秘められた波を見ることが、すなわち世阿弥の言う『秘する花を知ること。秘すれば花なり』の心でございましょう。それこそが幽玄美であると世阿弥は説いております」

奥様は、目を丸くして兵衛さんを見返されました。

「幽玄……」

ただそれだけを呟かれました。黙り込んでしまわれたお二人の心が、呼応しているのを感じました。華族当主の妻でもなく、そこに雇われた庭師でもなく、男でも女でもない、ただ惹かれ合った人間がそこにいる気がしました。人と人とは、こうしてお互いを意識し、つながっていくのだと、奇妙な感動をわたしは抱いたのでございます。

「そんな茶庭をあなたが造ったら、わたしは一番に見に行くわ」

だいぶ経ってから、奥様が吐息と共にそんなことを言われました。

「恐れ入ります」と応じるかと思いましたが、兵衛さんは黙ったままでした。今、翠月庵にいる兵衛さんは、奥様の愛する世界、奥様が作られた器の中にいるのです。兵衛さんは、今度は逆に奥様をご自分が作った器の中に連れていきたいのだと思われたのです。

一木一草もない茶庭——わたしも想像してみました。自然の姿を写さず、それでいて、木々や草の緑を感じる世界。それこそ溝延兵衛という作庭師が、枯山水を極めた姿なのでしょう。幽玄の世界の中に、奥様と兵衛さんが立っている姿も想像しました。決して実現することはないとわかっておりましたが、わたしは自分の想像にうっとりといたしました。

沈黙の後、兵衛さんはぽつりと付け加えられました。

「もしかならのでしたら、手前は自分の造った庭を、空の上から臨んでみたいのです。鳥の目になって」

奥様は、また吐息を一つ漏らしただけで、何ともお答えになりませんでした。

そんな瞬間があったにも拘《かかわ》らず、その日も、いつもと同じように兵衛さんはおいとまを告げて帰っていきました。


作庭において地割《じわり》というのは、平面構成のことらしいのですが、それがだいたい出来上がりました。お屋敷から眺めても、全体の景色がわかりました。もともとあった滝のところは小高い山がありましたが、その山の下から川がうねって流れていき、やがて海に注ぐのです。壮大な自然の景色です。わたしはそれほどよそのお庭を見たことはありませんが、こんな枯山水はどこにもないと思われました。

兵衛さんは自分のところの職人だけではなく、他の庭師さんにも応援を頼んだようで、大勢の職人が毎日働いていました。海の景色の中に島を作る作業が始まりました。州浜の曲線を整えたり、出島《でじま》を作ったりする者もありました。兵衛さんや遠藤さんが、忙しくその間を行き来して、指図をしておりました。

もう師走の声を聞こうかという時期になっていました。丁寧な作業をされるので、時間がかかったのです。それでも御前様はまったく気にかけませんでした。

「兵衛と一緒に東京一の枯山水を作るのだ」

そんなふうにおっしゃって、目を輝かせておられました。一度慈仁様が、千葉の農場の経営状況を見て欲しいと言ってこられたそうですが、房興様は「あそこは君に任せてある。好きにしたらいい」と取り合いませんでした。

「もし資金が足りないようなら言ってくれ。融通するから」ともつけ加えられたとのこと。房興様の頭の中には枯山水のことしかなかったのです。

韶子奥様は、御後室様の句会に出られて、「冬ざれや水なき海に映る月」と詠まれました。

充嗣様がお一人でも、時々遊びに来られました。房通様は大喜びで、冷たい北風が吹くような日でも芝生の庭を駆け回っておいででした。

普段、お相手と遊ぶと、どうしても向こうは当主のお子様だと気を遣ってしまうので、房通様もつまらないのでしょう。その点、充嗣様は、遠慮することなく房通様と付き合います。

充嗣様もこのお屋敷に来られるのを、楽しみにされておられるようでした。四つ違いのお二人は、お互いを「ツグちゃま」「ミチさん」と呼んで親しくしておいででした。

「池をどうしてなくしてしまったの？　舟に乗れないからつまらないや」

充嗣様は、そんなことを遠慮なく口にされます。

「お父様が潰してしまわれたのさ」

「なんで？」

「あの池はお化けが出るんだって。島尾がそう言っていたよ」

房通様の耳は、敏感に屋敷内の噂を拾っておいでなのでした。きっと坂本さんが聞いたら目を吊《つ》り上げるに違いありません。房通様専用のフォードの助手席に乗っていって、ドアの開け閉めだけをする島尾さんは、大変なお叱りを受けるでしょう。

兵衛さんと職人は、朝早くから毎日第六天に通ってこられました。兵衛さんのおうちは、目黒区宮前町にあるそうです。周囲は畑ばかりで、キツネやタヌキが走り回っているような場所だと言っておられました。そんなところだから、まずまず広い敷地に、作業用の道具や機械を置いておけるらしいのです。惣六たち弟子が数人住み込んでいるので、家は大所帯となっているということでした。

職人は皆器用なので、房通様に竹とんぼや杉鉄砲をこしらえて差し上げていました。房通様も充嗣様も、こういう下町の子の遊びを知らないので、たいそう喜んで遊んでいらっしゃいました。

そんなお二人を、汚れた腹掛けに股引《ももひ》き姿の惣六がぼんやりと見ていました。そう年が離れているわけではないのに、身の上の違いとは残酷なものでございます。惣六は、兄弟子たちに怒鳴られ、こき使われておりました。そうやって一人前の職人になっていくのでしょうが、どうにも不憫《ふびん》に思えて仕方がありませんでした。

御膳所から出される甘いものも昼食も年長者に先に取られてしまい、残り物しか口に入らない様子です。それでわたしは、こっそりと自分に下されたお菓子を取り置いて、惣六に渡してやりました。初めはおどおどして手を出さなかった惣六でしたが、そのうち心を開いてくれるようになりました。

ちょっとした暇を見て、わたしは庭に出て惣六と話しました。死んだ安次と話しているようで、幸せな気分になったものです。

わたしは九人兄弟です。末弟は死んでしまったので、今は八人になってしまいました。子だくさんは近所周りどこでも一緒でした。男の子は、尋常小学校か高等小学校を出るとどこかの商家に小僧として奉公に上がるか、惣六のように職人として住み込みで仕込んでもらうかしていました。上の学校に進む者は滅多におりませんでした。女の子は、やっぱりどこかのおうちに奉公に行くしかありません。わたしは吉田様のお屋敷に上がれたので、うちの両親は大喜びでした。ただ働きに行くだけなのに、「トミはうちでは出世頭だ」などと申しておりました。

わたしのすぐ上の姉のヨネが町内の医院へご奉公すると決まった時も、同じことを言っていたように思います。町の桂庵《けいあん》（口入れ屋）に頼んでおいたので、いいところへ紹介してもらえたそうです。近くなので、わたしはよく遊びに行きました。下町の医院ですから、内科も外科も皮膚科も耳鼻科も診るようなところで、たいそう繁盛していました。姉は忙しそうに働いておりました。母はわたしが遊びに行くと迷惑だからと言って止めるのですが、母の目を盗んで遊びに行きました。

気さくなお医者様で、わたしが行くと、「お、トミ、来たか。手伝え」といって患者さんの世話をさせたりするのです。わたしは子どもの頃から大柄で力もあったので、結構頼りにされていました。好奇心旺盛で知りたがりだったわたしは、そういうふうに一人前に扱われるのが嬉しくて、ちょくちょく通っていたものです。

先生の奥様にも可愛がってもらいました。わたしが医院に行く楽しみは、もう一つありました。お嫁にいかれた娘さんが残していかれた少女小説を、奥様が貸してくださるのです。わたしはそれを貪るように読みました。

それだけでは飽き足らず、先生の書棚にある小説や詩集や紀行文や図鑑、辞書にまで手を伸ばしました。家ではそんな環境にはなかったからです。奥様は、呆《あき》れたり感心したりされていました。

とうとう「トミは上の学校へやらなければいけない。賢い子だし、うちの手伝いもよくしてくれたから」とわたしが高等女学校へ行く費用を出してくれました。高等女学校へ行けるなんて、夢のようでした。知識を吸収したくてたまらなかったのです。

まずまずよい成績を収めたわたしを、担任の先生が、伝手《つて》をたよって吉田様のところに推薦してくださいました。その時、先生はこうわたしに釘を刺しました。

「あなたは観察力、洞察力に優れています。豊かな想像力もお持ちですね。でも奉公に上がったら、よくよく心に留めてお務めしなければなりませんよ。見聞きしたものは、全部心の中のノートに刻み込み、決して余計な口をきいてはいけません」

先生の言葉を、わたしは肝に銘じました。小賢《こざか》しい女中は嫌われるということは、姉にも言われていましたから。勉学の場からは離れましたが、そうした能力は、奥様のためだけに使おうと決めました。すなわち、奥様の目で物事を見、奥様の心で物事を考え、奥様のお幸せのために努めようとしたのでございます。

下町のあまり豊かではない家で生まれ育ったわたしが、華族様のお屋敷に奉公するという機会に恵まれ、本当にお尽くししたい方に出会えたのです。そんな僥倖《ぎょうこう》に巡り合える者は、なかなかいなかったでしょう。惣六に出会った時、改めてそうしたことに思い至りました。

あの頃、町内にはたくさんの子どもがおりました。純真で無垢《むく》で、近い将来、どこかに働きに行かねばならないという身の上を知ってか知らずか、道端や空き地に集まっては、日が暮れるまで遊んでいました。継ぎの当たった粗末な服や着物を着て、赤ん坊を背負った子もいました。それでも皆、生き生きとしていて、目を輝かせていました。惣六は、そんな中にいた一人のように見えて、親近感がわきました。

そのうち「トミさん」と呼んでくれるようになりました。

「トミさんはいいなあ。こんな大きなお屋敷に奉公に上がれて」

「どうして?」

「きれいなおべべを着て、髪もちゃあんと結ってさ。手もあかぎれなんか一つもないじゃないか」

わたしは、そろりと手を袂《たもと》の下に隠しました。きっと惣六の母親や姉は、あかぎれだらけの手をしているのでしょう。本当にわたしは幸せものだと改めて思いました。

そういえば兵衛さんは韶子奥様に、仕事の合間に気まぐれに細工した花入れを渡したことがありました。

「ほんの手慰みでございまして。失礼の段は承知しておりますが――」

兵衛さんは、そんなふうに恐縮しておりました。それは森の中で倒れていた朽木《くちき》の洞《うろ》を利用してこしらえたものでした。ほとんど土に還りかけていた朽木を兵衛さんが見つけ、洞の部分を花が挿せるよう幹から切り取って生かしたということでした。洞の口は自然のまま微妙に歪んでいて、木肌には苔が生えていました。本当に森の中で朽ちつつあるものという造形でした。侘び寂びの境地とは、こういうものかしらとわたしは思ったのでございます。

奥様は、とても喜びました。ご自分は逸品のお道具をお持ちなのに、手に取ってじっくりと眺めておられました。

「まあ、よくできているわね。そうは思わない？　トミ」

「本当に。兵衛さんは器用でいらっしゃいますね」

わたしは、子どものように嬉しがる奥様を見て、奇妙な気持ちになりました。こんなふうに無邪気に笑い、思いついたままの言葉を口にされる奥様を見たことがない。そんなふうに思ったのでございます。

奥様は、実際にその花入れを使われました。茶室の床の間に活ける花は、「花は野にあるように」という千利休の教え通り、投げ入れで自然のままに活けるものです。奥様に言われて、わたしはお屋敷の森から、ヤブコウジの枝を一枝切ってきました。それを兵衛さんが作った花入れに活けられたのです。

兵衛さんと並んで床の間を見ておられる姿は、いつものお二人でした。茶道を習いに来た庭師と、当主の妻である先生。ついこの間、ふと魂が引き合い、心が響き合ったことなど、微塵《みじん》も感じさせないお姿でした。

「ヤブコウジが森の中で実を付けている景色ができたわ。人が手を加えない自然のままの姿ね」

うっとりとした口調で奥様は言われ、こう続けられました。

「あなたはずっと前から茶の湯の精神を身に付けていたのね。わたしが教えることなど何もなかったのよ」

奥様の言葉に、兵衛さんはさらに恐縮されていました。

つくづく花入れを眺める奥様を、少し離れた場所に正座して、わたしは眺めました。

奥様こそ、自然な姿におなりだ。そう思ったのでございます。奥様は吉田家では、真の意味ではお幸せではなかったのだ。房興様という優しく思いやりのある夫を得て、何不自由なく暮らしているけれど、不幸だったのだ。

その考えは、わたしの上にふいに落ちてきて、その重さにわたしは慄《おのの》きました。

房興様が吉田家のために、立派な当主を演じているように、奥様も聡明で端麗な妻を演じてきたのです。ご結婚前は、もっとのびのびとされていたのかもしれないとわたしは思いました。天野家でしばらくお仕えした時の韶子様のご様子を思い出そうとしましたが、気高く清楚な春蘭のような印象が思い浮かんだだけでした。

もう既にご結婚がお決まりでしたので、覚悟を決めていらっしゃったのかもしれません。武家華族の当主の妻という枠に自分を押し込めるべく、娘時代の自分を捨て去り、ご両親や老女の教えに従って備えを始めていたのです。だとすると、わたしが見てきた奥様は、真の姿ではなかったのでしょうか。

わたしは奥様の肩越しに床の間のヤブコウジを見やりました。楕円形のつややかな葉の間に赤い実を付けたヤブコウジは、朽木の花入れにしっくりと合っていました。真実の韶子様は、蘭のように温室で育てられた植物ではなくて、このヤブコウジのように野ですくすくと育った伸びやかな一枝だったのかもしれない。そんなふうにわたしは気づいたのでした。

華族様の定めは、本当は悲しいものです。房興様の身の上とも併せて考えると、それほど「家」とは大事なものなのか。御前様は、華族そのものの存在に疑問をお持ちなのに、個人のそうした思いも退けてしまうほど、存続を重視する「家」とは何なのでしょう。

でも今、ここに溝延兵衛さんという庭師が現れた。この才能に溢れた、けれども虚飾も欲もなく、ただ庭を仕上げるためだけに情熱を傾けるお方が、ご夫婦の前に現れたのです。するとそこで小さな流れが変わりました。

御前様は庭造りに没頭され、奥様は、素直な自分自身を取り戻された。長い間お仕えしているわたしでさえ知らなかった朗らかで闊達な性格が、時折顔を覗かせるようになりました。奥様の中で、むくりと何かが身を起こしたのです。それは何だったのでしょう。そしてそのきっかけがなぜ兵衛さんだったのでしょう。いくら考えても、わたしにはわかりませんでした。

でもそれは確かなことなのです。兵衛さんが来て、御前様と共にお庭の改修を始められ、奥様から茶道を習われたことが流れを変えたのでした。あの方に備わった不思議な力とは、人の本当の姿を掘り起こすことだったのかもしれません。そんなことを兵衛さん自身は、何も意識してはいらっしゃらないでしょう。あの純朴な作庭師は。あのお方は、広々とした野を吹き渡る風のような人でしたから。

兵衛さんに茶庭を見せるよう、奥様に言った御前様は、どういうおつもりだったのでしょう。その後、奥様が茶道の手ほどきをされると聞いた時も、単純に喜ばれたのでした。御前様は兵衛さんに全幅の信頼を寄せていらっしゃる。よもやお二人が特別な感情を持ったりすることなどないと高をくくっておいでだったのでしょうか。

それとも——。

それとも房興様は、自分では与えることのできない人と人との深い心の交わりを、兵衛さんなら奥様に与えられるとお考えだったのでしょうか。

何かを感じ取ったからといって、わたしには何もできません。ただ今まで通り、奥様のおそばにいて、見守ることだけがわたしの仕事でした。

朽木でできた花入れは、しばらく茶室の床を飾っておりましたが、水を入れているうちに、本当に腐朽して崩れてしまいました。奥様はたいそう残念がられました。しかし、それも自然の姿なのかもしれません。束の間の美を、奥様とわたしのために見せてくれたのでした。

十二月に皇太子様が誕生されました。世の中は祝賀の雰囲気でいっぱいになりました。新聞もおめでたい話題で満載でした。

房通様は、幼稚園で習ってこられた「皇太子さまお生まれなつた」というお歌を上手に歌われました。

——日の出だ　日の出に　鳴った鳴った　ポーオポーオ
サイレンサイレン　ランランチンゴン　夜明けの鐘まで
天皇陛下お喜び　みんなみんなかしは手
うれしいな母さん　皇太子さまおうまれなつた

何度も繰り返し歌われるので、そのうち、女中たちも憶えてしまいました。

そうやって、静かに吉田侯爵邸の昭和八年は暮れていきました。

昭和九年

正月三が日には、御前様と奥様は両陛下への参賀のため、宮城へ伺候《しこう》されます。

宮城内の正殿で、両陛下が祝賀をお受けになるのです。今年は特に皇太子さま誕生の直後でしたから、いっそう祝賀の気運が高まっておりました。正殿には、皇族、華族、文武百官、在日外交官などが参集されます。皆様、大礼服の第一礼装でございます。

男性は、燕尾服《テイル・コート》にホワイト・タイと決まっていますが、軍人の場合は赤い襟の軍服に金モールを下げて帽子には白い鳥の羽根をつけます。ご婦人方の礼装はマント・ド・クールで、着物は認められませんでした。奥様は、毎年新調されるマント・ド・クールをお召しになります。

わたしは、奥様が正装のお仕度をするのをおそばで眺めているのが大好きでした。奥様はこの日、未明から浴殿で清浄し、お化粧の間でお化粧をされ、それからお着付け部屋へ入られるのです。

この年は、バラの模様を地に織り込んだ白繻子《しろしゅす》でございました。ビロードのトレーンを肩から下げて長く引きずり、高々と結った洋髪にはオーストリッチの白い髪飾りを付けておられました。これに桃色に染めたオーストリッチの扇《ファン》を持たれます。

キサさんだけでなく、三、四人の女中によって、このお仕度が為されるのです。最後に首筋に香水をシュッとかけられて、白いキッドスキンの長手袋をはめて扇を持たれ、姿見の前に立たれた時の、韶子奥様のお美しいことといったら。女中たちもうっとりと眺めております。

ご婚儀の時のおすべらかしのお姿も声を失うほど美麗でしたけれど、すんなりとした体形の奥様は、洋装がお似合いでございます。身支度を整えた御前様と並ぶと、さらに引き立ちます。宮城で大勢の高貴な人々の中に紛れても、すぐにこのお二人は見分けがつくのです。わたしも色留袖でお供をいたします。お供部屋でお待ちしているだけなのですが、正装で参ります。

いつもと変わらない華々しい年明けの行事が終わった時、また嫌なことが起こりました。

小石川の警察署から、白骨死体の身元がわかったと言ってきたのです。仰天いたしました。白骨死体のことなど頭の中から抜け落ちておりました。あれは御前様が供養されて終わったものと決まりをつけていたのです。まだ捜査が続いていたとは思いもよりませんでした。

警察が調べた結果、藤原小四郎《こしろう》という男だと判明したそうです。

藤原という名前には、わたしは憶えがありました。藤原、藤原、と頭の中で転がしているうちに、はっと気がつきました。田鶴子様のお言葉です。

――鳩印様の恋愛のお相手は、藤原だと思うの。

藤原小四郎というのは、準子様が妊娠された時に、お屋敷にいた書生の名前でした。準子様がお産を控えて別邸に移られた時、お屋敷を去ったということです。先代がやめさせたのか、自分から去ったのかは定かでありません。まして、田鶴子様が言われるように、準子様のお腹の子の父親であったなどということは、誰も思いつきませんでした。

その藤原が吉田家の池の中に沈んでいたとはどういうことでしょう。藤原は、子どもの頃に柿の木から落ちて腕を骨折したことがあり、その骨折痕が一致したらしいのです。それから銀歯の位置や、着衣のわずかな残りなどが、あの白骨が藤原小四郎であることの確証になったとのことでした。やはり国元から来た書生で、郷里の親御さんとしては、いなくなった息子のことを思いきれずにいたことでしょう。警察から問い合わせがあった時に、そうした証言をしたのは頷けます。

警察が聴取した結果、家族は、小四郎が吉田家をやめた後、家に戻って来ることも、学校に出席することもなかった、本当にぷつりといなくなったのだ、と言ったそうです。彼が吉田家をやめた半年後に震災が起こったわけですけれど、その時に火傷を負って吉田家に逃げ込んできて、池に転落したというのは、ちょっと解せない展開です。

六か月の間、藤原は何をしていたのでしょう。なぜ誰も姿を見ていないのでしょう。どこかへ姿を隠していた彼が、被災したからといって元の奉公先に逃げ込んでくるでしょうか。そこで池に落ちて、その上に余震で石が崩れてきたというのは、あまりに都合のいい解釈ではないでしょうか。

震災の時は、皆おおわらわで、被災者の顔などいちいち憶えていないのですけれど、火傷をした者は目立つから、それが元書生の藤原だと気づくはずだ、というのは、八重乃さんの言い分でした。

すっかり忘れられていた吉田侯爵家の白骨死体騒動は、またしても世間の人々の目を引くこととなりました。

『吉田侯爵邸の池の白骨は、失踪した元書生』

『震災の年に不義の子を産んだ準子嬢のお相手か』

『悲痛な両親語る　かわいそうな息子の運命』

案の定、新聞はあれこれと書き立てました。

今回は、身元がはっきりしたということで、房興様も沈痛な面持ちでいらっしゃいました。御後室様にいたっては、身元が割れたと聞いた時から顔面蒼白《そうはく》で、お体に障るのではないかと辰野さんたちは相当心配されたようでした。

第六天の上に陰鬱な空気が漂いました。誰もが首をすくめて生活しているような状況でした。それなのにある新聞が、新しい事実を掘り出してきて、さらなる醜聞に仕立て上げたのです。

『吉田邸の書生は、十一年前の放火犯？』

そんな記事が出ました。いったい何のことかと、読まずにはいられませんでした。またしても、邸内でこっそりと新聞が回されました。

お次の間で、女中たちは額を突き合わせて新聞を読んだものです。その内容は仰天すべきものでした。

新聞記者がどこでどんな取材をしたのかはわかりません。が、白骨死体が火傷を負っていたという事実から、震災の前に西洋館で起こったボヤ事件と結び付けたのです。

「ボヤ事件って、何ですの？」

ご奉公に上がってまだ日の浅い女中が、きょとんとしてそう尋ねました。古株のわたしたちでさえ、にわかには思い当たりませんでした。よくよく頭の中をさらえて、西洋館で起こった放火事件のことを思い出したのです。

それは大震災の少し前、夏の初めの頃だったと思います。西洋館が火事になったのです。火のないところからの出火でしたから、外から侵入してきた誰かに放火されたのではないかと言われました。

当時の請願巡査が見回りをしていて、早くに見つけたものですから、消防に連絡してボヤで済みました。その時に駆け付けた使用人の中に不審な人影を見たという者もありました。こちらも結局犯人は見つからずじまいでした。

新聞は、その時の犯人は藤原で、火傷を負って池に飛び込み、そのまま命を落としてしまったのではという推測を展開しておりました。その根拠として、当時の使用人が、逃げていった放火犯が藤原に背格好が似ていたと証言したとありました。

記者はこういう推論を立てたということです。準子様のお相手が藤原だったとすると、先代によってやめさせられた藤原が恨みにより、西洋館に火を放った。ところが自分も大火傷を負ってしまう。熱さに耐えかねて、池に飛び込んだのではないか。藤原である白骨死体は、震災よりも前に滝壺に沈んでいたのだ。

新聞記事をしまいまで丁寧に読んだわたしたちは、顔を見合わせました。

そんなことがあるだろうか。死体の身元が藤原と知れたことによって、こんな都合のいい物語がでっち上げられたのではないか。背格好が似ているだけでは、放火犯は藤原だと断定できないではないか。今さらあんなボヤ事件を持ち出してくるなんて。だいたい、放火があった当時は、藤原の名前なんてちっとも出てこなかったのです。

だから記者が取材した使用人の話は、作り話だとしか思えません。

「ああ、嫌だ、嫌だ」八重乃さんが乱暴に新聞を畳みながら、首を振りました。

「いい加減な記事ばかり」

「でも――」スミさんがおずおずと口を開きました。「それって、あり得る話じゃないかしら」

「え？　藤原さんが放火したって話？」

八重乃さんに鋭く聞き返されて、スミさんはちょっと言い淀《よど》みました。スミさんは周りの人たちを見まわしてから言葉を継ぎました。

「だって、筋は通っているじゃない。藤原さんは、鳩印様にぞっこんだったんだし。付け文をして先代のお怒りに触れて追い出されたというのはたぶん合っているし。吉田家に逆恨みして放火したのかもしれないわ」

相槌を打つ者は、一人もおりませんでした。するとスミさんは、意地になったみたいに急いで続けました。

「だってね、鳩印様のお相手を、先代が殺して池に沈めたなんていうでたらめなんぞより、ずっと本当らしくないかしら」

「まあ——そうね」

八重乃さんは、歯切れの悪い返事をしました。

どちらにしても、わたしたちは新聞記事に惑わされるのには辟易《へきえき》していました。準子様の出産の顚末を書き立てられてから、吉田家は格好の新聞ネタにされているような気がします。それもろくに取材もせずに、おおげさに誇張した推測記事ばかり書くのですから。八重乃さんだけでなく、誰もが「嫌だ、嫌だ」と思っていました。

わたしは一人になってから、十一年前の夏の夜のことを思い出してみました。

請願巡査が吹いた笛の音が、長々と響いたのは憶えています。使用人は皆眠っていましたが、驚いて跳び起きました。身支度に手間取っている間に半鐘が鳴り響き、火事だとわかったのです。でも詳細を聞いたのは、朝になってからでした。西洋館が放火されたということを、当時まだ家扶だった坂本さんから聞かされました。

すぐに消防が駆けつけて消し止めたので、大事には至らなかったのだと。

ボヤが起こった晩、房興様はどこかの地方へ出張されて屋敷を留守にしていたので、詳細は帰ってから耳に入れられたのでした。先代は入院中でした。当主がいない時にこんな不始末を起こしてしまい、当時の家令さんは、恐縮しておられたと思います。

ボヤといっても、窓が破られて侵入されていたとかで、内部は結構燃えたようでした。カーテンや家具や壁、絨毯が燃えたと家職人の誰かから聞いた憶えがあります。消防の調べでは、油のようなものが撒《ま》かれた痕跡があったそうです。かなり計画的であったとの見解でした。

わたしたちは中を見ることはありませんでしたが、西洋館のそばを通りかかると、焦げ臭い臭いがしたものです。

出張からお戻りになった房興様は、すぐに修繕を命じられました。房元様が退院なさるまでに、きれいにしておきたかったのでしょう。ですから先代は、無残な焼け跡を見ないで済んだのです。それですのに、すぐに震災があり、お屋敷のあちこちが壊れてしまいました。それでも退院後、房元様はお元気になられたご様子で、房興様のご婚礼が成ったのをたいそうお喜びになったのです。しかし房通様という跡継が生まれたのを見届け、ご成長を楽しみになさりながら亡くなられました。

あのボヤ事件と藤原の死は、関係があるのでしょうか。スミさんの推論とそう変わらないような噂が、あちこちで囁《ささや》かれました。おかしな新聞記事のせいで、またお屋敷の中は不穏な雰囲気に覆われたのです。

韶子奥様だけは動じることがありませんでした。憔悴された御後室様をお見舞いされ、こう申されたのです。

「身元が知れたことはよかったと思いますわ。書生さんがかわいそうではありますが、親御さんもこれで供養をしてやれるというものです。行《ゆ》き方知《がたし》れずでいるよりも、ずっとよろしいでしょう」

ボヤ事件に触れた記事を読んでいらっしゃるのかどうか、そのことには触れませんでした。

倭子様は、縮緬の布団をはいで起き上がり、毅然《きぜん》とした態度の韶子様をつくづくと見やりました。そして弱々しい声で「そうね」とお答えになりました。

この瞬間、吉田家では、御後室様と奥様の力関係が逆転したとわたしは感じたのでございます。

辰野さんも、御後室様の後ろに控えておりましたけれど、これからは奥様が主で、奥を回していくのだと感じられた様子でした。

韶子様は、本当は芯の強いお方でした。これからどんなことがこの家に降りかかろうとも、奥様のお考えの通りにしていれば間違いないと、わたしも安心しました。そうした思いは、他の女中たちにもしだいに伝わっていきました。それからも、新聞は推測が先行した記事を書きましたが、使用人はそれに翻弄されることはありませんでした。つまらない噂も立ち消えになりました。

藤原の骨は親の許に帰り、房興様のお使いとして、家扶の一人が国元の藤原家にお悔やみに行きました。それで一応の収まりがついたのです。考えてみれば、誰とも知れぬ骨が出てきたというのは気味が悪いことこの上ありません。奥様の言われるように、身元がはっきりしたのはよかったことでした。

こんなことで、第六天が不吉な場所だと断じられるわけにはいきません。ここそが、奥様のおそばこそが、わたしの居場所なのには変わりがないのですから。

房通様は四月に学習院初等科へ上がられ、新しいお友だちが増えるのを楽しみにしておられました。書生が、読み書きや算用を教えて差し上げるのにも、熱心に取り組まれていらっしゃいました。そして好奇心旺盛な子どもらしい感性も表に出されるようになりました。家職人や女中をつかまえては、「これは何?」「これは何のためにあるの?」とお訊きになるのです。答えに窮した島尾さんなどは、「若様のお言葉には、いっつもどまついてばっかりで――」とぼやいておりました。「どまつく」とは「まごつく」の意のお国の言葉だそうです。

房興様と兵衛さんが、各地に出向いて選んだ石が届き始めました。御前様は、石が到着するたびにご自分で確認されていました。伊予青石《いよあおいし》、奈良の紫雲石《しうんせき》などという名のある石もあれば、山の中で見つけてきた変わった形の石もありました。運び込まれるその量に圧倒されたものです。もともとあった石も丁寧に取り置いてありましたので、兵衛さんはそれも使われるおつもりだったのでしょう。これほど広大な庭には多くの石が必要なのです。

その間にも工事は進められていました。わたしたち使用人がじっとそれを眺めているというわけにはいきません。下男の伊平さんが仕事の隙を見ては見物にいって、わたしたちに教えてくれるのです。

「石で滝を作るんだってよ。てえしたもんだな」

伊平さんの説明はそんな調子で、一向に要領を得ません。何もかも「てえしたもんだ」でくくってしまうのです。あれほどの高さからの石の滝とは、どんなものでしょう。わたしには想像もできませんでした。

作業する職人の中で、小柄な惣六は、遠くからでもよくわかりました。兄弟子に言われるまま、くるくると働いていました。熊手やジョレンを使って地面を整えたり、やぐら組みに丸太をぶら下げた道具を四、五人で上下させ、地面を突き固めたりしていました。

伊平さんが「あれは『よいとまけ』という道具なんだとよ」と教えてくれました。

惣六のような子どもにあんな力仕事をさせるなんて、とわたしはむっとしました。他に力の強そうな男たちが何人もいるのに。本人は、遠くから見ているわたしのことなど知りもしないで、一生懸命引き手を引いています。

「ソレ、ヤーレヨイ、ヨーイ」という掛け声の中に幼い声が混じるのを、わたしはお屋敷の中で聞きました。

惣六は、お屋敷の近くに来てわたしに気がつくと、ちょっとだけ笑顔になったりもしました。

頬に片えくぼが浮かぶのを見ると、わたしも和んだ気分になりました。それでも休むとすぐに叱られ、頭をコツンとやられたりするので、不用意に声をかけるというわけにはいきませんでした。

房興様は、今まで通り帝国議会へは行かれましたが、極力、他のお仕事や行事は断って、庭の造成を見ていらっしゃいました。工事が本格的に始まると、兵衛さんにすっかり任せてしまって、口出しをするということはありませんでしたが、それでもご覧になっていたいのでしょう。日本館の前に椅子を出させて、よく座っていらっしゃいました。

一日の作業が終わると、兵衛さんを書斎に呼んで話し込んでおいででした。辰野さんは、土埃にまみれた兵衛さんが書斎に上がることが気に入らないようでしたが、御前様は平気なご様子でした。それどころか、仕事が終わるのを待ちかねていらっしゃるようでした。

「ねえ、トミ。御前は庭造りに夢中におなりね」

奥様は、以前言われたのと同じことをまた口にされました。前と違って、今度は少し沈んだ口ぶりでした。

「ええ、さようでございますね」

「お体に障らなければいいけれど」

奥様は、ちょっと眉根を寄せられました。

わたしは戸惑い、「本当に」としか返答ができませんでした。それほど房興様は、庭造りに打ち込んでいらっしゃったのです。それこそ、病的なほどに。

「お楽しみなのでございますよ。思い通りのお庭ができていくのが」

心配される奥様の心情がよくわかりましたので、わたしは努めて陽気にそんなふうに申し上げました。奥様は、ふっと寂しげに微笑まれました。

「御前はね、元あった庭を壊しておしまいになりたいのよ」

これには何と申し上げていいのかわかりませんでした。奥様は、目を上げて窓の方をご覧になりました。奥様のところからは、空しか見えないはずです。第六天の上に広がる春、清明の空。お屋敷の朝はコジュケイの甲高い鳴き声で始まります。庭を取り囲む森では、サンシュユが黄色い花を咲かせ、花壇では、牡丹がさかんに花芽を出していることでしょう。何度も繰り返された季節の営みです。

思い浮かべると安らかな光景ですのに、なぜかわたしはせつない思いにとらわれました。今年も去年もその前の年も同じだからといって、来年も同じ光景が見られるとは限らない。そんなふうに思ってしまいました。何もかもが同じに見えて、何もかもが少しずつ形を変えているのだ。お庭が大きく変わってしまうみたいに。

わたしが黙っていると、奥様は言葉を継がれました。

「御前は吉田家を継ぐことになった時、そっと隠してしまわれたものや諦めておしまいになったものがたくさんおありだったのね。もうそれは今となっては取り返しのつかないもの。吉田侯爵家を永らえるために、御前様はご立派にその役目を果たされたのですから」

奥様の口からそんなお話をお聞きするのは初めてでした。驚きましたが、黙って聞いておりました。

「わたしには時々、こうおっしゃられるのよ。『吉田家は、誰が継いでも同じだった』って。特に悔いているようでも、悲しんでいるようでもなく、淡々と」

わたしはつい、奥様のお顔をまじまじと見てしまいました。すると奥様は、また微笑まれました。

「大過なく次の代につなげることだけがご自分に与えられた使命だと自覚していらっしゃる。誰がそれをしても変わりないようにするのがよろしいのよ。こういう家はね」

次に奥様は、やや語気を強められて、こう言われたのです。

「だから元の庭を壊して、ご自分の思い通りの庭を造りたいのだわ。それが――」

そこで言葉を切られました。そのまま、ひじ掛けに片肘を載せて、また空を見上げられました。傾いた太陽に染められた雲がいくつか浮かんでおりました。

「それが、御前がこの家に残すたった一つの形かもしれなくてよ」

御前様は元の庭を打ち壊して、兵衛さんの新しい感覚を取り入れた自分好みの庭を造ることに打ち込まれておいででした。

そのお姿を見て、皆は心配になったり不穏な気持ちを抱いたりしました。でも奥様は、冷静にその理由を察していらっしゃったのです。

「お池からお骨が上がったのはいいきっかけだったのよ。亡くなられた書生には申し訳ないとは思うけれど」

御前様のことを、やはり一番理解されているのは韶子様だ。奥様が寄り添っておられる僥倖を、きっと御前様もわかっておられるはずです。

お付き女中のわたしなどに、奥様は真率に気持ちを語ってくださったのでした。有難いことです。

吉田侯爵家を存続させるための捨て石になられた房興様が、たった一つ、自分の存在を残そうとした形が、この枯山水のお庭だったとは。そう考えると、あまりにせつない気がいたします。でも――、とわたしは思いました。もし、御前様が兵衛さんに会わなかったら、ここまで一心不乱に庭造りに打ち込まれなかったのではないでしょうか。

わたしは言葉もなく、空の雲がしだいに濃い茜色《あかね》に染まっていくところを見ていました。

毎年、三月中旬に吉田家では、盛大な園遊会を開きました。皇族方や華族様、閣僚、各国大使館員、お国元の郷友会《ごうゆう》の人たちをお招きになるので、たいそうな人数です。

西洋館の前の広い芝生がその会場となるのです。何日も前から用意したご馳走がテーブルに並びます。それと併せて、模擬店も出ます。そこでは築地《つきじ》のすし屋や赤坂の料亭の日本料理、上野の精養軒《せいようけん》から取り寄せた西洋料理などが次々と提供されるのです。使用人も総動員で忙しく働きます。お給仕には芸者衆が当たります。日本髪に結い、揃いの赤い前掛けをした芸者衆が、お客様の間を行ったり来たりするのです。芝生の上に仮設の演台を組んであって、そこで三味線に合わせて踊りを披露したりもいたします。お謡いや剣舞、弦楽器の演奏などもあります。

若いお嬢様方は、アフタヌーンドレスか大振袖をお召しになっていらっしゃるので、固まっていらっしゃるとそこがぱっと華やかに見えます。こういう場でさりげなくお見合いが行われ、後にご成婚となられたりすると伺いました。

田鶴子様は、花鳥模様の振袖に亀甲の丸帯をふくら雀《すずめ》に結ばれていらっしゃいます。少し波を打たせて結い上げたハイカラな髪がよくお似合いです。しかし田鶴子様はこういう場があまりお好きではないご様子で、いつも浮かないお顔をされています。よそのお嬢様方が話しかけられても、上の空という感じです。

そこへ慈仁様が近寄っていかれると、ようやくわずかに微笑まれ、お二人で何か語られています。お一人で身軽に来られる慈仁様は、お近づきになりたいと寄って来られる華族のお嬢様方を振り切って、田鶴子様や房通様のお相手をしてくださいます。これには御前様も奥様も感謝しているご様子です。お二人は、招待客のお相手でとても忙しいのです。

慈仁様は、それとなく吉田家や御前様をお支えしてくださるのです。

森のそばの斜面には、黄水仙とニオイスミレが咲き乱れ、芝生の脇には、紅白の椿《つばき》の木が一本ずつ植えられていて、八重咲の花が満開になっています。韶子奥様がその下に立たれると、また美しさが際立つように思えるのでした。この日の奥様の装いは、横浜の洋装店で仕立てさせたシンプルな薄桃色のアフタヌーンドレスで、南洋の四連の天然真珠をお着けになっておられました。御髪《おぐし》は小さくまとめられておりましたから、お顔がいっそう小さく見えて、立ち姿の優雅なことといったら、おそばにいるわたしまで誇らしくて、つい胸を反らせてしまうほどでした。

吉田家から嫁いでいかれたお嬢様方も来られます。御後室様は、娘たちに会えてご満悦の様子でした。ご家族ぐるみで来られるので、房通様にとっての従兄弟様も大勢集まります。去年までは引っ込み思案だった房通様は、あまり従兄弟様たちとは遊ばれず、お付き女中の千代さんにくっついて離れませんでした。せいぜい千代さんと連れ立って、模擬店を回るくらいでした。

今年は千代さんがついていけないくらいの勢いで駆けだされます。それでも小さい頃から知っているご親戚方の前に出ると、お行儀よくご挨拶をして小さくなっておられます。純真な子どもらしさと、坂本さんに言いつけられた「吉田家のお跡取り」のせめぎ合いがあるようにお見受けいたしました。

わたしはお客様のお相手をする奥様の邪魔にならないよう、そっと西洋館の近くまで退きました。ぶらぶら歩いて来られた慈仁様は、わたしの顔を見つけると、「やあ、トミ」と気軽に声をかけてくださいました。

「あっちの庭の出来はどうだい？」

「まだまだかかりそうでございます」

「そうだろうね。さっき見てきたけれどいったいどんな枯山水になるのやら、見当もつかない」

「でも御前様が懸命にお取り組みでいらっしゃいますから、きっと素敵なお庭になると存じます」

　慈仁様は、首をすくめられました。

「房興君は、酒も女もやらない。どの役職もそつなくこなしている。吉田家の跡取りとしては完璧だ。そこで何を血迷ったのか、庭造りにかかりっきりになるとはね。華族が乗馬やゴルフに夢中になるんならわかるが。今、彼が世間でどんなふうに言われているか――」

　その時、「黒河様」と後ろから声がかかりました。留袖のどこかの奥様が、お嬢様を従えて立っておいででした。おおかたご自分の娘さんを慈仁様に売り込もうとされているのでしょう。色黒でやや頬骨の出たお嬢様は、お母様の後ろでしおらしくうつむいておられました。

　それでも慈仁様は、如才なく言葉を交わされています。慈仁様は、男ぶりがいいというだけでもてはやされるわけではありません。子爵という身分ですが、背後には吉田家が付いていると計算高い華族様が目をつけていらっしゃるのです。しかし御前様より一、二歳年下の慈仁様は、いいお年ですのに、まだ身を固められる気配はありません。八重乃さんが言うように、亡くなられた準子様との縁談がうまくいかなかったことが、何か影響しておられるのでしょうか。

　わたしは大勢の人の中から現れた房通様のお手を取りました。

「若様、千代さんとあちらの模擬店にいらっしゃったらいかがでしょう。きれいなお菓子が置いてあるようですよ。トミもご一緒いたします」

　房通様はぷっと頬を膨らまされました。

「ああ、今日はつまんない。早く明日にならないかなあ」

「明日は充嗣様がいらっしゃるのですものね」

　わたしがそう申し上げると、房通様は「うん」と言われてにっこり笑われました。

園遊会の翌日は、わたしたち使用人が楽しみにしている催しがございます。模擬店や演台などの設えをそのままにしておいて、翌日は使用人をねぎらうための園遊会を御前様が開いてくださるのです。そこには谷田様ご夫婦も充嗣様と美加子様を連れて参加されます。使用人の家族も来て、今日ほどではありませんが、賑やかで楽しい会が催されることになっています。

今年は、兵衛さんたち庭師とその職人も参加されるということでした。きっと惣六も楽しみにしていることでしょう。

そういうことで、翌日は造園の作業はお休みということになりました。

お昼前には、使用人とその家族が続々と集まって来ました。兵衛さんも二十人ほどの職人を連れてやって来ました。園遊会とは名ばかりの懇親会のようなものです。ぐっとくだけた雰囲気です。谷田様ご一家も来られて、房通様は嬉しそうに充嗣様と芝生の上を走り回っておられます。ジョンまで出て来て、使用人の子どもたちに頭を撫でられています。

子どもたちもご当主のお招きということで、普段着よりはいいものを身につけているようです。男の子は詰襟の学生服を着た子もいるし、女の子は白いブラウスに襞の細かなスカートを穿《は》き、頭にリボンを付けたりしています。

わたしは惣六の姿を探しました。今日は職人たちも作業着ではなく、木綿かセルの絣の着物を身に着けていました。それにハンチングという格好です。兵衛さんと遠藤さんは、申し合わせたように、河内《かわち》縞の着物に、秩父《ちちぶ》縞の羽織でした。兵衛さんはいつものハンチングですが、遠藤さんはカンカン帽を被っていらっしゃいました。

御前様が家族も連れて来るように言われたのでしょう。妻帯者は妻子を伴って来ておりました。兵衛さんの奥さんという人を初めて見ましたが、地味な身なりのおとなしそうな人で、兵衛さんの後ろにじっと控えていました。走りだしたくてうずうずしている態の二人の男の子を小声で叱り、小さな女の子を抱いていて、どこにでもいる下町の女房という感じでした。大きな仕事をくだされた華族様のお屋敷で、粗相があってはならないと気を配っている様子が見て取れました。

惣六は、新年の時と同じ木綿の絣でした。こんな場に出たことがないのでしょう。キョロキョロと珍しそうに辺りを見渡しています。御前様と奥様のところに、銘々がご挨拶を申し上げると、もう後は無礼講になります。これは毎年のことです。御後室様は初めからお出ましになりません。これも毎年同じです。きっと前日の園遊会で疲れ果ててしまわれるのでしょう。

田鶴子様は、どこかにお出かけのご様子です。女子大学校に通われることが決まって、交際範囲が広がられ、ますますご自由に闊達になられました。もはや、縁談などには見向きもされず、御後室様は頭を抱えていらっしゃいます。

三島さんが作った和洋の食べ物がどっさり出され、皆好きなようにつまめるのです。すしや刺身や焼き鳥や串焼き、てんぷら、ローストビーフやエビフライ、うどんやそば、カレーもあります。模擬店では、主にデザートが出されます。アイスクリーム、饅頭《まんじゅう》、焼き菓子、イチゴやパイナップルの入ったゼリーなど、よりどりみどりです。お酒も飲み放題ですし、大人も子どもも毎年、これを楽しみにしているのです。

「惣六、何でも好きなものを取って食べていいんだよ」

突っ立ったままの惣六にそう言いますが、庭職人の小さな弟子は、しばらくはその場を動こうとしませんでした。すっかり場の雰囲気に呑まれてしまっているのでした。それでわたしは惣六を従えてテーブルに寄っていき、適当に皿に盛ってやりました。おずおずと手を出した惣六は、それでも嬉しそうに食べました。

きっとそんなご馳走など、食べたことはなかったのでしょう。

「美味《おい》しいかい？」

そう問うと、食べ物を口に運びながら小さく頷くのです。その仕草が何とも愛おしく、また可《か》哀《わい》そうにも思えました。

「急がなくてもいいよ。たくさんお食べ」

慣れてきた惣六は、模擬店にも並んでアイスクリームやら生クリームを挟んだ焼き菓子やらを手渡してもらいました。兵衛さんの子どもも同じように目を輝かせてそれらをいただいていました。わたしたちは毎年、園遊会に参加できますが、この人たちは今年限りなのだ、とわたしは思いました。きっと惣六も兵衛さんの子どもも、いつまでも憶えていることでしょう。第六天のお屋敷で、夢のような園遊会でもてなされたことを。

房通様は、充嗣様にくっついて、あちこち歩き回っておられました。御前様と奥様は、谷田ご夫妻とガーデンチェアに座って語られているようでした。

そのうち、小さな騒動が起こりました。充嗣様と吉田家の家職人の子が取っ組み合いの喧《けん》嘩《か》を始めたのです。黄水仙が咲く斜面を、泥だらけになって転がり落ちたようです。椿の花が落ちたのを競争で拾っているうちに、取った取られたの言い争いになり、どちらかが手を出して、そんな状況になったとのことでした。

わたしが駆けつけた時には、伊平さんが割って入って喧嘩を収めていました。それでも充嗣様と同年代くらいの男の子は、肩で息をしながら睨《にら》み合っていました。

「枝に咲いている花は取らないって言ったじゃないか」

充嗣様がそう言うと、「取ってないやい！」と男の子が言い返します。

奥様と京子様が騒ぎを聞きつけて歩いて来られました。少し遅れて男の子の父親が走って来ました。誰かが事情を知らせたのでしょう。

「まことに申し訳ございません！」

家従の一人でしたが、膝に顔がつくくらい、奥様に対して頭を下げました。そして、突っ立っている自分の息子を怒鳴り付けました。

「お詫びをしないか！　若様のご友人に殴りかかるとはどういう料簡《りょうけん》だ」

それでも黙ったままの息子に手を挙げます。

「いいえ、いけません」抱いていた美加子様を下ろして、京子様が慌てて止めました。「子どもの喧嘩ではありませんか。どこでもあることですわ。仲直りをしなさい。充嗣、さあ」

すると充嗣様は、「ごめんよ」と謝られました。家従の子も、おずおずと「ごめん」と返しました。

「さあ、これでよろしいわね。もうおしまいにしましょう」

韶子奥様の言葉で、何もかもが収まりました。家従は、恐縮しながら自分の仕事に戻っていきました。

「トミ、充嗣さんを広瀬《ひろせ》のところへ」

こっそりと奥様はわたしに耳打ちをなさいました。見れば、充嗣様のこめかみから、血が一筋流れています。おおかた斜面を転げ落ちた時に、枝か石で引っ掻いたのでしょう。家従が気がついたら、また大騒動になりかねないので、こっそりわたしに命じられたのです。広瀬さんは、吉田家に雇われた看護婦です。小さな怪我の手当などは広瀬さんに頼むのです。

わたしは、懐紙で充嗣様の血を拭って差し上げてから、日本館の方へお連れしました。広瀬さんは、手早く傷を検《あらた》めました。右耳のそばが少しだけ切れていました。

「たいしたことはありません。消毒をしておきましょうね。ばい菌が入ったらいけないから」

わたしは充嗣様の髪の毛を掻き上げて、消毒薬を浸した脱脂綿を近づける広瀬さんのお手伝いをいたしました。充嗣様はされるままにじっとしておられます。

その時、わたしは気がつきました。充嗣様の右耳の前に小さなイボ状の突起が二つ並んでありました。これは副耳《ふくじ》というものです。姉が奉公に上がっていた医院で手伝いをしていた時に、これと同じものを見たことがあります。

医院の先生は、よっぽど目立って醜いもの以外は、そのままにしておくという方針でした。見栄えを心配する親に、「副耳は福に通じるんじゃ」などといい加減なことを言っておられたのを思い出しました。これは遺伝性の場合もあるそうです。あの医院では、いろんな知識を授けてもらいました。そっと反対側の耳を見ると、そちらにも同じような副耳がありました。

広瀬さんは、副耳に気がついたかどうか、手早く傷の消毒を済ませ、絆創膏《ばんそうこう》を貼っておしまいになりました。お庭に戻った充嗣様は、元気に走りだしました。房通様が駆け寄って来られて「ツグちゃま、大丈夫?」と声をかけていらっしゃいます。房通様は、二人の年長者の喧嘩にすっかり怖気《おじけ》づいたご様子でした。房通様の前で乱暴な振る舞いに及ぶ子どもは、今までいなかったのでしょう。

房通様の手をひいた充嗣様は、さっき喧嘩した男の子がいるところへ行かれて、屈託なく言葉を交わしておられます。わたしはほっと胸を撫で下ろしました。それにしても京子様の教育は立派なものです。ご自分のお子様でも、よその子でも対等に扱われ、仲直りをさせておしまいになるのですから。充嗣様を愛情深くお育てになっていることがよくわかりました。そして充嗣様も、素直ないいお子様におなりでした。

しばらくすると、演《だ》し物が始まりました。

演台に登壇するのは、昨日の演目とは違い、ぐっとくだけたものです。軽業師や手品師がそれぞれの芸を見せるかと思えば、講談師が仇討《あだう》ち物をやります。そのうち使用人たちが演台に上がって、かくし芸が始まるのです。民謡や東京音頭を歌う者があれば、三味線や太鼓を披露したり、挙句の果てにドジョウ掬《すく》いまで飛び出して、大笑いの声が芝生の上に響き渡ります。

白い幕を野外に張って、活動写真を映したりもします。子ども向けの題目でしたので、皆、芝生の上に膝を抱えて座り、じっと見入っています。その中に惣六が混じっていました。この家の使用人の子にすれば、毎年のお楽しみですけれど、惣六にとっては、初めてのことに違いありません。職人の弟子には、想像したこともないような一日だったと思います。

日が翳り始めた頃、この園遊会の目玉である福引きが行われます。

御前様や奥様からの下され物、到来物、坂本さんが用意したものなどが、くじ引きで皆に当たるのです。子どもから大人まで、わくわくしながらくじを引きます。坂本さんが、演台の上から当たり番号を大きな声で告げるのです。わたしは去年、上等の帯締めが当たりました。

職人たちはひとかたまりになっています。お酒を存分にいただき、いい具合に出来上がった者もいます。兵衛さんとその家族が寄り添って芝生の上に座っているのが見えました。奥さんは、やっぱり口数少なに兵衛さんのそばに座っていました。疲れたのか、末っ子の女の子はすやすやと眠っていました。平和で平凡な家族の姿でした。

惣六は、兄弟子たちとは少し離れてぽつんと立っていました。次々と賞品と番号が呼ばれるのを、固唾《かたず》を呑んで見守っています。使用人の子や兄弟子たちが、何かをもらって戻ってくるのを、じっと目で追っているのです。何か特別なものをもらうなどということは、この子にはなかっただろうなと思いました。握りしめた札を何度も確かめる様子を見ると、惣六にいい物が当たりますようにとわたしは祈りました。

坂本さんが、ある番号を口にした途端、惣六はびくんと体を震わせました。隣にいた遠藤さんが、「お前だろ」と肘で突くのがわかりました。よろよろという感じで、惣六は前に出ていきました。演台の下で、福引き係の者に番号札を渡しています。それと引き換えに渡されたものを見て、わたしはがっかりしました。係が差し出したのは、一升瓶でした。おそらくはお国元の銘酒でしょうが、十四歳の惣六には不要のものです。子どもには子ども向けの品が当たる番号札を引かせるようにしているはずですが、職人の惣六には、その配慮が行き届かなかったようです。

その代わり、兄弟子たちはわっと盛り上がりました。清酒を当てた惣六を待ちかねて騒いでいます。兵衛さんは困った顔をしましたが、どうしようもありません。重い一升瓶を抱えた惣六が戻ってくると、皆は大喜びで取り囲んで、惣六の肩を叩いたり、銘柄を見たりと騒いでいます。清酒を兄弟子に渡し、しょんぼりした惣六が可哀そうでなりませんでした。

その時、韶子奥様がわたしのところに近寄って来られました。

「トミ、あの子を西洋館の前に連れて来てちょうだい」

わたしは深く考える間もなく「はい」と答えました。

奥様は、日本館のお菓子所から、とらやの羊羹《ようかん》を持って来させました。桐の箱に入った上等のものでした。

「これをお持ちなさい。お酒は他の人にあげておしまいなさいな」

そう言って、とらやの羊羹を風呂敷に包んで惣六に持たせたのです。惣六は、もうぼうっとしてしまって、差し出された風呂敷を受け取るだけでした。

「惣六、奥様にお礼をおっしゃい」

わたしが囁くと、我に返ったように体を折り曲げて「あ、ありがとうございます」と申し上げました。そしてずっしりとした羊羹の包みを胸に抱いて、芝生の方に戻っていきました。

奥様のこうした細やかな心配りには、いつも恐れ入るのです。惣六が夢見心地でこの場にいたこと、もう二度とこんな華やかな場に出ることはないだろうということ、福引きを楽しみにしていたことなどを、京子様と語らいながらも察していらっしゃったのです。

韶子奥様は、やはり生まれついての華族様でした。吉田家には欠くことのできない存在、房興様の妻として、申し分のないお方です。

惣六が戻っていった後、すぐに兵衛さんがやって来て、奥様にお礼を申し上げました。兵衛さんも、奥様のなされたことに感じ入っていたと思います。

「よろしいのよ。あの子はよく働いてくれていますもの」

そんなふうに奥様は言われました。幼い弟子である惣六の働きぶりまで気をつけてくださっていたのだと思うと、兵衛さんよりわたしの方が嬉しくなりました。

惣六は、きっといつまでもこの日のことと奥様のお優しさを忘れないでしょう。

造園の方は、どんどん進んでいきました。

幸いにも、晴れた日が続きました。元の庭の高低差を利用して、滝の石組を組み、滝から流れ落ちた水が海に流れ込むという景をこしらえているようで、それは壮大なものになるだろうなという気がしました。

槌の音、滑車の音、スコップやツルハシを振るう音、台車や一輪車で石や砂利を運ぶ音。それに被さる掛け声。長くかかる工事に、御後室様は「頭が痛い」と訴えて、しょっちゅう侍医さんを呼ばれました。

御前様は、毎日その様子をご覧になり、その日の作業の終わりには兵衛さんと話しておいでした。相変わらず他のことには気が回らないといった態でございました。家にいる時間を極力増やし、椅子に座って庭を眺めていらっしゃるのです。以前は韶子奥様と絵の展覧会や音楽会に足を運んでいらっしゃったのに、そういうこともすっかりなくなりました。

房興様は、庭での作業をご覧になっていたいのです。まるで庭に魅入られたというご様子でした。それはただ施主が庭造りを楽しみにしているという姿とはちょっと違って見えました。わたしの気のせいでしょうか。御前様が椅子に座られて庭に向かっている後ろ姿を見ていると、だんだんお姿が薄くなっていくような気がいたしました。おかしな感覚ですが、存在そのものが希薄になっていくというか、そんな感じなのです。

庭が完成したら、どうなるのだろうとわたしは考えて恐ろしくなりました。もう御前様は満足されてしまい、生きる力も失ってしまわれるのではないか。そんなふうに思ったのです。でもその後起こったことは、わたしの想像を超えるほど、恐ろしいことでした。

御前様のそんな様子に奥様が気づかれないはずはありません。それでも奥様は何もおっしゃいません。変わりなく日々を送っておられました。吉田家の当主の妻として何の揺るぎもございませんでした。

房興様に代わって、吉田家の交際は滞りなく務められ、御後室様のお相手も、房通様のご教育もしっかりなさっておいでした。家内のことも細かいところまで気をつけて指示を出され、時には家令の坂本さんからの相談にも乗っておられました。御前様から明確なお返事をもらえない時、坂本さんは奥様を頼るようになっていました。

「そうね。それでは御前に伺っておきましょう」

そんなふうにお答えになられるのですけど、実際は、ご自分の裁量で坂本さんに指示を出されるのです。自分の与《あずか》り知らぬところで家内の雑事が処理されても、房興様はもう何も気にならないご様子でした。

そんなふうに房興様の存在が希薄になっていかれるのとは逆に、奥様は強く、生き生きとされていきました。そこには庭だけに夢中になって、家政には気もそぞろになったご当主を補佐するというだけではない何かがありました。

　わたしだけの推量ですが、そこには兵衛さんという存在があったと思います。別に兵衛さんとどうこうということではないのです。ただ自分の仕事や生き方に自信を持ち、茶庭を手掛けるために茶道を始め、あらゆる物事を吸収しようとする庭師の溝延兵衛さんに出会って、新鮮な驚きを感じられた、そこが出発点だったと思います。

　今まで奥様が接してこられた平民は、常に奥様に対してへりくだる人々でした。使用人や商人や、職人、また習い事の師範など。奥様は、そういった人々を決して見下してはいらっしゃいませんでしたが、生まれ育った環境から、彼らとの一定の付き合い方を身に付けておいででした。

　ある意味で兵衛さんは、奥様にとって初めて密に接する平民だったのです。特異な人物と言ってもよろしいかと思います。好きなことに一途《いちず》に打ち込み、探求心を忘れず、自由に生きていらっしゃる。侯爵家の当主である施主様とも堂々と渡り合う人。華族様の狭い世界しか知らなかった奥様が見た、いえ、兵衛さんが奥様に見せた世界に魅了されてしまったのでしょう。

　そんな兵衛さんに触発されて、奥様はご自分を見直すということをされたのです。そして抑えつけていた力を撥ねのけて、素直に自分らしく生きるということに目覚められた。そういう点では、房興様も一緒なのです。ですが、御前様は兵衛さんが造る庭の方に目を向けられ、奥様は兵衛さんそのものに引き込まれた。そんな感じでございました。

　確かに奥様と兵衛さんは、純粋な心の交流をお持ちでした。おそらく兵衛さんも奥様に出会って、今まで知らなかった世界が開けたと思います。それは茶道や露地のことだけではありません。韶子様という人間性に触れて感じ入ったこと、惹かれることなどがおありだったと思います。しかし、そうした思いは、兵衛さんの中に慎重にしまわれていました。

　平民である自分と華族の奥様の韶子様の身分の違いは、もちろん意識されていたと思いますが、それだけではない何か。わたしも常に感じている、一種冒し難いものが韶子奥様の中にはあったのです。そして、これはわたしだけが気づいていたことかもしれませんが、奥様は、さらに輝きを増しておられました。もはや美しいという言葉だけでは言い表せない、強靭《きょうじん》さと自信を兼ね備えた女性になられたのでした。

ある公爵家のお屋敷で、各国大使や武官との親善パーティが催されました。招待状が届きましたので、ご夫婦で出かけられました。お招きくださった公爵家の車寄せで車を降り、わたしはお二人の後ろをついて玄関まで参りました。そこで貴族院議員をされている桜木《さくらぎ》侯爵様ご夫妻に出くわしました。

桜木様は、立派なお髭《ひげ》をたくわえられ、お腹が突き出た堂々とした体軀《たいく》のお方です。御前様を見るや、にやりと笑って近づいて来られたのでございます。

「どうしたね？　君、少しやつれたんじゃないか？」

桜木様はガラガラ声でそうおっしゃいました。房興様は、如才なく挨拶をされ、奥へ進もうとなさいますが、桜木様は引き留められるのです。そこで立ち話ということになりました。

「大変だっただろう。庭の池から白骨死体が出てきたんだからね」

「ええ。お騒がせをして申し訳ないことです」

「いやいや。しかし本当なのかね？　あれは書生のもので、そいつが準子さんを妊娠させたというのは」

桜木様は、からかうように言われます。御前様は、言葉に窮してしまわれました。

「君はその池を大急ぎで埋め立ててしまっているというじゃないか。新聞記事は、あながちでたらめではないということなのかな？」

わたしはむっといたしました。まるで下町の女房たちがする噂話のようです。まったく品のないことを言われるお方だと思いました。そういえば、桜木様は大酒飲みで、酒席ではくだを巻いて誰彼なしに絡まれるのだと聞いたことがございました。

その時でした。韶子奥様が一歩前に出られたのです。

「我が家の池はやや深すぎたようですわ。それで改修しておりますの」にこやかにそうおっしゃいました。「桜木様をガーデンパーティにご招待しても安心なように。千鳥足で歩かれて、滝壺に落ちられると大変でしょうから」

桜木侯爵様は、目を白黒させました。よもやこんなことを奥様に言われるとは思ってもみなかったのでしょう。わたしも驚きました。以前の奥様なら、困惑した顔を伏せてしまわれるだけだったと思います。咄嗟《とっさ》にこんな機転のきいたことを口にされるとは。

桜木様は、下唇を突き出したきり、続ける言葉もなく去っていかれました。

韶子奥様は動じることなく、失礼な侯爵様を体よく追い払ったのです。まったく堂々とされたものでございました。もはや奥様は、弱々しく庇《かば》われる側の人ではない。御前様を守ってさしあげられるほどのお力を持たれたのだ。わたしは新たな気持ちで、美しい奥様を見たものです。

庭にばかり目を向けられていた房興様は、奥様の変化に特に気を留めることがありませんでした。その神々しいほどの存在をあがめていたのは、おそばにいるわたしと、兵衛さんだけだった。それは今も確信があります。奥様からどうしても目を離すことができませんでした。この先、どうなっていくのだろうと緊張しつつも魅入られていったのでした。

それが第六天の中だけで起こった小さな変化でした。

しかし、世の中も少しずつ変わっていたのです。第六天というわたしの愛すべき小天地に押し寄せるほどの変化が周囲で起こっているとは、わたしは気づいていませんでした。

昭和の初め頃から、不況のため華族様たちの中にも厳しい経済状況の家がありましたが、一般社会ではもっとひどいことになっていたのです。「欠食児童」という言葉が一つの流行語となったほど、学校に弁当を持って来られない子どもたちのことが社会問題になっていました。それに加えて東北地方は凶作が続き、娘の身売りなどが続出していたのです。

親方のところに弟子入りして、日々の食べ物や着るものに事欠くことのない惣六は、まだ幸せだったのかもしれません。社会から隔絶された平和なお屋敷で、美しい奥様にお仕えしていたわたしは、そういうことにも気づかない馬鹿者でした。

でもやはり、小さな綻びはやって来るものです。

農村では小作争議が頻発するようになりました。華族様が地主になっている農場でも、小作人が立ち上がり、小作料の値下げを要求したり、土地を農民へ渡すよう要求したりしたそうです。そういうことは何となくわたしの耳にも入りました。ですが、それは気候の厳しい北海道や東北の寒い地方のことで、関東などは無関係だろうと無知なわたしは安穏としていたのです。何の根拠もないのに、身近な華族様が経営する農場は、安泰だろうと考えていました。

しかし、不況が労働争議を呼び、凶作が小作争議を呼びました。あちこちで労働組合や農民組合ができて、全国的な流れとなっていたのです。その中には、慈仁様の千葉の農場も含まれていました。

慈仁様の農場は水稲栽培が主で、気候にも恵まれて利益も上がっていると伺っておりました。黒河家は不在地主として、上手に経営しているとばかり思っていたのです。何せ慈仁様には吉田家がついているのだから、まずいことにはなるまいとわたしも奥様も楽観しておりました。ですから、黒河農場で小作争議が起きたと聞いた時には驚きました。

どうも慈仁様が小作料を増額したことに反発して、争議が起こったようです。以前、慈仁様が房輿様に経営について相談したいとおっしゃったことがありましたが、その頃から農場経営に行き詰まっておられたのでしょうか。今回は慈仁様の一存で、警察に要請して集会を解散させたりしたので、余計こじれたようです。それで結局は吉田家に頼って来られたのです。

ところが房興様は、小作人の味方をされました。土地分譲をして自作農を奨励すべきだと言われました。土地代金に関しては、彼らに支払いが可能なものとするよう、提案されたのです。「これからは、土地を耕す者が土地からの恵みを得るべきだ。特に不在の華族地主が小作収入で食っていくなどとは時代からずれている」

そう慈仁様に忠告されたようです。わたしはその場にはおりませんでしたが、家職人から漏れ聞こえてきたことを、例によって八重乃さんが教えてくれました。房興様のそういうお考えは、以前から心得ておりましたので、わたしは特に驚きもしませんでした。たぶん、奥様も一緒だったと思います。

それは房興様の頑なな思い込みだけではないのです。「地主を倒して小作人を自由にする」というスローガンを掲げた運動は、全国的な広がりを見せていました。農場と農民が対立していたのでは、日本の農業は衰退するだけだと房興様は憂えておられたのでした。戦争による統制も始まりつつありましたし、華族経営の農場は、やがてなくなると考える人は少なからずいらっしゃったようです。

房興様は新しい視点で、農業経営も華族のあり方も考えなければならないというお考えでした。けれども、この考えは慈仁様には届きませんでした。聞くところによると、疲れと怒りで目を充血させた慈仁様は、応接室を出ていかれたそうです。そのまま御後室様のところに行かれたのですが、このところ、御後室様もあまり体の具合がよくなくて、侍医がしょっちゅう呼ばれています。

いつもでしたら慈仁様のお話をじっくり聞いて差し上げるはずの倭子様は、あまり当てにできなくなっておりました。慈仁様は、足音も高くお屋敷を出ていかれました。

お気の毒ですけれど、黒河家のことは、黒河家で解決すべきでしょう。

小さくため息をついた房興様は、あまり気になさる様子もなく、また庭に向き直られました。

兵衛さんは、石を据える作業にかかっていました。それが御前様にはとても興味を引かれることだったのです。この庭にもともとあった大きな石や、運び込んだ石をどう組み合わせ、どういう向きで据えるか。これだけ膨大な量があれば迷うに違いないとわたしなどは思っておりました。

ところが兵衛さんは、初めからそれが決まっていたかのようにてきぱきと指示を出すのです。職人たちはそれに従ってコロやソリ、テコなどを使って石を運び込み、ワイヤーロープをかけて三又《さんまた》に吊るした滑車で石を吊り上げて、指示された通りに石を据えていきます。その速いことといったら。兵衛さんの頭の中には、設計図というよりは、景色が描かれているのだと思いました。滝は見事に青石で再現され、築山に置かれた石は、連山を思わせました。それ以外の何にも見えませんでした。前に兵衛さんは、庭で表現するものは、自然そのものではないと言われました。庭に取り込まなくても、美しい自然はあるのだからと。その意味が少しわかった気がいたしました。吉田家の庭には、兵衛さんの自然が現れようとしていました。

それを一番理解しておられたのは御前様でした。施主と庭師が一体となって、このお庭は出来上がろうとしているのだ。きっとこの空間は、房興様にとっては宝物に、兵衛さんにとっては代表作になるに違いない。そう思うと、何やら泣きたいような気持ちになるのでした。

奥様は、ただ静かに見守っておいででした。

作庭が佳境を迎え、現場が活気を帯びてくればくるほど、兵衛さんは茶の湯の静けさに触れていたいと思われるようでした。それでどんなに忙しくても、暇を見つけて翠月庵へ足を運ばれました。きちんと身なりを整えて来る兵衛さんに合わせて、奥様もそのひと時をこしらえました。

静かに露地を眺め、韶子奥様の世界に足を踏み入れる兵衛さんと、亭主として彼を迎え入れる韶子様。お二人は、この時間をかけがえのないものと感じておられるのでした。常に同席するわたしには、それがよくわかりました。

「いつお庭は完成しますの?」

お稽古の後、奥様がそう問われました。

「はい、夏頃には」

兵衛さんは短い言葉でお答えになりました。

庭が完成したら、もはやお二人は会うことはかないません。時には御前様に呼ばれて兵衛さんが庭の手直しに来ることはあるかもしれない。でももうその時には、今のお二人ではないのです。もしかしたらその時、御前様は奥様に、翠月庵でお茶を点てて差し上げるように言うかもしれません。でもお二人の間には、大きな隔たりができているでしょう。静かな茶室や茶庭でそっと心を寄せた、今日この時はもう二度と戻ってこないのです。

わたしは兵衛さんのお顔を見やりました。奥様は、ご自分の変化に気づいていらっしゃる。それが兵衛さんの庭に出会い、それを造った人と接したことからきていることを充分に理解していらっしゃる。もう少し踏み込めば、兵衛さんと離れがたく思っていらっしゃる。身近にお仕えするわたしには、そんな奥様の気持ちが伝わって参りました。そしてそういうご自分の気持ちに戸惑い、持て余していることも。

お互いに伴侶があるとか、身分があまりに違い過ぎるとか、そういうことを超越したものが、二人を結び付けているのです。こんな理不尽なことがあるだろうか。この場で生まれた密な魂のつながりは、告げることも表すこともなく、淡雪のように消えるしかないのでしょうか。

だからこそ、わたしは兵衛さんを窺ったのです。この人は、奥様の気持ちをわかっておいでなのだろうか。半年前、本玄関に立った素朴な作庭師は、今、何を考えているのだろう。兵衛さんは、吉田家に素晴らしい枯山水のお庭を造ったら、平気で次の施主様のところへ行かれ、同じように淡々と仕事をこなすのでしょうか。

わたしがどれほど強い視線を投げかけても、静かに座した兵衛さんからは、どんな感情も読み取れませんでした。

四月になって、房通様は学習院の初等科へ、田鶴子様は、日本女子大学校へ通われるようになりました。

ご学友のうち何人かが電車で学校へ通われているのを羨ましく思われたようで、房通様も、たまに電車に乗って学習院へ行くことを許されました。その時は千代さんと島尾さんをお供に牛込《うしごめ》見附《みつけ》の停留所まで歩いていって電車に乗られました。慣れてくると、急に走りだしたり、お友だちの顔を見つけるとお供を置いて電車に飛び乗る、などのおいたをされるようになり、二人ともが慌てふためくのを見て喜んでいらっしゃるのです。そのいきさつを聞いた坂本さんに、若様はきつく注意されておられました。

「吉田家のお跡取りがそんなわがままをされてはいけません」

こういう躾も家令の仕事でした。

御前様は、房通様のことはあまり気にかけられませんでした。積極的な態度が見え始めた様子から大丈夫だとお思いだったのか、それとも庭造りの方に気を取られていたのか。

石を据えた後に植栽が始まりました。これも設計図の段階で、房興様と兵衛さんとが打ち合わせをして決めたものでしょう。植木屋によって、養生した木々が次々と運び込まれました。以前の庭に植わっていた形のよい松やモミジや槇《まき》などは、もとあった場所から移植され、生かされるようになりました。

庭の主役は石組なので、それに添うように配置されて植えられていきます。同時に石畳や竹垣も作られました。惣六は一日も休むことなく、作業に顔を出しました。この子ともうお別れなのだ。そう思うと寂しくてたまりませんでした。何もかもが、人の思惑を無視して、流れるように行われていきました。

房通様は、作業中の庭に出ることは禁じられていました。それでも吉田家の広い敷地ですと、よそへ遊びに行く必要もありません。お相手の子や千代さんを引き連れて、枯山水の周りを囲む森の中で、飽きることなく遊ぶことができました。森の中には、男の子の興味を引くものがたくさんあります。キジの羽根が落ちていたり、小鳥の巣があったり、冬眠から覚めたヘビがいたり。いよいよ活発におなりの房通様は、年上の子らを引き連れて森の中を縦横無尽に駆け回っておいでです。そのうち、かくれんぼを始めたようです。賑やかな声が途切れ途切れにお屋敷の方まで響いてきました。

今日は珍しく御前様はお出かけで、奥様は夫人室にいらっしゃいます。呉服屋が置いていった生地の見本を見比べて、次にこしらえるお着物の染めや仕立ての思案をしておいででした。わたしはお次の間で待つよう言い渡されて、一階へ下りました。

玄関前にビュイックが着きました。おや、と思って目を凝らすと、それは慈仁様ご自慢のお車なのでした。家扶が走って出て、ドアを開けます。先に降りて来られたのは、田鶴子様でした。急いでお迎えに出る家職人や女中の後に、わたしも続きました。

ビュイックから降りてきた慈仁様は、難しいお顔をされています。お二人でどこかにお出かけだったのでしょうか。女子大学校に通われる田鶴子様は、お付き女中がどこへでもついて回るのを嫌われて、一人で学校へ向かわれます。

「女子大学校には、お供部屋なんかなくてよ。みっともないからついて来ないで」

そんなふうに言われて幼少の頃からのお付き女中を遠ざけたと聞きました。お供部屋というのは、学習院などに通われる華族様の子女に付き添ってきた女中が、お帰りのころまで待機している部屋のことです。生徒さんお一人お一人に女中がついてくるのですから、かなりの数になります。学校側もそうした人たち専用の部屋を設けているというわけです。

女中はそこでおしゃべりに興じたり、本を読んだりしてお待ちするのです。ところによっては、女中のために手芸などを教える先生を雇っている場合もあるようです。彼女たちは、気楽にそんなことをしながら、お供する若様やお嬢様が出て来られるのを待つのです。しかし、勉学を第一に励まれる方々には、そんな人がついていていては却って邪魔になるのでしょう。御後室様は、渋々田鶴子様の言い分をお聞き入れになったそうです。

華族のお嬢様の交友関係は、常にご両親の監視の下にあります。ご友人のところに遊びにいくにしても、お母様に「○○様のところにお招きいただきましたけど、伺ってよろしゅうございますか?」とお伺いを立てるのです。そのご友人も学習院に通われている華族様に決まっています。そお母様がお許しになると、老女が先方の家のご用取り締まりの老女に挨拶の電話をします。その電話ときたら、ばか丁寧なやり取りが延々と続くのです。それから、手土産を用意するのも老女の役目です。名のある店の洋菓子か和菓子を取り寄せて、お付きの女中に持たせるわけです。

そんな段取りを踏まなければ、お嬢様方は外出することはできません。ですが、女子大生におなりの田鶴子様は、自分専用のパッカードに乗って、自由にどこへでも出かけてしまうのです。交友関係も華族だけというわけではなくなりました。行き先も学校だけではなく、勉強会だとか趣味のクラブだとか様々です。

ここのところ、田鶴子様は急に大人びてこられ、お屋敷の中ではあまりおしゃべりをなさらなくなりました。難しいご本を読んでおられるようだと、田鶴子様付きの女中から聞きました。

御後室様は、準子様のことがあるので、いちいち気を揉《も》んでおられます。

「お母様、つまらないことに気を回さないでくださいませ。わたしは鳩印様とは違います。男性などに振り回されたりするのは、ごめんですわ」

そうぴしゃりと言い返されて、さっさと出ていかれるのでした。御後室様は運転手に言い含めるのが精いっぱいでした。田鶴子様の運転手によると、田鶴子様は学外で英語を習っておいでで、英文学にも傾倒してそうした勉強会に顔を出しておられるとのことでした。そう聞いても、ご心配なのでしょう。倭子様は御前様に助けを求められました。

「吉田家の家長として、あなたが田鶴子を教育してちょうだい。わたしには、もうお手上げです」

御前様は、例によって「田鶴子さんは、向学心があるのです。英語は習っておいた方がよろしいでしょう」などと取り合わなかったそうです。

今日は慈仁様とお出かけだったのでしょう。そういえば、英文学の勉強会は、慈仁様から紹介されたと言われていました。

内玄関に迎え出た使用人たちには一瞥《いちべつ》もくれずに、田鶴子様はさっさとご自分のお部屋へ向かわれました。慈仁様は家扶に耳打ちし、応接室へ入られました。八重乃さんが家扶に言われて急いで奥へ行きましたから、御後室様をお呼びしにいったのでしょう。ここ数日は、御後室様も体調がよろしいようで、句会の準備をされたりしています。田鶴子様からお母様のご機嫌を聞いて、慈仁様は訪ねて来られたのかもしれません。

黒河農場の小作争議はまだ収まりそうもないと聞きました。農民組合の代表者が慈仁様に直談《じかだん》判《ばん》しに東京まで出てきたとか。慈仁様は頑としてお会いにならなかったので、千葉では、さらに決起集会が盛り上がって大変だとか、そういう話でした。房興様は当てにならないと踏んだ慈仁様は、やはり御後室様に頼るしかなかったのです。

それきり、わたしはお次の間に下がりましたので、てっきり御後室様は慈仁様のお話を聞いておあげになったものと思っておりました。ところが一時間ほどしてお庭の方を見ますと、慈仁様がぼんやりと立って造営工事を眺めていらっしゃいます。そのまま、わたしは別の用事に向かいました。お次の間で八重乃さんに会ったのは、さらに一時間ほどが経った後のことでした。

八重乃さんの話では、結局御後室様は慈仁様にはお会いにならなかったそうです。長い間待たされた慈仁様は、田鶴子様を応接室に呼んで話して帰っていかれたということでした。田鶴子様は、慈仁様に同情されておられるようですが、お母様ともあまりうまくいっていないので、どうにもお力にはなれないのでしょう。

夕方近くなって、空が曇り、冷たい風が吹き始めました。ひと雨来るのかもしれない。そんなふうに空を眺めていると、奥様が二階から下りて来られました。庭では職人たちが道具を片付け始めていました。

「ミチさんはどこ?」ふと奥様が呟かれました。

「まだ森の方にいるのかしら」

「見て参りましょう。もうそろそろおうちにお連れしないと」

わたしは急いで裏へ回り、使用人の出入り口で自分の下駄を履きました。明るい陽があるうちは子どもたちの声が響いていた森は、暗くて陰気な感じがいたしました。森の入り口でちらりと空を見上げますと、灰色の重い雲が垂れこめていました。何だか森の中に入るのが嫌だなと思ったのを憶えています。

木々の枝がざわざわと揺れ動いていました。春落ち葉が足下でカサカサ鳴ります。いきおい、速足になりました。その時、暗い森の奥から子どもたちの声が聞こえてきて、ほっとしました。子どもたちは大声で叫んでいるのでした。

「若さまー！」

「松印さまー！」

それはかくれんぼの鬼が誰かを探している声とは違っていました。駆けだした途端、千代さんが向こうから走って来るのが見えました。着物の裾を乱し、青ざめた顔をしています。ただ事ではない。そう思い、わたしは駆け寄りました。向こうもわたしを認め、声を張り上げました。

「トミさん、若様がどこにもいらっしゃらないんです」

近寄って来た千代さんは、わたしの腕にすがりました。その手が震えているのがわかりました。

「いらっしゃらない？」

その意味がわからず、わたしは反復しました。

「ええ、ええ」唇も震えていて、言葉がよく聞き取れません。「かくれんぼの途中でお姿が見えなくなって。お探ししたんですが——」

「とにかく人を呼んできて。奥様にもお知らせして」

若い千代さんを走らせて、わたしは森の奥へ駆けました。家職人の子どもたちが五、六人、房通様を探して呼ばわっています。わたしもその中に加わって、繁みの中を覗いたり、大木の裏に回ってみたりしました。いたずらっ子の房通様なら、こんなわたしたちの姿を見て、どこかで含み笑いをしているに違いないと思いつつも、嫌な思いは拭えませんでした。森といっても、お屋敷の中にある木立ですから、底なしというわけではありません。きっとどこかにいらっしゃるはずです。

そのうち、大勢の人がやって来ました。千代さんに事情を聞いたのでしょう。同じように房通様を探し始めました。仕事を終えようとしていた庭師たちもいました。兵衛さんと惣六の顔も見えました。そのうち、千代さんを従えた奥様も来られました。

「ミチさんがいなくなったの？」

「大丈夫でございますよ。きっとその辺に隠れていらっしゃるんですよ」

そう言いながらも、わたしの本能は、そうではないと囁き続けていました。十数人が手分けして探したのに、房通様は見つかりません。もう森から出られて、西洋館の方か、あるいは蔵やテニスコートの方に行ってしまわれたのかもしれないと誰かが申しました。でもかくれんぼでは、そんなに遠くへいくはずがないと打ち消す者もおりました。

「おい、梯子《はしご》はどこで見つけたんだ？」

庭師の誰かがそう声を荒らげました。皆が一斉にそちらを向きました。遠藤さんが、丸坊主の職人を問い詰めています。

「へい、あのー、この先の樅の木に立てかけてあったんで」

一番長い梯子がなくなっていて、探しまわったら、森の中で見つけたので、担いで帰ったというふうなことを、職人は申しました。皆は顔を見合わせたきりでしたのに、兵衛さんは、すぐに踵《きびす》を返されました。突っ立ったままの人々の中から、その後を追ったのは、奥様だけでした。我に返ったわたしも奥様の後に続きました。樅の木は、森の西側の縁に立っています。お屋敷で一番高い木です。坂を上がって来る時にも、門やお屋敷が見える前に目に入るのが、あの樅の木のてっぺんなのです。

皆は、房通様が隠れていそうな足下ばかりを見ていました。木に登るにしても、手が届くくらいの範囲だと思っていたのです。息せき切って森の西側に向かいました。わたしの前を奥様が、その前を兵衛さんが走っていらっしゃいます。わたしは駆けながら、姿を現した樅の木を下から上まで眺めました。わたしが叫ぶより先に、奥様が悲鳴をあげられました。とても高い場所に、房通様の姿が見えました。

樅の木は、直立した幹のかなり高いところから規則的に枝が生える樹木です。幹は取っ付きがなく、枝は細いのです。その細い枝の一本の上に、房通様はしゃがみ込み、幹に寄りかかっていらっしゃいました。枝は風に揺られて、いかにも頼りなく見えました。

「ミチさん！」

奥様の声にも反応がありません。お顔には血の気が感じられませんでした。そこまで上がったのはいいけれど、怖くて意識が遠のいているようにも見えました。寒さにさらされていたことも体を縮こませる要因になったのかもしれません。

「ミチさん！」

もう一度叫んだ奥様の声に、房通様は、薄く目を見開き、身じろぎをされました。ああ、よかった。ご無事だ。そうわたしが思った途端、房通様の体はぐらりと傾いたのです。今度はわたしが悲鳴をあげました。房通様の小さな体は、枝から滑り落ちました。そのまま真っ逆さまに地面に向けて落ちてきたのです。

もうおしまいだ。こんなことになるなんて。愛らしい房通様のお体が、地面に叩きつけられる映像が、わたしの頭の中に浮かびました。その時にはもう、兵衛さんは枯れ葉に覆われた地面を思い切り蹴っていました。舞い上がる枯れ葉の向こうで、落下してくる房通様と、それを受け止めようと両腕を伸ばした兵衛さんの姿が見えました。通常のあり様よりも、随分ゆっくりと見えたのは、わたしの脳が恐ろしい結末を見ることを拒絶していたからでしょうか。

ずしっというふうな重々しい音がした瞬間は、わたしは目を閉じていたと思います。恐る恐る目を開けると、兵衛さんは地面の上に尻もちをついて、房通様を抱きかかえていたのでございます。小柄な房通様でしたが、高いところから落ちた衝撃はかなりなものだったのでしょう。体格のいい兵衛さんも受け止めた瞬間、反動で倒れてしまったのでした。しかし、腕はしっかりと若様に回されていました。幸いなことに、地面には腐葉土がこんもりと積もっています。

奥様が兵衛さんに駆け寄るところが見えました。奥様は泣きながら、樅の木の下まで走っていかれたのですが、足がよろけて、枯れ葉の上に膝を突いておしまいになりました。そのまま這《は》い寄るように兵衛さんに近づくと、兵衛さんの腕の中の我が子の頰に手を伸ばしました。両手で頰を挟み、そこにある温《ぬく》もりを確かめたのか、安堵《あんど》の涙を流されておいででした。

奥様の細い肩が震えているのが見えました。その時でした。兵衛さんが、奥様の肩を引き寄せたのです。房通様を膝の上に乗せたまま、両腕を伸ばして泣き崩れる奥様をしっかりと抱いたのでした。

ああ、兵衛さんは、奥様を愛しく思っていたのだ。抱き寄せたくなるほど、奥様を慕っておいでだった。茶室で、露地で、奥様と接するにつけ、その思いを募らせていたけれど、兵衛さんは決してそれを露《あら》わにすることはありませんでした。しかしついに今、その思いが迸《ほとばし》ったのです。

奥様は、兵衛さんの胸に顔を埋《うず》めるような格好になり、そのまま泣き続けられました。

わたしもいつの間にかその場にしゃがみ込んでいました。そして数メートル向こうの光景を見ていました。房通様を挟んで、兵衛さんと奥様は、しっかりと抱き合っておられました。華族当主の奥様でも、庭師でもない、ただの男女の抱擁でした。その光景は、この上もなく崇高なものに見えたのでございます。

「奥様！」

「若様！」

森の中を駆けて来る大勢の人々の声がしました。わたしは泣きたい気分になったものです。あれは冒してはならない神聖な場面なのだ、という気がいたしました。

兵衛さんは、房通様を奥様の手に委ねると、そっと身を引きました。その時になって、お母様に抱かれた房通様は「わっ」と声を上げてお泣きになりました。それで木から落ちた房通様がたいしたことにはならなかったということが知れました。

「若様は、樅の木の上から落ちてしまわれたのです。でも兵衛さんが受け止めてくださいました」

やっと気を取り直したわたしは、皆に説明しました。幾人かが息を呑みました。

広瀬さんが、人々を掻き分けて前に出てきました。奥様に抱かれたままの房通様に手を伸ばし、お体のあちこちを触ってみて、「お骨には異常がございません。お怪我はたいしたことはないようでございます」と申し上げました。

皆、安堵の表情を浮かべました。奥様も、我が子の体に顔を埋めて泣かれていました。しばらくそうしておられた挙句、千代さんに房通様を預けて、立ち上がろうとなさいましたが、どうにも力が入らず、急を聞いて後から来た辰野さんやキサさんに支えられなければなりませんでした。

坂本さんまで駆け付けていて、侍医を呼ぶよう言いつけて先頭に立って森を出ていきました。お相手の子らは家に帰され、人々もお屋敷の方に引き返しました。わたしも立ち上がり、着物についた土や枯れ葉を払いました。その時、樅の木の下に兵衛さんが立っているのに気づきました。兵衛さんは、樅の木の幹に手をやって、よろよろと歩き去る奥様の後ろ姿を見ていました。とても大事なものを愛おしむ目をしておりました。

この方と奥様は、言い交わすことは決してないけれど、お互いを思いやっていたのだ。そうわたしは理解したのでございます。いつか茶室で持った疑問の答えを、わたしは得たのです。いや、もしかしたら、たった今、兵衛さんは自分の本当の気持ちに気づいたのかもしれない。房通様を受け止めた自分に奥様が身を寄せてきた時に。

兵衛さんは、わたしの視線に気づくと、さっと表情を畳み込みました。

「トミさん、大丈夫ですか？」

わたしを気遣ってくださいます。ですが、兵衛さんこそ、右手の中指の爪が剝がれて出血しているのです。房通様を受け止めた時、地面に擦り付けて怪我をなさったのでしょう。兵衛さんは、さりげなく右手を隠されました。

「兵衛さん、本当にありがとうございました」

わたしは深く頭を下げました。

「いいえ、間に合ってよかった」

そうではありません。奥様の気持ちに応えてくださって。そうわたしは心の中で呟きました。決して言葉にしてはいけない文言です。

それから兵衛さんと並んで森を出ました。

わたしの脳裏には、あの崇高な場面が焼き付けられていました。ほんの数秒ほどの奇跡のような場面。兵衛さんがどんなに足繁《あししげ》く翠月庵に通っても、韶子奥様その人に触れることは絶対にならなかったでしょう。でもこの森の端っこで、奇跡の瞬間が訪れたのです。あの一瞬、何かが伝わり、つながり、お互いの一番繊細な部分を震わせたはずです。その変化を知っているのは、奥様と兵衛さんとわたしだけ。

それで充分です。なぜなら、ただそれは起こっただけで、この先はないのですから。

房通様は、かすり傷程度で済みました。

外出先から戻られた房興様は、ことの顚末をお聞きになり、兵衛さんに感謝されました。高い樅の木の上から落ちた房通様を下で受け止めるなどということは、誰にでもできることではありません。気を取り直された奥様も、お礼を言われました。その時には、もう随分落ち着いておられ、言葉もしっかりしておいででした。

「兵衛さんがいなかったら、ミチさんは今頃どんなことになっていたか。お礼を何度言っても足りないくらいです。本当にありがとう」

「たまたま近くにいてお助けできてよかったです。若様がご無事で何よりで」

兵衛さんも改まった調子で返されました。

そんなお二人を、少し離れたところからわたしは眺めておりました。まだどこかに、森の中の奇跡の瞬間の名残が感じられはすまいかと。でもそんなものは微塵もありませんでした。あったとしても、二人ともが巧妙に隠してしまったのです。

御前様が何か言葉を兵衛さんにかけていらっしゃいます。その後ろで微笑む奥様も、一言二言返す兵衛さんも、ご自分の立場を充分過ぎるほどわきまえていらっしゃいました。その分別が、わたしにはもどかしく思われてなりませんでした。しかし、わたしとてただの女中です。何より韶子様をお守りすると心に決めた以上、ただの傍観者でいるしかありません。

兵衛さんは、房興様の過分なねぎらいと感謝に恐縮して、帰っていきました。

わたしもお次の間に下がりました。長い廊下を歩きながら考えました。

かくれんぼをしていた房通様が、どうして樅の木に登ってしまわれたのか。それはあの高い木に梯子がかけられていたからです。鬼になったお相手の男の子から離れて、森の中を歩き回っていた房通様は、よく考えることなく梯子を上られたのでした。危険だとか怖いだとか、考える間もなく、迫ってくる鬼から身を隠すには、木の上は格好の場所だと考えたのでしょう。

無鉄砲な年頃に達した男の子は、よくあと先を考えずにそういうことをするものです。上だけを見て、幹に交互に生えた枝を伝っていったに違いありません。樅の木は、枝があるところまで行けば、案外登りやすい樹木と言えるでしょう。

でもふっと我に返って下を見た時、梯子がなくなっているのに房通様は気づかれました。見えなくなった梯子を探して、庭師がやって来て、片付けてしまったのです。房通様は、震え上がりました。自分がどれほど高いところへ来てしまったのか、ようやくわかったのです。枝に座り込み、幹にしがみついて、房通様は、下に向かって何度も呼んだのだとおっしゃいました。でも誰の耳にもそれは届きませんでした。鬼は見当違いの方向ばかりを探していたからです。絶対に見つからないところを探して、房通様は子どもらから遠ざかり過ぎてしまったのでした。

ちょうど風も強くなった頃でした。いつも聞き慣れた森の葉擦れの音が、違って聞こえたに違いありません。体はどんどん冷えていかれたことでしょう。風の音に、叫び声も泣き声も掻き消されていきます。時間が経っても誰も来てくれません。恐怖と絶望で、房通様は半ば気を失われていたのです。枝から転落する前に見つかって、本当によかったと皆、胸を撫で下ろしました。

目を離してしまった千代さんは、辰野さんからひどい叱責を受けました。御前様は、房通様に人々を心配させるのではないと、きつく言い聞かせたと伺いました。若様の向こう見ずな冒険心のために、使用人がその責を受けるのだと。吉田家は、代々使用人や国元の人たちを大事にしてくださるのです。

ところで、この顚末では一つ不明なところがございました。梯子を探しに来て、それを樅の木の下から持ち去った人物はわかったのに、樅の木の下にそれを持っていった者が誰だかわからなかったのです。

かくれんぼを始めた子どもたちは、気持ちが高揚していて、怖いものなしです。特に学校に通い始めて、急に世界が広がった房通様のようなお子様は。

だから、樅の木に梯子がかけてあったら、いいものを見つけたとばかりにあと先を考えず、上ってしまうでしょう。あの日、梯子を一番に見つけたのが房通様でなかったら、その子も同じ行動に出たと思われます。もう少し年長の子だったら、梯子が片付けられてもそれほど混乱することなく、助けを呼べたでしょう。でも、たまたまあの日に梯子を見つけたのは、房通様でした。それは不幸な偶然でした。

誰があの木に梯子をかけたのでしょう。庭師が工事現場の片隅に寝かせてあった梯子を動かした人物がいたはずなのです。庭師に嫌がらせをしたかったのか。

穿《うが》ちすぎやもしれませんが、かくれんぼをしていた子どもたちを高い木の上に誘導する誰かの意図が働いたのではないかとまで考えられます。庭師に対してか、それとも無邪気な子どもたちに向けてか、害意を持つ者がいたのではないか。この平和な第六天に、あってはならない負の感情でございました。

兵衛さんも、坂本さんも、下の者を問い質してその人物を特定しようとしたのですが、とうとうその人はわかりませんでした。長い梯子ですから、かなりの重量があります。お相手の子どもたちではないということは明白でした。職人だか、使用人だかがうっかり行ったことの結末に怖気づいて、口をつぐんでしまったのかもしれない。そんな据わりの悪いところに結局は落ち着いたのでした。

枯山水のお庭の全貌が見え始めた頃の、嫌な出来事でした。

あの出来事は、時が過ぎても皆の心の中に引っ掛かっていました。形のはっきりしない憂いは、誰の口にも上らないまま、じわじわと広がった気がいたします。夜になって風が出ると、木々の葉擦れの音は、人の想像力によって色付けされました。真っ暗な森のそばを通って使用人用の長屋へ帰るのが怖いとツタさんは言いました。

「まるで森の中を、白い骸骨が歩き回っているみたいな気がして」

風の音が人の呻《うめ》き声のように聞こえるのだと、わたしだけにこっそり打ち明けたりしました。いよいよ軍事色が強くなる日本国内の情勢、また華族様の中に共産主義の思想に染まって検挙される者が出るなど、暗い話題と相まって、お屋敷は重苦しい空気に包まれていきました。

慈仁様の千葉の農場がとうとう閉園に追い込まれたということもその一因であったかと思います。不在地主に対しての風当たりは強く、小作人の中にも社会主義的な考えを持って運動を始める者があって、慈仁様はうまくこれに対処できなかったのです。黒河家に対する支援は、御後室様がもはやあまり積極的でなくなったこと、房興様が庭造りに没頭されたことで、おざなりになっていったのでございます。

農場がだめになったことだけが、黒河家を窮地に追い込んだわけではありません。慈仁様が昭和初期の不況のあおりで傾いた黒河家をどうにかしようと、あちこちに投資されたことが、ことごとく裏目に出ていたのです。

房興様はこの時、軍国主義に傾いていく日本を顧みもしないで徒食する華族そのものにも、絶望感や虚無感を抱いておられました。慈仁様が、黒河家という一華族を維持し、守ろうとする姿には、もはや共感を持ち得なくなっていらっしゃったと思います。

そんな諸々が吉田家の上に暗い影を落としておりました。御前様はますます庭の造営に傾倒され、他のことには関心を向けられなくなりました。

樅の木から転落するという危ない目にお遭いになった房通様でしたが、すぐに元気を取り戻されました。お相手たちを引き連れて芝生の庭や森の中で遊んでおられます。千代さんは、走り回る房通様を追いかけるのに、大変な思いをしているようでした。その点では奥様もほっと安心されたご様子でした。

一瞬交錯した奥様と兵衛さんの心は、そっと離れていきました。

奥様は、家の中をしっかりと取り仕切っておいででした。

兵衛さんは庭師としての仕事に真面目に向き合っています。石組と白砂が印象的だった庭に、緑の木が植えられると、また表情が変わって見えました。お屋敷の前に据えられた椅子に座って、御前様は出来上がっていく庭を眺めておいででした。ひじ掛けに片肘をつき、顎に指先をちょっと添える格好でした。同じ姿勢で何時間でもじっと眺めていらっしゃるのでした。そうした御前様を、時々奥様が立ち止まっては見ていらっしゃいます。

房興様はお庭を完成させたら、また元の生活に戻っていかれるのでしょうか。以前のような活力溢れる御前様に。貴族院議員として帝国議会に律儀に出席され、細々《こまごま》した会議に出て役職を全うされ、華族様どうしの交際も滞りなく行われ、国元の方にも気を配り、使用人にも毎朝指示を出して、それがきちんと通っているか確認される。そんな当主に戻られるでしょうか。そうなるかもしれません。

もしそうなったとしても――とわたしは考えました。それは表面上だけのことに違いない。房興様は、唯一無二の枯山水の庭を作り上げるという行為によって、すっかり変わっておしまいになる。そんな気がしたのです。いえ、あるいは、それこそが房興様の本当のお姿かもしれません。家を存続させるために閉じ込めておしまいになった房興様の純粋なお姿を取りもどされるのではないか。

でもなぜか、それは寂しいお姿に見えてしまうのです。ご自分の人生に対してもずっと傍観者であった御前様は、さらに一歩退いて、この庭だけの鑑賞者に留まってしまわれるのではないかと思ったのです。

兵衛さんは、庭で黙々と働いていらっしゃいます。あの方には、もう完成した庭が見えていらっしゃるのです。作庭師は、それに向けてただ突き進むしかないのです。

忙しい合間を縫って、兵衛さんは翠月庵にいらっしゃいました。奥様と庭師は、茶室で過ごす静かな時間を愛していらっしゃいました。釣釜に湯が沸き、釜がかすかに揺れると、春の風情が漂います。花入れには、淡黄色の花を咲かせた土佐水木《とさみずき》が一枝挿してあります。兵衛さんの作法は、だいぶ板についてきました。以前のようにおどおどされることはもうありません。

お点前の後、奥様と兵衛さんは、しばらく言葉を交わされます。それもお二人の楽しみなのでした。わたしは、静かにその語らいを聞いています。

「白砂の奥の築山にはサツキを植えたのですね」

「はい、さようで」

「緑は石を際立たせるわね。いいえ、お互いのよさを引き出し合っているのかしら。でも樹木はいつか枯れてしまうのが残念」

「石は何十年、何百年と変わりませんが、植物は成長して形を変えます。そして枯れてしまいます。しかし、それも庭なのです。自然美と人の手による創作が混じり合うもの、調和と破調が同時に存在するもの。それが庭でございます」

「そしてそこに兵衛さんの世界があるのね」

「恐れ入ります」

「もう石は据えないの？」

「いえ、植栽が終わって庭全体の均衡を見まして、おそらくいくつかはまだ足すことになると思います。その作業は大事でして。最後に据えるいくつかの石で、ぐっと景色が締まりますから」

こういう会話を聞いていると、わたしはもどかしくなりました。庭というものを通してだけ、このお二人は通じている。いえ、そういう振りをしなければならない。いかにもそれは不自由で理不尽なものに見えました。少なくとも奥様は、兵衛さんと交流するうちに、違う世界を知ったはずなのです。新鮮で豊穣《ほうじょう》で心躍る人と人とのつながりがあると。その気づきが確実に奥様を変えていったのです。庭が成長していくように。

でもそれを露わにすることはできません。兵衛さんにどんどん惹かれていったとしても、それは御前様が雇った庭師という枠の中でのことです。そこから逸脱することは許されないのです。だからこそ、ここでこうしてお茶を点てる束の間を大事にしておられるのでしょう。お二人の間には、ただあの立派な枯山水だけがあるのでした。

白砂の海の中には、いくつもの石が据えられていました。龍門瀑の下には鯉に見立てた石が、その他、亀や鶴に見立てた石もあるし、石組で島を表したりもしているそうです。自然の奇岩を用いたものは宝船。州浜は穏やかな曲線を描いていますが、激しい波を思わせる荒磯《あらいそ》の部分もあります。兵衛さんは、見事に水のない海を現出させたのでした。

「どんな情景が浮かび上がるのかしらね」

独り言のように奥様はおっしゃいました。

「桂離宮《かつらりきゅう》の造営に情熱を注いだ八条宮智仁親王《はちじょうのみやとしひとしんのう》は、こんな歌を残していますよ」

奥様は、すらすらと和歌を口にされました。

「月をこそ親しみあかね思ふこと言はむばかりの友と向かひて」

月のみを自分の友としようという思いを込めた歌だと、奥様は言われました。美しくも寂しい歌でした。それはまさしく御前様のお姿でした。

きっと完成したお庭を見ながら、房興様は、さらに孤独の殻に閉じこもっておしまいになる。月明かりに照らされた広大な枯山水を前にした御前様の後ろ姿が見えるようでした。枯山水に魂を吸い取られて、御前様ご自身も枯れてしまわれる。わたしはそんな妄想を描き出してしまいました。ただはっきりしていることは、御前様がどんなにお変わりになっても、韶子奥様は寄り添われていかれるということです。庭師が去った後の庭に向かって、これからも変わりのない生活が営まれていくのでしょう。

「あなたは迷いなく石を据えるわね。ほら、元の庭にあったあの大石など」

「あれは陰陽石《いんようせき》でございます。子孫繁栄を表したものでして」

「あれをあの場所に据えたのはどうして？　足下に組んだ石に意味はあるのかしら」

奥様は無邪気に尋ねられます。兵衛さんはしばらく考えた後、こう答えられました。

「平安時代に書かれた『作庭記』というものがあって――」

奥様は興味深そうに耳を傾けられました。

「『乞はんに従ひて』という言葉が出てくるのです。それは、石なり、木なりが乞うてくるという意味だと師匠は言いましたので。つまり、石の言う通りに据えればうまくいくと」

「石の言う通り？」

兵衛さんの後ろに控えているわたしに、奥様は目交ぜを送ってこられました。「どう？　トミ。面白いわね」声なき声が、そんなふうに囁きかけておりました。

後で考えると、わたしも兵衛さんという庭師に魅了されていたのかもしれないと思ったものです。交われば交わるほど、あの方は手の中から興味深いものを次々と取り出してみせるのです。わたしにしても、今まで出会ったことのないお方でした。作庭師という職業だけではなく、精神的な面も含めてその道を究めた人にだけにある輝きが、他人を惹きつけてやまないのでした。

たぶん兵衛さんは、施主さんの誰彼なしに、そこまで深く接することはなかったのではないでしょうか。名家である吉田家の広大な枯山水を任されただけでなく、房興様が兵衛さんと共に庭造りに傾倒されたことは大きいと思います。他の庭園を研究するために遠くまで出かけたり、一緒に庭石を探したりする施主さんがどこにいるでしょうか。

吉田家が、兵衛さんにとっても特別な施主だったことは間違いありません。

「石がものを言うの？」

「初めはしゃべりません」兵衛さんは、やや恥ずかし気に瞬きをしました。

「石のように押し黙るという言葉があるくらいでして」

奥様がクスッと笑われました。

「でもしゃべらない石にしゃべらせるのが、庭師の仕事でございます。こうして置いてくれと言うのなら、そうするだけです。するとぴたりと決まるのでございます」

「兵衛さんにはそういう能力が備わっているのね」

笑いを引っ込めた奥様は真顔で言われました。

「だから樅の木から落ちたミチさんを助けられたのですね」

「滅相もございません」兵衛さんは慌てて手を振りました。「あれは偶然でして。若様には、生きる力がおありなのです。手前が手を出さなくとも、助かっておいででした」

「いいえ」

今度は奥様がきっぱりと言われました。

「あなたがあの子を救ったのです。それはわたしの命を救ったことと同じなのよ。あの子がいなければ、わたしは死んだも同然なのだから」

奥様は、真っすぐに兵衛さんを見詰めておられました。わたしは、兵衛さんの反応を見逃すまいと目を凝らしました。奥様は純粋な気持ちを兵衛さんに向かってぶつけられたのです。それほど奥様は強くおなりでした。兵衛さんは気づいておられないけれど、それを授けたのは兵衛さんその人なのです。もどかしいけれど、ここでわたしも石のように黙していなければなりません。それも使用人としての宿運なのでございます。

森の中で響き合った二人の魂は、あの後どうなったのか。そこをわたしは確かめたかったのです。兵衛さんは、奥様の視線をまともに受け止めていました。おそらく兵衛さんには、奥様が言葉に込められた思いが伝わったと思います。

しかし兵衛さんはすっと目を伏せておしまいになりました。

わたしは心の中で小さくため息をつきました。

結婚もしたことのないわたしは、誰かをまともに好きになったこともありません。たとえ思いが通じなくても、男の人を恋しいと思ったこともないのです。ですから、奥様と兵衛さんの間にあるものが何なのかわかりませんでした。でもあの瞬間、確かに特別な感情が行き来したと思います。恋愛などという俗っぽい言い方では表せない、魂と魂の交感が。

「奥様」

とうとうわたしは口を開きました。兵衛さんに注がれていた奥様の視線が、わたしをとらえました。わたしは狼狽《ろうばい》いたしました。自分が何を言いたかったのか、よくわかりませんでした。ただどうしてもこのままではいけないと思ってしまったのです。

「何十年か後に、あのお庭はどうなりますでしょうか」

迷った挙句に、わたしはそんなことを口走りました。奥様は淀みなくお答えになりました。あの言葉は、長くわたしの中にとどまることになるのです。

「あれはずっと残るのよ。わたしたちが死んだずっと後まで」

そしてあの庭のほとりで交わされたせつない思いは、誰が知ることもなく失われていくのです。「それも庭なのです」と言った兵衛さんの言葉を借りるなら、それも男女のあり様なのでございましょう。

「兵衛さん」

「はい」

「ずっと前にあなたに預けたものがあったでしょう?」

わたしは驚いて、奥様を見ました。

「はい、大事にお預かりしております」

奥様は、すっと背筋を伸ばされました。

「あれはもう処分してちょうだい」

一拍置いて、兵衛さんは答えました。

「承知いたしました」

預けられた時と同じ言葉で受けられました。

池の中から兵衛さんが拾い上げたもの。それがどんな意味を持つものであったのか。奥様はよくよくお考えになり、それを処分するのが最善だと判断されたのです。それでは、わたしもあれにまつわるつまらない想像を消してしまおう。そう心に決めました。

しかし、兵衛さんはそれを処分しませんでした。結局あれは吉田家に戻されたのでした。


季節はゆっくりと夏に向かっていきました。

庭の工事は順調に、確実に進みました。毎日、樹木がどこかに植えられて、景色が変わりました。形のいい赤松が石組に添えられて植えられ、州浜はモダンな白と赤に色分けされました。波を表した砂紋の美しい白砂の海。お屋敷の前はイヌツゲを刈りこんだ陸地。そうした平面構成に対して、サツキとツツジを混植した築山や石組で表された滝は、立体構成となっているのだそうです。

苔の緑と切石が交互に並ぶ先には、面白い形の自然石をモルタルで固めた敷石が続きます。これは枯山水の庭を回遊できるようにこしらえたものです。滝から流れ出た川も白砂で、川にはかわいらしい石橋が架かっていました。敷石の小径は、橋を渡って庭の奥に人々を誘《いざな》うように付けられています。庭を鑑賞する時、視線が移動することを考慮に入れて、景観が面白く変化するよう気遣いをしているのだと、御前様が兵衛さんの代わりに説明してくださいました。

自然の景観を突き詰めて抽象化し、そこに兵衛さんの想像力を載せた創作の庭でした。工事中の庭は、日ごとに、時間ごとに変わっていき、わたしたちは仕事の手を止めて、ふと見入ったりもしました。

庭の全体像がはっきりするにつれて、職人たちはさらに明るくきびきびと働くようになりました。惣六はひと時もじっとしている暇がなく、こまねずみのように動き回っていました。兄弟子たちが休憩をしている時でも、何かしらの用事を言いつけられていて、座ってくつろいでいることは滅多にありません。そうやって仕込まれていくのでしょう。惣六も辛《つら》そうな表情を浮かべることなく、嬉々《きき》として働いているようなのが印象的でした。

「惣六！」

「へい」

兄弟子に呼ばれて快活に返事をする声が、時折屋敷の方まで聞こえてきて、わたしはつい首を伸ばして庭の方を見てしまいました。

半年以上にわたっての作庭でした。あまり長いものだから、この活気に溢れた工事が、いつまでも続くような幻想をわたしは抱いてしまいました。しかし、始まりがあれば終わりはあるのです。庭の完成は、すなわち庭師や職人との別れを意味しています。

韶子奥様もそのことを意識していらっしゃるのか、何となく神経質におなりでした。ある時、夫人室の大きな花瓶に、女中が十数本の百合《ゆり》を活けたことがございました。とても見事なテッポウユリで、夫人室が甘い香りで満たされたのです。半日ほどそこで過ごされた奥様は、わたしを呼ばれました。

「トミ、あの百合を片付けてちょうだい。匂いがきつくてたまらない。頭が痛くなるの」

「かしこまりました」

わたしは、百合を活けた花瓶を片付けたのでございます。

奥様がそんなふうに命じられるのは珍しいことでした。奥様も「終わり」が来ることを感じていらっしゃるのだ。そんなふうにわたしは思いました。奥様は、兵衛さんとの別れを覚悟し、それでも屹然《きつぜん》とした態度で日々を過ごされていました。

作業が終わって職人たちが去っても、枯山水の庭というものは残ります。兵衛さんが対話して据えた石は、何百年も先まで残るのです。奥様は、兵衛さんの残した庭を毎日眺めて過ごされることでしょう。庭と語り合われるかもしれません。兵衛さんと翠月庵で語り合ったように。兵衛さんは、奥様に庭という形あるものを贈って去るのです。

でもわたしは忘れていました。そもそも房興様が枯山水の庭を造ろうとなさった原因を。埋め立てられた池から見つかった白骨死体のことを。藤原の骸骨は、ツタさんが言うように、まだこの第六天をさまよっていたのです。あれはどうしてもこのお屋敷に住む人々に、告げたいことがあるのでした。

「ねえ、お義姉様」

六月に入ってしばらくした頃、田鶴子様が奥様に言われました。毎日忙しく学校やお友だちとの交際に出かけられる田鶴子様は、珍しく家にいらっしゃって、韶子奥様とお茶を飲んでおいででした。

「とても不思議だと思わなくて？　うちの前の新坂を下っていったところの崖下に、小屋掛けのような小さな家がたくさん建っているでしょう？　あの人たちは毎日食べるものの心配をしているんだわ。わたし、そんなこと、考えたことがなかった」

以前の奥様なら、答えに詰まったかもしれません。でも、今の奥様は落ち着き払っていました。

「そうですわね。わたしたちは、お国元から届くお米をいただいて、何の不自由もなく暮らしているわね。それを当然と思ってはいけないのね。誰かの働きによってわたしたちの生活は成り立っているのよ。そこに気づかれた田鶴子さんはお偉いわ。わたしがあなたの年には、そんなこと、思いもしなかったもの。女子大でたくさんお勉強をして、多くの方々とお知り合いになられたのね」

田鶴子様は、大仰にため息をつかれました。

「そういうことを言っているんじゃなくてよ。そりゃあ、わたしは女子大でいろんなことを学んでいるけど、どうしたってわたしたちには知りようがないこともあるわ。華族なんて身分に安穏としているわたしたちにはね」

「ねえ、田鶴子さん。人は生まれ落ちる場所を選べない。そこで懸命に生きるしかないのよ。あなたが言う貧しい暮らしの人たちもね、懸命に生きているのよ。今度、よく見てごらんなさい。懸命に生きている人はね、いいお顔をしているものよ」

　確かに、わたしが生まれ育った下町は貧しい人々が多かったけれど、皆、少しの曇りもない笑顔で暮らしていました。奥様の言葉は、華族という身分の中でも懸命に生きるということを示唆しておいででした。それは韶子様が公家華族から武家華族へ嫁がれ、苦労もされ、苦悩もされて、その上で体得した生き方でございました。それがわたしにはよく理解できましたけれど、田鶴子様には届かなかったようです。

　田鶴子様は、物憂い顔で、奥様を見やりました。

「だから？　だからわたしたちはどうしたらいいのかしら。お兄様はもうじき華族なんてものはなくなってしまうと言うけれど、本当かしら」

　奥様は動じませんでした。

「先のことは誰にもわからないわ。わたしは思うの。先のことより、今を大事にして生きようって。そうすれば、きっといい未来が来るに違いないわ。そんなふうに生きて欲しいの。田鶴子さんにも」

　奥様はこうやってご自分を収められたのだと、わたしは納得しました。たとえ華族様でも、女性には選び取れるものはわずかしかないのです。兵衛さんとは別れてしまう運命だけれど、それでも知り合わずにいるよりは、会えてよかったとお思いなのでしょう。

「お義姉様はそれでよろしいのでしょう。でも、わたしは嫌だわ」

　田鶴子様は、ぷいと横を向いてしまわれました。奥様は、困った顔で紅茶のカップを取り上げました。

「お兄様はどうしてもっと政治に関わらないのかしら。貴族院議員をされているのだし。もうすぐ華族はなくなるなんて言うのなら、行動を起こすべきじゃなくて？」

奥様は、紅茶のカップ越しに義理の妹を見やったきり、何ともお答えになりませんでした。

房興様の心情を、奥様はよくわかっておいでででした。御前様ほどの学識や経験をお持ちの方でしたら、議員としてもっと積極的に政治に関わることもできたでしょう。満州事変以降の軍部の台頭に抵抗して、活動をされるという道をお選びになることもできたと思います。実際に政治の表舞台で活躍されている華族様は大勢いらっしゃいましたから。でも御前様はそうはされませんでした。養子となって家を存続させるということは、特権階級である華族制度に甘んじているということです。その時、御前様は社会の傍観者でいることをお選びになったのです。

でも女子大に通われて社会の構造を知り、若くて青い情熱に満ちた田鶴子様にそんなことを言っても通じないでしょう。

「わたし、もっといろんなことを知りたくて、勉強会に出ているの。わたしみたいにこの世の仕組みに疑問を抱いている方たちと、一生懸命に考えて毎日議論をしていてよ」

「まあ、そうですの。ご立派ね」

奥様は、田鶴子様のお勉強会については、それ以上踏み込んでお聞きにはなりませんでした。だから奥様もわたしも気づくことはなかったのです。

田鶴子様の前にも、流れを変える石が投じられていたということに。


御後室様は、いくらか体調が回復されたようで、お部屋から出てこられて庭に面した居間や座敷でくつろがれる時間を持たれるようになりました。

「今年の梅雨はどうかしら。去年のように水不足にならなければいいけれど」

ご用をする八重乃さんの前で、そんなふうに言われたそうです。辰野さんがそばに控えていて「本当に」と返事をされたということでした。

去年の夏、池が干上がったこと、書生の白骨が見つかったことなどが、お二人の頭の中に浮かんだのではないかと八重乃さんは気を回したようですが、それきり話は続かなかったといいます。

そんな会話を交わされた数日後、雨が降りました。梅雨に入ったのです。その日は朝から重い雲が垂れこめていました。夕方になって、ポツリポツリと雨粒が落ち始めました。

庭の工事は早めに中断されて、職人たちは引き上げたようでした。惣六だけが一人残って後片付けをしていました。その様子が夫人室の窓からよく見えたのです。雨合羽を着て、一生懸命に働いていました。熊手で石屑やセメント片などの残材を掻いて集めて、袋に詰めるという作業をしているようです。

窓際に立って、惣六を気遣っていたわたしのそばに奥様が寄って来られました。

「ねえ、トミ」

「はい」

「あそこに――」

奥様は庭の枯山水の方を指差されました。

「あそこに小さなコテが置いてあるでしょう」

「どこでございます?」

わたしは奥様の指先が差す方向に目を凝らしました。敷石がくねくねと続く途中、金属製のものが光って見えました。それは石を敷き詰める際に、間を埋めるモルタルを均すために用いる小ぶりのコテでした。今日は、兵衛さんは職人に混じってそこでずっと作業をしていたのでした。それを奥様は、ここからじっと眺めておいでだったのです。

「あれを取って来てちょうだい」

「え？」

そうは言いましたけれど、わたしはすぐに奥様の意図を解しました。

あのコテは、兵衛さんの愛用のものなのでしょう。兵衛さんが迂闊にも忘れていった。それを奥様はわたしに取りにいかせようというのです。奥様は、兵衛さんの持ち物を一つだけ手元に置いておきたいとお考えなのでしょう。いつか兵衛さんが奥様に贈られた花入れは、朽ち果ててなくなってしまいましたから。

「承知いたしました」

わたしは身を翻しました。

「わたしは応接室で待っているから、庭から渡してちょうだい」

「はい」

わたしは急いで廊下に出ると、階段を下りました。奥様はしばらくしたら、応接室に入られるはずです。庭に向かった掃き出し窓を開けて、わたしからコテを受け取るために。応接室は庭に突き出すように建てられています。コテが置いてある場所からも近いのです。ですから、奥様とわたしのちょっとした企《たくら》みは、誰にも見咎《みとが》められることはないでしょう。惣六以外の職人たちは引き上げてしまったし、雨が落ち始めた庭には、使用人たちは誰も注意を払っていませんでした。

わたしは勝手口から駒下駄を突っかけて出ました。

雨の降りようはさほどではありませんでしたから、急いでお庭の方に回りました。お屋敷からそう離れた場所でなくてよかったと思いながら、コテを拾い上げました。

白砂の海の向こうに、小さく惣六の姿が見えました。コテは本当に小さなものでした。木製の握りの部分は使い込まれてすり減っていましたが、コテの先は鋭く研《と》がれていて、使い勝手がよさそうでした。それを拾い上げながら、兵衛さんはこれを大事に使われていたのだと思いました。同時にそんな大事な道具を現場に忘れていくなんて、兵衛さんらしくないとも思いました。

でもそこでぐずぐずしているわけにはいきません。着物も髪の毛も、しっとりと濡れ始めていました。コテを着物の袂で隠すと、わたしは急いで応接室の方へ走ったのです。奥様は、掃き出し窓を開けて待っていらっしゃいました。わたしが差し出したコテを、愛おしそうに受け取られます。握りのところを撫で、自分で握ってみたりもされました。

わたしはそのまま応接室に上がり、後ろ向きで駒下駄を取ろうとしました。その時、廊下の方から誰かがやって来る声がいたしました。御後室様と辰野さんの声だと知れました。応接室に入られる様子でした。

奥様とわたしは、はっと顔を見合わせました。言葉が出る前に、奥様は手にしたコテを、暖炉の方へ持っていかれたのです。そして炉格子の向こうへ手を伸ばし、灰の中にそれを埋め込みました。わたしは掃き出し窓をぴしゃりと閉じました。すぐさまガラスに雨粒が降りかかり、流れていきました。雨脚が強くなったようです。取り損ねたわたしの下駄は、そこで濡れそぼっていました。

窓を閉めた途端、部屋のドアが開きました。

「おや」

御後室様が、わたしたち二人を認めて片眉を持ち上げられました。

「韶子さんたちもここにいたの」

「はい、もう失礼いたしますわ」

奥様は、暖炉の方を気にしながらそう申されました。急いでコテを隠したせいで、きれいに撫でつけてあった灰は乱れていました。でも今の時期、暖炉を焚《た》くこともありませんから、後で取りに来るまで誰にも気づかれないでしょう。

「いえ、ちょうどよかったわ。あなたにもいてもらいたいの」

何のことかよくわかりませんで、奥様とわたしはまた顔を見合わせました。辰野さんは、例のごとく無表情です。御後室様の手を取って部屋の真ん中に来ると、一人がけのソファに御後室様が座るのを助けられました。奥様とわたしは、暖炉を背にして立ちました。

「大変なことになったのよ」

御後室様は、どっかりと腰を下ろしながらそう言われました。

「黒河家が破産したのよ」

奥様は言葉もなく、御後室様を見返されました。

「もう吉田家でもどうにもならない」

奥様の視線を、援助を促していると取ったのか、御後室様は吐き捨てるようにおっしゃいました。

「負債は二百万円というのだから」

御後室様は、ゆっくりと首を振られました。あまりの金額に、わたしは息を呑みました。

「あれが乞う通りに支援をしてきたけれど——」

また御後室様は首を振られました。重く垂れた瞼《まぶた》やお顔に刻まれた皺には、苦悩が浮かび上がっておりました。

「黒河くらいの家だと、家政が苦しいのはわかっていました」

御後室様は小さな声で呟かれました。相変わらず辰野さんの顔には、何の表情も浮かんでいません。

「慈仁さんもいろいろと算段をして家を立て直そうとはしたのよ」

昭和になってからの金融恐慌により、十五銀行が休業すると、経済基盤の脆弱《ぜいじゃく》な華族様は、たちまち苦しい立場に置かれたのです。黒河家も慈仁様が骨を折られたけれど、うまくいかなかったと見えます。お気の毒ですが、御後室様が匙《さじ》を投げられるほど、負債が積み重なっていてはどうしようもありません。

「赤坂表町《あかさかおもてちょう》の黒河の屋敷を競売にかけるそうなのよ」

「それは——」

韶子奥様も続ける言葉がないようでした。

「それでもいくらにもならないでしょうよ。慈仁さんが千葉の農場で失敗したでしょう。あれが決定的だったのよ」

倭子様は、淡々とそう言われました。農場で小作争議が起こった時、房興様は、小作人に味方をして慈仁様への助力をお断りになった、そのことを言われているのでしょうか。

「でもまあ、家政の失敗は当主の責だわね。仕方がない。結婚もせずに好きなことをしてきたんですもの。子どもでもいればその子に襲爵《しゅうしゃく》させて慈仁さんが隠居すれば、家だけは残せたのに」

御後室様が言われるには、宮内省宗秩寮《そうちつりょう》により、黒河家は華族礼遇を停止させられるのではないかということでした。宮内省宗秩寮とは、華族様を監督し、不行状を取り締まるために創設された部局です。去年、木戸幸一《きどこういち》侯爵が総裁に就任されたところでした。木戸総裁は、華族様の不品行や負債累積などの家政紊乱《びんらん》に対しては、厳しい処分で対応されているとの評判でした。

「もうおしまいだわ。わたしがどれほどあの子を庇ってやったか——」

そこでやっと辰野さんが、苦衷の表情を浮かべたのです。いったいそれが何を意味するのか、わたしは考えあぐねました。

「それで慈仁さんは——」

奥様も心配そうにそっと眉根を寄せられたのでした。

「今からここに来るのよ」

「そうでございますか」

奥様は、ちらりと暖炉を見られました。そんなこととは知らず、兵衛さんのコテを持って来てしまうとは、間の悪いことでした。しかし、どうにもしようがありません。慈仁様が来られたら、込み入った話になりそうでした。

「もうわたしには何もできない。そう房興さんにも伝えたのよ」

「御前に？」

「ええ。黒河家の破産のことは、房興さんから坂本に連絡が入ったそうなの。ついさっき」

房興様は、朝から何かの会合にお出かけでした。そこで黒河家の破産のことを聞き、御後室様に伝えてこられたのでしょう。それで御後室様が慌てて慈仁様に連絡を取ると、今からこちらに来られるという段取りになったようです。

四人は揃って窓の方を見ました。雨はますますひどくなり、枯山水が煙ってよく見えなくなっていました。

惣六はこの雨の中、まだ片付けをしているのかしら。わたしは場違いなことを考えました。もはや誰も何も言わなくなり、激しい雨の音だけが応接室の中を満たしました。やがてその雨の音の中に、エンジン音が混じりました。正門からビュイックが入って来るのが、木々の間にちらりと見えました。運転手はいつもより乱暴な運転で、雨水を蹴立てて車寄せに着けます。日本館から飛び出した格好の応接室からは、その様子がよく見えました。

書生が飛び出していくと、ビュイックの後部ドアを開けました。慈仁様が降りて来るのが見えました。その時、いつか見た光景だとわたしは思ったのです。慈仁様は、お気に入りのアメリカ車に乗って吉田家には何度も来られているので、この光景は見慣れているはずです。しかし慈仁様が不機嫌な顔でビュイックを下りて来る様子に、見憶えがあったような気がしたのでした。

一度玄関に消えた慈仁様が、どしどしと足音も高く廊下を伝い、応接室にやって来るのを、四人は黙って待っていました。御後室様はソファに座って厳しいお顔をされ、韶子奥様と辰野さんとわたしは立ったまま。

ガチャリとドアを開けたのは、坂本さんでした。吉田家の忠実な家令を押しのけるようにして、慈仁様が入って来られました。坂本さんは、応接室に御後室様や奥様がいるのを認めて、姿勢を正されました。

「すぐにお茶の用意をさせましょう」

「いえ、いいわ。何もいらない」

御後室様が慈仁様から目を離さずに申されました。

「しばらくここには誰も来させないように」

「かしこまりました」

「僕にはスコッチを一杯頼む」

出て行こうとした坂本さんを、慈仁様が呼び止めました。

「およしなさい。あなた、もう酔っているじゃないの」

向かいのソファに、どっかりと腰を下ろした慈仁様を戒めるように御後室様が言われました。

慈仁様は、ハハハッと声を上げて笑われました。

「これが酔わずにいられますか」

その時になってようやく慈仁様の様子がおかしいのに気がつきました。いつもはきちんとした格好をなさっているのに、上着には皺が寄り、シャツの胸元には染みがありました。もみあげも乱れて、ぺたんとなっていました。慈仁様は、ネクタイの結び目に指をねじ込んで緩めました。

「もう三日ほど、ろくに寝ていないんです。金策に駆け回っていたので」

それには、御後室様はなんともお答えになりませんでした。代わりに憐憫《れんびん》と侮蔑が混じったような眼差《まなざ》しで、義理の甥《おい》を見やりました。

「その努力の甲斐もなく、とうとう黒河家はおしまいになりました」

御後室様はやはりお答えになりません。

「申し訳ないと思っていますよ、伯母様には。とてもよくしていただいたのに」

その口調は皮肉にしか聞こえませんでした。

「どうにかなると思っていたからこそ、援助を続けてきたんじゃないの。でもあそこまでばかげたことをやっているとは思わなかったわ」

その時、コンコンと控えめにノックの音がして、沼田さんが銀盆を持って入って来ました。

「スコッチをお持ちいたしました」

緊張した面持ちの給仕は、慈仁様の前にグラスを置くと、そそくさと出て行きました。慈仁様は、すぐさまグラスを手に取って、ぐいっと一口あおられます。病的に白い喉を、あとの四人は凝視しました。慈仁様がグラスを置くと、御後室様が口を開かれました。

「人の口車に乗って、次々と事業を始めたのはいいけれど、どれもことごとく失敗。それもあなたの無能と怠慢が起こしたことでしょう」

慈仁様相手に、こんな厳しい態度を取られる御後室様を初めて見ました。慈仁様は、もう一口、グラスの中身を飲まれて、にやりといやらしくお笑いになりました。

「黒河家の家宝もすっかり売立《うりたて》で新華族に持っていかれたそうね」

「売立」というのは、美術品などをいちどきにまとめて売却することで、ここのところ、困窮した華族様が、代々お家に伝わった絵画や茶道具、工芸品などを売り払ってしまって散逸してしまうことが問題になっていました。

「ああ、あれはもったいないとは思いましたが、そうしないとどうにも借財が返せなかったもので」

悪びれる様子もなく、慈仁様はおっしゃいました。どろんとした瞳や、だらしなくソファにもたれかかった格好など、わたしがいつも見ている慈仁様とはまったく違っていました。

「つまり、世襲財産を食いつぶしてしまったというわけね、あなたは」

「ああ、伯母様」慈仁様は、突然泣き顔になりました。「僕もそうはしたくなかったのです。こんなことになって本当に残念です」

「ばかをおっしゃい!」

御後室様は、ぴしりと撥ねつけられました。

「豊島《とよしま》から聞きましたよ、全部」

豊島さんというのは、黒河家の家令さんです。

「山師の投機話に騙《だま》されて、何の価値もない山野を買って財を減らし、その上に趣味が高じて馬術学校を作ろうとし、それが挫折したら今度は宝飾会社の取締役に祭り上げられて、いい気になって資金を提供して——。挙句の果てに高利貸しから借金をしたそうね」

「ああ、山村力蔵《やまむらりきぞう》のことですか」

「あれは華族殺しという異名を取る高利貸しらしいわね。豊島が、あれだけはやめてくださいと懇願したのに、あなたは聞く耳を持たなかったそうね。それで負債が積み重なり、家は抵当に入り——」

「そしてこのたび、不渡手形二千円を出して訴求訴訟を起こされた。で、もはや破産申告するしか手がなくなったというわけなんです」

慈仁様が自嘲気味に言われました。

「ああ、伯母様、一つ忘れていますよ。千葉の農場のこと。あれは小作争議にやられたんだが」

「あなたは房興さんが助力をしなかったことを恨んでいるのかもしれないけれど、あれはあれでよかったんですよ。不在地主でふんぞり返っているあなたに肩入れしたって、どうせ結果は同じだったでしょうね。何もかもあなたの才のなさから出たことよ。他の事業で失敗した穴埋めをするために小作料の値上げを決めたのでしょう。豊島がそう言っていたわ」

「おや、房興君の肩を持つんですか。そりゃあ、そうでしょうね。房興君は優秀な養子だから」

御後室様は、深々とため息をついて、ソファの背もたれに体を委ねられました。そのお姿は、随分小さく見え、重厚なソファに埋もれてしまいそうでした。

「あなたを準子の婿養子に迎えるように、わたしは先代にお願いをしたものですよ。でも先代はあなたより、房興さんを選ばれた。先代の目は確かだったというべきかしらね」

準子様のお名前が出たので、わたしはびくっといたしました。韶子様も辰野さんも、体を強張らせた気配がいたしました。

慈仁様は、グラスを口に持っていきかけた手を止めて、御後室様を睨みつけられました。御後室様も揺らぐことなく、甥の視線を受け止められています。お二人が黙り込むと、外の雨の音がいっそう大きく聞こえてきました。

その雨の音に、車のエンジン音とタイヤがバシャバシャと水を撥ねる音が混じりました。

「その優秀な養子君がお帰りのようですよ」

いかにも愉快そうに、慈仁様が笑われました。同時にスコッチを飲もうとして、グラスに歯が当たり、カチカチと鳴りました。

「今は庭の造営に夢中の養子君が。あれは僕の馬術学校設立の夢とどれほどの違いがあるんでしょうね。たいして立派な趣味とはいえそうもないが」

やがて廊下をやって来る静かな御前様の足音が聞こえました。ドアが開かれると、慈仁様は、首を捻《ね》じ曲げて後ろを見やりました。

「やあ、房興君。申し訳ないね。黒河家のために駆け付けてくれて。でももう遅い。何もかもがね。僕は由緒ある家を没落させてしまったよ」

房興様は静かに入って来られて、後ろ手でドアを閉められました。韶子奥様とちらりと視線を交わされたようでした。

黙ったままの房興様に、慈仁様は畳みかけます。

「庭の出来はどうだい？　君の気に入ったように仕上がっているかな？」

そしてうまい冗談を聞いた時のように、自分で声を上げてお笑いになりました。耳障りな笑い声が、応接室に響きました。房興様は、ゆっくりと歩を進めて慈仁様に近づきはしましたが、そばのソファに座るということはされませんでした。

「どうしたんだ。顔色が悪いぞ、房興君。庭の話題なら、いくらでもしゃべれるだろう。何せあれは――」

「あの池は埋め立てなければならなかったのですよ」

唐突に御後室様は、慈仁様を遮られました。

「あなたの犯罪を隠すためにね」

慈仁様は、これ以上ないというほど、目を剝《む》かれました。グラスをつかんだ手は、宙で止まっていました。御後室様の背後に立った辰野さんが、ちょっとだけ身じろぎをしたのが、わたしのところから見えました。

「房興さんは、何も知らない。知らないけれど、あれは最善の策だったわ。かわいそうな藤原の骨が出てきた池を埋めるという思いつきはね」

慈仁様は、さらに目を見開かれました。

いったい何のことを言われているのでしょう。房興様も、奥様も、御後室様の顔をじっと見られました。

「あなたを庇ってきたわたしだけど、あんなことまではすべきではなかったわね。黒河家の、ひいては吉田家の名誉を守るためにしたことでしたけれど……」

辰野さんが御後室様の肩にそっと手を置きました。御後室様のお言葉を止めようとしたように も見えました。

「いいのよ、辰野。何もかもが無駄だったのだから。慈仁さんにはきちんと言っておくべきだわ」

御後室様は、辰野さんの手をぽんぽんと軽く叩かれました。辰野さんは手を引き、後ろに下がられました。

「もう十年以上も経つのに、忘れようとしても忘れられませんよ。あの晩のことは。わかるでしょう？　慈仁さん。西洋館がボヤを出した晩ですよ。先代が入院していた時に、危うく西洋館を全焼させるところでした」

御後室様は両目をぎゅっと閉じられ、指で眉間を押さえられました。

「西洋館が燃えているのを見つけたのは、見回りをしていた請願巡査でした。あの時は、坪井《つぼい》という名の若い巡査でした」

御後室様は、かすれた声を絞り出されました。

「先代は入院中。そして房興さんはよそへ出張していたのでしたね」

念を押すように御前様に問いかけ、御前様が小さく頷くのを見て、また言葉を継がれました。

「だから、わたしはああするよりほか、なかったのよ。あなたが――」

眉間に当てていた指をすっと伸ばして慈仁様を差されました。慈仁様は、さっきまでの虚勢を張った態度を改め、萎縮して御後室様を見やっておられました。指を向けられると、さらに身を縮められました。

「あなたが藤原を滝の上から突き落として殺したと知った時」

雨音に負けない御後室様の声が、応接室に響き渡りました。

「殺した――？」

誰か別の人が言ったように感じましたが、それはわたしの口から出た言葉でした。あまりのことに、つい口走ってしまったのでした。

慈仁様は、ネクタイをさらに緩められました。暑くてたまらないというふうに、首を左右に振りながら。実際に汗をだらだらとおかきになっておられました。

「何のことを言われているのか、僕にはさっぱり――」

笑おうとされたのでしょうが、慈仁様の頬は醜く引き攣っただけでした。

御後室様はしばらく何もおっしゃらず、慈仁様の様子を、冷ややかに見ていらっしゃいました。

御後室様の言葉が途切れると、雨が屋根を叩く音がますます激しく聞こえました。この調子だと、庭は水浸しになるかもしれません。増築された応接室が日本館から切り離されて、庭に向かって舟のように流れ出していくような幻想に、わたしはとらわれました。それほど、現実味がなかったのでございます。

房興様は、まるでそこにいらっしゃらないかのように、気配を消しておられました。

慈仁様は、ポケットからハンケチを出して、汗を拭われました。神経質に何度も何度も手を動かされています。慈仁様がハンケチをポケットにしまうと、御後室様はおもむろに口を開かれました。慈仁様とは違って、しごく落ち着いたご様子でした。かすれた声で語られる恐ろしい話に、わたしは身震いせずにいられませんでした。

坪井という請願巡査から、翌朝になって御後室様が聞かれた話でした。見回りをしていた彼は、ぱっと上がった火を目にして、すぐに西洋館に駆け寄りました。窓が破られ、カーテンや調度品が燃えているのを確認して、携帯している笛を思い切り吹きました。そうしながら、窓から中を覗いてみました。火に照らされて、中に二人の男がいるのが見えました。

一人の着衣には火がついていました。そこにもう一人の男が、何か液体状のものをかけたのです。それは油様のものだったと見えて、火が勢いを増し、男は悲鳴を上げて飛び回ったそうです。もう一人の男は、逃げようとする彼を火の中に突き飛ばしました。巡査の目には、一人がもう一人に危害を加えようとしているようにしか見えませんでした。

請願巡査は、応援を呼ぼうと窓から離れて走りだし、振り返って見たところ、窓から火だるまの男が飛び出して来ました。男は喚《わめ》き声をあげながら芝生の上で転がって火を消そうとしました。そしてくすぶり続けた体のまま、何とか立ち上がりました。

間髪を入れず、窓からもう一人が飛び出してきました。呆気《あっけ》にとられて立ちすくむ巡査に気づかず、もう一人の男は、火傷を負っているらしい男に組みつき、手にしたブロンズ像で男を殴りました。殴られた方はまた悲鳴をあげましたが、なんとか振り切って池の方へ逃げていきました。きっと熱さに耐えられず、池に飛び込もうとしたのでしょう。

巡査の背後で、西洋館の中の火が勢いを増し、別の窓ガラスが割れました。その音に、襲いかかった方の男が振り向き、ようやくそこに巡査が立っているのに気づいたそうです。男はぎょっとしたように足を止めました。大きな炎が窓から噴き出し、男の顔を照らし出しました。

「それはあなただったのです。そうね？　慈仁さん」

厳かな声で御後室様は言われました。

「そして逃げたのは、藤原」

慈仁様は、グラスを口に持っていこうとして、それが空だと気づき、テーブルの上に戻されました。その手が異様に震えているのを、わたしも奥様も、それから房輿様もじっと見ていたのです。壁際まで下がった辰野さんの様子はわかりませんでした。

「その後のことはよくご存じでしょう。あなたは巡査に手伝わせて、藤原を滝壺に落としたのですから」

韶子奥様が、手で口を押さえたのがわかりました。御後室様は、そちらを一瞥した後、話を続けられました。

坪井巡査と慈仁様が対峙して立っていた時、笛の音を聞きつけた家職人らが駆けつけてくる気配がしたそうです。慈仁様は踵を返すと、さっきの男が逃げた方へ駆けていきました。我に返った巡査もその後を追いました。池の周囲は暗く、巡査は、二人を見失いました。巡査は懐中電灯を点けて捜索したといいます。その時には、若い巡査はすっかり怖気づいていました。いったい何が起こっているのか判断がつかなかったと、後で御後室様に申し上げたそうです。

家職人たちは、燃える西洋館の方に殺到し、池の方に注意を向ける者はいませんでした。坪井巡査は応援を呼んでくるべきかどうか迷いながらも、あちこちを見てまわりました。すると滝の上から物音がしました。恐る恐る近づくと、倒れた男の上に慈仁様がかがみ込んでおられました。懐中電灯の光に気づかれた慈仁様は、巡査を呼びました。

「こいつはもう死んでいる」

落ち着いた声だったといいます。坪井巡査に確かめるよう言い、彼の手をつかんで引き寄せたのでした。経験の浅い巡査は、ガクガク震え、されるがままになったそうです。その時になってやっと倒れた男が少し前までお屋敷にいた書生の藤原だと気づきました。ひどい火傷を負っていました。藤原の鼻と口に手をかざされ、息をしていないのを確かめました。

「こいつが西洋館に火をつけたんだ」

腰を抜かしてしまった態の巡査に向かって慈仁様は言われました。その時には、消防のサイレンが遠くから聞こえてきました。駆けつけた家職人が通報したのでしょう。

「く、黒河様はなぜ、ここに――？」

巡査はそれだけを言うのが精いっぱいでした。黒ずくめの慈仁様は、どう見たって怪しい侵入者にしか見えなかったといいます。それに明らかに藤原に危害を加えようとしていました。

「藤原が放火した。この家を追い出された腹いせに。それだけじゃない。準子さんを誘惑して、関係を持ったんだ。お前も知っている通り」

答えないでいる巡査に、慈仁様は低い声でそう告げたそうです。

「だから、僕がこうした。こいつが放火する計画に気づいたから、先回りして待っていた。準子さんのために復讐《ふくしゅう》した」

サイレンの音はどんどん大きくなり、西洋館の方は大騒ぎになっていました。

「放火しに来た藤原が、火事に巻かれて死んだことにするつもりだったんだが、逃げてしまった。やむを得ず、殴り殺した。そうされて当然のことをしたんだからな、こいつは。だが、この死体をここに置いておくわけにはいかん」

燃える西洋館の中で焼死体で見つかれば、怪しまれることはなかっただろうが、撲殺されたとなると、犯人捜しが始まる。そう慈仁様は巡査に説明したといいます。

木立の向こうから、坪井巡査の名前を呼ぶ声がしました。笛を吹いたまま、どこかに消えた巡査を探しているのでした。

「わかったか」

念を押されて、巡査は何度も頷きました。

「かわいそうな子。まだ二十歳かそこらだったはずですよ、あの巡査は。親は庄越藩の士族の出で、吉田家に忠誠を誓ってくれていたのに」

御後室様はまた眉間をもまれました。かすかに目が潤んでいるようでした。しかし、すぐに顔をおあげになって、きっと慈仁様を睨みつけたのです。

「藤原の死体を、巡査に手伝わせて滝壺に投げ込んだのはあなた。服の中に石を入れて、浮かんでこないよう細工までして」

「あの巡査がそう告白したわけか。すっかり肝を潰したようだから、口をつぐんでいると思ったが」

開き直った慈仁様は、にやりと笑われました。

「そうよ。曲がりなりにも巡査ですからね。犯罪に加担させたから黙っていると踏んだあなたが甘いわね。何もかも詰めが甘いのよ、慈仁さんは」

強い口調で慈仁様に言い募られたかと思うと、御後室様は、今度は悲し気に目を瞬かせました。

請願巡査という立場は微妙です。身分は東京市の巡査に違いないのですが、一旦派出されると請願者に雇われているのも同然になります。つまり公的権力を持つ用心棒のようなものなのです。ましてや御後室様の話の通り、国元の士族の子どもだとしたら、吉田家の側に立ってしまうことでしょう。

「火事は幸いにも大きく燃え広がることはなくて済みました。警察も調べに来たけれど、外からの侵入者がカーテンに放火したのだろうということになったわね。ロビーにあったブロンズ像が芝生の上に落ちていたから、盗み目的で忍び込んだことも含めて捜査をするということだった」

　消防隊の責任者や警察官から詳細を問われて、請願巡査は咄嗟に嘘《うそ》をついたのです。巡査は、逃げていく一人の男を見つけて追いかけたけれど見失ったと証言しました。慈仁様の名前も、藤原の名前も出すことはありませんでした。自分が死体の始末に手を貸したという恐ろしい事実も。

　放火犯が火のついた着衣で逃げていくところを見た者も家職人の中にいて、巡査の話を裏付けたのです。ブロンズ像に血がついていたのも、慌てて逃げる途中転んでぶつけるか何かしたのだろうと不審に思われることはありませんでした。

　しかし、夜が明けてから本当の顚末は御後室様と辰野さんだけに伝わりました。巡査は同じ士族の出である辰野さんにこっそり告げ、御後室様と直接会って報告したそうです。

「巡査も震えていたけれど、わたしも震え上がりましたよ。慈仁さんが関わっていると知ったのだから」

「なぜです?」初めて房興様が言葉を発せられました。

「なぜ、それをお父様にも僕にも黙っていたのです?」

　御後室様は、疲れ切った顔で房興様を見やりました。

「慈仁さんを庇おうとしたばかなわたしが決めたことよ。先代も体が弱っておいでだったし、あなたには次の当主として、隠し事を背負わせるわけにはいかないから。わたし一人の裁量で決めたこと。吉田家の体面を保つために必死だった。でも今となっては、それがよかったかどうかわからない」

　驚いたことに、慈仁様はひどく傷ついた顔をなさいました。まるで寄る辺《べ》のない子どものような表情でございました。

　後ろめたさに耐えられなくなった巡査からの告白を聞かれた御後室様は、慈仁様を問い質すこともされませんでした。一番の理由は慈仁様が、準子様を妊娠させ、結果として死に追いやった藤原さんに復讐したと知ったからでした。

親しかった従姉妹の準子様の仇を取ろうとした慈仁様を責めることはなかったのです。

それだけではありません。下男に命じて、大きな石を滝壺の上から投じさせたのでした。下男に理由も告げず、具体的な指示を出したのは、辰野さんでした。

「吉田家の敷地の中に死体が隠されているなんて、とんでもないことだわ。とにかく、そのことだけは見つからないようにしないととそればっかりが頭の中を占めていたのよ。つまり、罪の上に罪を重ねてしまった」

房興様は、「ああ」とだけ声を漏らされました。

「請願巡査も下男も、充分な手当をやって吉田家からは去らせたの。それが一番いい方法だと思いましたからね、あの時は」

わたしは倭子様の後ろに控えている辰野さんを見ました。辰野さんは、顔色一つ変えていませんでした。このいきさつには、辰野さんも深く関わっていたのでしょう。御後室様の意向を迷いなく実行に移したのです。御後室様にぴったりと寄り添っている辰野さんなら、それも道理でしょう。辰野さんが支えとなっているからこそ、御後室様は強い心でこうしたことを成し遂げられたのです。

「そのひと月半後に震災が起きて、たぶん、滝壺の底の石組が崩れたに違いないわ。崩れた石は、さらに藤原の体の上に振りかかったことでしょう。絶対に池の中から見つかることはないと思ったの」

でもそうはなりませんでした。十年後に、藤原さんは白骨となってこの世に浮かび上がってきたのでした。

誰もが口を開きませんでした。こんなことがこの第六天で行われていたなんて。平和で幸せな場所だと一途に信じていたのに。去年の夏、渇水によって滝壺の底の水が徐々に減っていった時、御後室様は気が気ではなかったのではないでしょうか。それとも、長い間水の中にあった藤原の骨が見つけられて引き上げられ、ほっとされたのでしょうか。

御後室様は、白骨の正体をとうに知っておられた。そしてそれが沈められていた池も嫌悪されていたのです。不吉な池を埋め立てると御前様が決められた時、御後室様がたいして反対なさらなかったのは、こういう理由があったからでした。

新聞がいろいろと書き立てた時に、御後室様も慈仁様もピリピリしておいででした。それは白骨死体について、最初から知っていたからなのでした。倭子様にいたっては、白骨死体の身元が知れた時に、顔面蒼白になっておられました。その本当の理由を、わたしは今知ったのでした。

わたしは首を回らせて窓の外を見ました。雨が降り込める中、遠くで働いている惣六の姿が見えました。雨合羽が雨に打たれて重そうでした。

「それに――」

御後室様の声でわたしは振り返りました。

「藤原が準子に言い寄ったことは先代もわたしも知っていたの。おそらく藤原が準子を妊娠させたのでしょう。純粋無垢な準子は、つい情を移してしまったのだわ。藤原が憎かった。準子が死んだのに、藤原がのうのうと生きているのが辛かった。死んで当然だとまで思ったわ。ひどいとは思ったけれど」

「ああ、伯母様のそんな心情を僕は今まで知りませんでした。伯母様に、僕の犯罪行為の尻ぬぐいをさせていたなんて――」

慈仁様は、絞り出すような声を出されました。

「どうしても藤原を許せなかった。あいつが西洋館に放火しようとすることを事前に知った時、それを逆手に取って、藤原を殺そうとしたんです。焼き殺されて当然だと思ってしまった」

慈仁様の懺悔《ざんげ》を、御後室様は冷ややかな面持ちで聞いていらっしゃいました。

「あなたが黒河家の財産を食い潰してしまうほど、無能でだらしない男だとわかっていたら、あんなことはしなかった」

御後室様は、にべもなくそう言われました。

「さっきも言ったけど、わたしは準子の結婚相手にあなたを推したのよ。でも準子の婿にあなたを迎えなくてよかったわ。そんなことをしていたら、吉田家も破産していたでしょうね」

「では、僕のしたことは認めてくださらないんですか？　準子さんのためにしたことなのに。伯母様だって――」

「慈仁君」房興様が厳かな声で遮られました。

「もうそれ以上、嘘を重ねて自分を貶《おとし》めるようなことはやめたまえ。聞くに耐えない」

御前様の、いつになく厳しいお言葉に、皆は目を見張りました。

「いいぞ。調子が出てきたじゃないか。吉田家の養子として立派な態度だ。だが、もう少し黒河家を助けてくれてもよかったんじゃないか？」

慈仁様は「ハハハッ」と笑われました。それはいかにも浮薄な印象でした。

房興様は、すうっと息を吸い込まれました。そして言われたのです。

「準子さんを妊娠させたのは、運転手でも藤原でもない。慈仁君、君なんだ」

応接室の中が、急に暗くなったような気がしました。

そういえば、わたしの祖母はこんなことも言っていました。

「災難は呼び込むもんなんだよ。突然やってくるもんじゃない。気がつかないうちに、それを呼び込む隙間がどこかに開いているんだ。だから気をつけていれば、恐ろしいことがやって来るのがわかるもんさ。災難を避けることはできないかもしれないけど、構えはできるってもんだ」

でもあの時のわたしはまったくの無防備でした。

あの後起こることがわかっていれば、わたしは奥様を守って差し上げられたのに。あんなことを奥様にさせることはなかったと思います。災難を呼び込む隙間ができていたのに、わたしには見えていませんでした。

しばらくは、誰も口を開きませんでした。無言の行に陥った人々の上に、軒を打つ重い雨の音が降り注ぎました。部屋の中まで湿っぽくて、髪の毛も着物も何もかも濡れそぼったような気がしたものです。幻の冷たさと重さに、わたしはぎゅっと歯を食いしばりました。

静まり返った部屋の中で、突然慈仁様が大きな笑い声を上げられました。喉を反らせて、いかにもおかしくてたまらないというふうに、膝を叩かれて。

他の五人はぎょっとして、慈仁様を見詰めました。ひきつけたような甲高く病的な笑い声は、長く続きました。しまいには涙を拭うほどでした。

「いったい何のことを言っているんだ。僕にはさっぱりわからないな」

ようやく笑いを引っ込めた慈仁様は、うって変わって冷たい声で言われました。

「君の言う通りなら、なぜ僕は藤原を殺さなければならなかったんだい？　殺人を犯すには、それ相応の理由があるだろう。子爵の僕が理由もなく、そんな危険を冒すはずがない」

「三か月前――」房興様は落ち着いた声で語り始めました。

皆は、淀みのない語りに耳を傾けたのでございます。

三か月前、帝国議会の議員室にいる御前様を、昭和日報の記者が訪ねて来たそうです。彼は、元運転手の野本がいる鳥取県へ何度も赴いて取材をかけたのだと言いました。口の重い野本を説得し、金を渡し、記事に書かないと約束した上で真実を聞き出したのです。野本は、白骨死体の身元が書生の藤原だと判明したという事実を聞いて、観念したのだといいます。

野本が記者に語ったところによると、彼が準子様を運んだ先で待っていたのは、慈仁様だったそうです。慈仁様が、準子様と逢瀬《おうせ》を重ねていたのです。場所は慈仁様のところの使用人が用意した目立たない一軒家でした。

準子様は、一途に慈仁様を慕っておいでのように見えたと野本は記者に告げたそうです。お二人は、道ならぬ恋をしているのだろうと野本は察しました。一度は慈仁様が準子様の婿と取り沙汰されたことを、彼は承知していました。だから準子様が妊娠されたと噂で聞いても、彼は驚きませんでした。当然の成り行きだと思えました。

準子様は慈仁様を庇って、決して愛しい方の名前を出すことはありませんでした。野本にも金を渡して口留めをしたのです。ところが準子様の産んだお子も準子様も死んでしまわれた。もはや、準子様のお相手が慈仁様だと知っているのは自分だけだと悟った野本はどうしたか。彼は慈仁様を強請《ゆす》ったのです。

このことが公になると、吉田家のみならず、黒河家も新聞記事の餌食になる。一番やり玉に挙げられるのは、慈仁様個人でしょう。慈仁様は、言いなりに金を渡していたけれども、事業もうまくいかないこともあり負担になってきた。野本の方は、一度つかんだ金づるを手放す気は毛頭ありませんでした。それどころか、さらに金額を吊り上げました。きっと一生、慈仁様から金を引き出せると思った。そう渋々野本は白状したそうです。

慈仁様は切羽詰まったに違いありません。吉田家にこのことが知れると、ただでは済まないと重々わかっていました。倭子様の怒りに触れて援助も断たれる。そうなれば、黒河家はたちまち行き詰まってしまいます。宗秩寮から不貞行為を咎められて、何らかの処分が下されるかもしれません。この頃、華族様の放蕩や不貞、乱倫という不祥事に対して、宗秩寮が平民移籍を命じる事例が多々ありましたから。

野本の告白によると、慈仁様は、野本に吉田家の西洋館への放火を持ちかけたそうです。吉田家に一矢を報いるためだと慈仁様は説明しました。裕福な吉田家に見下され、準子様とも夫婦になれず、隠れて会うしかなかったのだと。放火だといってもほんのボヤでいいのだ。吉田邸へ忍び込む手引きもしてやる。この計画に力を貸してくれるなら、今まで払ってきたのとは比べものにならないほどの金額をやる。それでお前はどこへでも行って呑気に暮らせばいいだろう。

しかし野本は、そんな甘い手には乗りませんでした。慈仁様が何らかの魂胆を持っていると見破りました。身の危険を感じた野本は、準子様に恋愛感情を抱いていた藤原にその話を捻じ曲げて持ちかけたのです。準子様の出産と死に衝撃を受け、先代に追い出されたことを逆恨みしていた藤原をうまく焚きつけたといいます。

準子様は、本当はお前が好きだったのだ。お前との仲を裂かれて捨て鉢になり、好きでもない男と間違いを起こしたのだ。何もかも吉田家のせいなのだというふうに。一本気な藤原は、まんまと野本の言いなりになりました。家の犠牲になったかわいそうな準子お嬢様の無念を晴らすためと言いくるめられ、野本の代わりに西洋館へ放火するために吉田邸に忍び込みました。

吉田家を追い出されてから、藤原は学業への意欲も失い、細民街に潜り込んで日雇い仕事で口を糊《のり》していたのでした。すっかり捨て鉢になって、気持ちも荒《すさ》んでいました。

ここから先は記者の推測です。話を聞かれた房興様にも詳しい状況が見えました。ご自分が留守にしていた晩のことは、容易に想像できたことでしょう。

そこには、先に侵入して待ち伏せしていた慈仁様がいたのです。藤原は、そんなことは知りません。容易にお屋敷の敷地に入り込み、西洋館の窓を破って室内に火をつけました。慈仁様は、そうした様子を物陰からじっと見ておられたのです。

野本が推察した通り、慈仁様は、邪魔な運転手を殺すつもりでした。放火犯に仕立て上げて、犯行に失敗して焼死したという筋書きを考えていたのでしょう。ところが野本だと思って油をかけて焼き殺そうとした相手は、藤原でした。人違いに慈仁様はどこで気がついたのか。火だるまになって叫び声を上げた時に、声の違いに気づいたのかもしれません。大いなる失敗に一瞬慄いたことが、西洋館から藤原を取り逃がしてしまった理由だったのか。それとも、逃げた藤原をブロンズ像で殴り倒した時だったのか。

どちらにしても、殺人を計画し、実行したことに変わりはないのです。藤原のものであっても、死体を処理しなければなりません。本当なら、西洋館の火事現場で倒れているはずだったものです。火事に気づいた人々が駆けつけ始めていた西洋館に戻すことはもう不可能でした。咄嗟に慈仁様は、従順な請願巡査を利用することを思いついたというわけです。藤原が殺されるに値する人物だというでっち上げを語って、自分の行為を正当化したのでした。

「その後のことは、君も今聞いた通りだ。巡査の話を聞いたお母様は、細工をして君を救った」

御後室様は、小さく呻き声を上げられました。準子様のお相手が、こともあろうに庇ってきた慈仁様だと知り、あまりのことに驚き、嘆かれているのでした。

「野本は、藤原が戻って来ず、行方も知れなくなったと知り、怖くなって姿を消したんだ」

慈仁様はちらりと御後室様を見やり、それから韶子奥様を見て、最後に房興様に視線を戻されました。どう言い繕おうかと迷っているようにも見えました。慈仁様が態度を決めかねているうちに、房興様がその先を続けられました。

「記者にとっては特ダネだな。ところがそいつは、記事を書かなかった。なぜなら――」

房興様は、そこで言葉を切って、大きく息を吸い込まれました。

「そいつは野本以上に悪党だったのさ。それをネタに僕を強請った」

房興様は目を伏せられました。

「だから言いなりに金を渡して黙らせた」

御前様が造営される庭に向き合って、しだいに力を失い、影が薄くおなりだったのは、そうい う訳があったからなのだとわたしは得心いたしました。新聞記者から驚くべき事実を知らされた衝撃というよりは、吉田家を守り通してきたご自分の存在そのものに、もう意味を見出されなくなったからなのでした。打ちひしがれ、底知れぬ虚無感を味わっておいでだったのです。

御後室様は、もう一度苦痛の声を漏らされました。

「そんなことが――、準子は――」か細い声でそれだけ言われるのがやっとでした。

「ああ、伯母様」

慈仁様が、意を決したようにはっきりと言われました。

「そんなことはでたらめです。僕が準子さんを妊娠させたなんて、そんなことがあるわけないじゃないですか。房興君の作り話ですよ。あるいは野本の」

御後室様は額に当てていた手を下ろして、房興様を見られました。

「あの子は、真実を隠したまま死んでしまったのよ。生まれてきた子の父親については、書きつけたものも何一つなかったわ」

「それごらんなさい」

慈仁様は、勝ち誇ったように言い募りました。御後室様は、ご自分を奮い立たせようとするかのように、ソファの中で身を起こされました。

「巡査からあの晩のことを聞かされた時、動転して、よく考える暇もなく後始末に走ったけれど――」

そこで宙に視線をさまよわせられました。

「あなたが準子の仇を討つなんてしっくりこない考えだわ」

慈仁様のお顔に焦点を合わされると、御後室様は言われました。

「あなたはそんな殊勝な男じゃない」

きっぱりと言い捨てられ、慈仁様は顔を歪めました。

「準子が藤原なんぞに言い寄られて深い関係を結ぶなんて、どうにも違和感があったの。今日、それが合っていたことがわかった。準子を誘惑したのはあなただったのね」

「違いますよ」

そっぽを向いた慈仁様の横顔は、拗《す》ねた子どものようでした。勢いづいた倭子様は、容赦がありませんでした。

「あなたの本性はよくよくわかりました。素直で純真な従姉妹を弄び、吉田家の財産を当てにして放漫な事業経営で散財し、結局黒河家を潰してしまったのでしょう」

「だから伯母様、それは違います。野本が準子さんをどこへ運んだのか知りませんが、相手は僕じゃありません」

「まだそんなことを言うの？　わたしも房興さんもあなたの不始末で苦心惨憺《さんたん》をしたっていうのに」

「いいですよ。藤原にしたことは認めます。それもこれもあいつが準子さんを孕《はら》ませたと知ったからじゃありませんか」

御後室様は、慈仁様の口から出た下賤《げせん》な言葉に、不快感を露わにされ、ぐっと歯を食いしばられました。

「いいですか。伯母様も今言われたじゃありませんか。準子さんは何も残さずに死んだって。準子さんの相手をいろいろと詮索されるのは勝手ですがね、僕は関係ない。房興君もばかばかしい脅しに乗って、新聞記者風情に金を払うとは、軽率なことをしたものだ」

御前様が言い返されるかと思いましたが、ただ黙って立っていらっしゃるだけでした。

「準子さんは、慈仁さんを慕っておいでだったと思いますわ。慈仁さんがどう思おうと」

その時、韶子奥様の声が、部屋に響き渡ったのでした。物静かで、いくぶん悲し気で、でも強い意思が込められたお声でした。

そこにいる誰もが、辰野さんまでもが、奥様に視線を移したのです。慈仁様は、射るような目で奥様を見やりました。

「池の中から――」奥様は動じることなく、慈仁様を見返されました。「文鎮が二つ出てきましたの。丸い、小さな文鎮でしたけど、二つはぴったりと重ねられていて、組み紐できつく巻かれていました。決して離れないように」

「文鎮――」

御後室様が、囁くような声でおっしゃいました。

「ええ。それぞれに、稲と鳩のお印が付いていましたわ。象牙で象《かたど》られた――」

風が出てきたのか、窓がガタガタと揺れ、雨粒が窓に打ちつけられる音がしました。誰もが、韶子奥様の言われた言葉の意味を考えていたのです。そこから導き出せる事実は、一つしかありません。あれを見た時、わたしの頭にも同じ考えが浮かんだのでした。確信が持てないまま、頭の隅においやってしまった事実。奥様は、それに皆が気づくのを静かに待っていらっしゃるようでした。

ひと際大きく窓が揺れた後、奥様は、一歩前へ出られました。

「準子さんが、文鎮を池に投げ入れたのだと思います。大事に取っておいたものでしょうが、もういらないと断じられたのでしょう」

「なんてこと……」

御後室様は一度仰向《あおむ》いて呟くと、また手を額に当てられました。そしてその指を伸ばして、慈仁様を差されました。

「あの文鎮は子どもの頃、お習字の一柳《いちりゅう》先生からいただいたものだわ。初段になると、先生は真鍮《しんちゅう》の文鎮を作ってくださったのよ。各自のお印を象牙で刻んで。二つと同じものがないはず。慈仁さんも一柳先生に習っていたでしょう？　あなた、あれをどうしたの？」

御後室様は、そう問い質されました。

「知りませんね。そんな昔のもの、とうに失くしてしまいましたよ」

まだ慈仁様を差していた御後室様の指が、ブルブルと震えました。

「韶子さんの言う通りだわ。準子は、準子は――」

あまりに激したせいか、お言葉が続きません。ですが、そこにいる誰もが、御後室様が言いたかったことを理解いたしました。

つまり、先代が準子様の結婚相手として慈仁様ではなく、房興様を選んだ直後、慈仁様と準子様は、抜き差しならない関係になったということでしょう。周囲の目を盗んで二人は逢引《あいびき》を重ね、当然の帰結として準子様はお子を宿された。そういうことだったのです。洋行をされていた房興様が与り知らぬ間に。

「あなたの文鎮を、いつだか準子は手に入れて大事にしていたのね。あなたとそういうことになった後かもしれない。慈仁さんへの恋情をひた隠しながらね。なぜなの？　なぜ黙ってあなたたちはそんなことに。あの子と連れ添いたいなら、そう言えばいいじゃないの。あんなことになるくらいなら」

最後は声が震えて、よく聴き取れませんでした。

わたしは、あの文鎮を処分するように兵衛さんに言った奥様のことを考えていました。

奥様は、やはり準子様の悲しい生きようのことを察せられたのだと思いました。準子様が、慈仁様を想っておられたたった一つの証拠の品。おそらくは、妊娠して、恋しい人とは結ばれないとわかった時に、自分の気持ちに切りをつけるために、組み紐で巻き付けて池に投じられたのでしょう。

しかし、十何年も水の底にあった文鎮は、庭師によって拾い上げられました。

――水には魂が宿ると申します。水から出てきたものも同じでございます。

兵衛さんが言った通りでした。池の水は、その懐に抱いたものに込められた魂を守り通してきたのでした。

奥様は、文鎮を見た時、すべてを理解されたのです。よくよく考えた挙句、会ったこともない準子様のかわいそうな心情を慮《おもんぱか》って、誰にも告げずに処分することに決められたのです。こんな展開が待っているとは、奥様にも予測できなかったでしょうから。

しかし、あれはもう兵衛さんによって捨てられてしまったかもしれない。いえ、そうに違いない。奥様の言には、兵衛さんは素直に従うような気がいたしました。

「そんな文鎮で、僕と準子さんの間柄を推測するなんて、ばかげている。運転手も新聞記者も嘘をついているに決まっているさ。裕福な吉田家から存分に金を引き出すために」

慈仁様は、反論されました。その文鎮を見せてくれと言われるのではないかとわたしはヒヤヒヤいたしました。

「まだ白を切るの」倭子様は、ますます昂られました。

「準子はあれで分別のある子だった。運転手や書生に言い寄られてなびくような愚かな娘ではないわ。だけど、相手があなたなら、頷ける」

慈仁様は「ふん」と鼻で笑われました。組んだ脚が小刻みに揺れているのが、苛立ちを表しているようでした。

「もうよろしいでしょう。僕は黒河家を没落させた。それで充分でしょう。帰らせていただきます」

慈仁様は腰を上げかけましたが、酔いのせいか、苛立ちのせいか、体がゆらりと傾きました。雨の中、ビュイックを飛ばして帰られるのでしょうか。競売にかけられると決まったお屋敷に。ビュイックも運転手も、手放すことになるのでしょう。

その時、わたしははっとしました。房通様が樅の木から落ちた日、あの時もビュイックに乗って慈仁様はおいでだった。でも房通様がいなくなって大騒動が始まった時にはもうお姿は見えませんでした。ビュイックもいなくなっていました。

あの時、庭師が放置していた梯子を樅の木にかけたのは、慈仁様かもしれない。子どもたちがかくれんぼをしていた森の中に入っていって。ちょっとしたいたずらにしては、悪意に満ちた行為ではないか。

この人は――、ひじ掛けをつかんで立ち上がろうとしている慈仁様を見ながら、わたしは震え上がりました。この人は、吉田家に寄りかかりながらも、その実、この家に不幸が訪れるよう、画策する人だったのではないか。たとえば準子様に。たとえば房通様に。

「いいえ、許しませんよ。逃げるなんて！」

ほとんど叫ぶように、御後室様が言われました。

「準子が思いを込めた文鎮で不足というなら、もっとはっきりした証拠を見せてあげるわ。あなたが仰天するようなものを」

辰野さんがさっと顔を上げられました。あまりに蒼白な顔でした。

「準子の産んだ子だけど——」

「お母様！」

房興様が倭子様を遮られ、韶子奥様が不安そうな視線を送られました。

「あの子があなたの子だとわかれば——」

「お母様！」

房興様がこんなに大きな声を出されるところは、今まで見たことがありませんでした。

御後室様は、正面でようやく立ち上がった慈仁様に向かって、嗜虐的《しぎゃくてき》な笑みを浮かべられました。

「あの時の赤ん坊は、死んではいないの」

辰野さんがかすかな息を吐いた気配がしました。暖炉の前に立った奥様とわたしは、驚いて顔を見合わせました。そんなことがあるのでしょうか。少なくともわたしには信じられませんでした。ガラス窓を背にした御前様の方を伺いましたが、外がいっそう暗くなったので、お顔も翳ってしまい、表情はよくわかりませんでした。慈仁様も、首を捻じって房興様を見ておられました。

「何だって——？」

まるで囁くような声が、慈仁様の口から漏れました。

「そうなのよ」

御後室様は、低く重々しい声を出されました。

「準子が相手の名前を頑として言わないから、こうするよりなかった。表向きは死産ということにして、赤ん坊はよそにやったのよ。そうね、房興さん」

御前様は顎をかすかに引かれました。

「父親が誰かわからない子を、吉田の籍に入れるわけにはいかなかったの。ましてや野本だか藤原だかの子なら、当然でしょう。準子も産後、弱ってしまって、とても子どもなんか育てられなかったから」

房興様が手配して、生まれたばかりの子を引き取ってくれる人に託したそうです。先代には黙って。それが吉田家に入ってからの房興様の初めての仕事だったと思うと、胸が塞がれる思いがいたしました。そうしたことも、御前様を消極的で受け身なお方にしてしまったのかもしれません。自分の妻となるはずだった女性が産んだ子を、どこかよその家に託すよう、強いられるなんて。

思いがけない御後室様の告白に、奥様は青ざめられました。頬をぴくりとも動かさない辰野さんの様子を見ていると、彼女も初めからそうした事情を知っていたのだとわかりました。

「どうなの？　その子に会いたい？　あなたの実の子よ」

「お母様！」

肩入れしていた慈仁様に裏切られ、御後室様は、追い詰める手を緩めませんでした。御前様は、その秘密がここで明かされるとは思っていなかったのでしょう。慌てて再度、御後室様を止めようとなさいましたが、御後室様は意に介しません。

「その子を引き取る？　あなたが曲がりなりにも準子を愛していたのなら――」

言い募りながら倭子様は、涙声になられたのでした。

「あなたと準子が結ばれなかったのは、不幸なことだったとは思うわ。だから、あの子の忘れ形見を引き取って父親らしく生きるなら、少しは援助もしようというものだわ」

慈仁様は、ソファの背に手をやって体を支えながら、御後室様を睨みつけました。

「ごめんですね。そんな子と暮らすつもりは、これっぽっちもありません」

それからクックッといやらしく笑いました。

「いいですよ。準子さんと逢瀬を重ねたのは、僕だと認めましょう。生まれた子は、確かに僕の子だ。だけど、僕は準子さんを愛していたわけではない」

御後室様は何かを言いかけられましたが、半開きにした口からは、言葉が出てきませんでした。

「先代から、この家に養子に入ることも、準子さんと結婚することも拒まれた時、僕は密かに誓ったんですよ。吉田家を破滅に追いやろうと。だから房興君という婿を迎えるという準子さんを誘惑した」

「あなたって人は……」

慈仁様は片手を上げて、御後室様を遮りました。

「いえ、ここまで言ったんだ。最後まで言わせてください。準子さんは、房興君の妻になる覚悟を決めていた。そこを無理やり僕は掻き口説いたのです。ずっと前から準子さんを好きだった。房興君の妻になるのは、耐えられないとね。全部嘘で固めた恋の告白です」

御後室様は、ぐったりとソファの中に埋もれたまま、しばらく惚《ほう》けたように正面に立つ慈仁様を見詰めておいででした。

「ひどいことを――」

それだけ言うのがやっとというご様子でした。

「いいじゃありませんか。伯母様は、準子さんを僕にくれるおつもりだったのではないですか?」

御後室様は、ソファのひじ掛けに両手をついて立ち上がろうとされました。しかしあまりに深く腰掛けていらっしゃったので、うまくいきませんでした。辰野さんが手を添えようとしましたが、その手を邪険に振り払われ、やがて諦めたようにまたクッションの中に沈みこまれました。立ち上がってどうしようというおつもりだったのでしょうか。

慈仁様を平手打ちにしようとされたのでしょうか。

そんな倭子様をあざ笑うように、慈仁様は続けられました。

「しかし、女というのは怖いですね。一度体を許したら、周囲の事情などおかまいなしだ」

運転手の野本を買収し、二人は逢瀬を重ねたのだと慈仁様は言われました。苦痛の表情を浮かべる御後室様の様子を楽しむといったふうに見えました。

わたしはよく存じ上げませんが、準子様は大変愛らしいお方だったようです。おとなしく従順で、どなたにも優しかったので、書生の中にも憧れる者がいたのだと慈仁様は言われました。たとえば藤原のように。

しかしそれだからこそ、一度慈仁様とそういう関係に陥ると、一途で頑なだったそうです。準子様は、初めての男女の睦事《むつごと》に溺れていきました。慈仁様が、二人が陥った既成事実を先代に告げて、結婚を了承してもらうつもりだと再三囁いたことも準子様を安心させ、大胆にさせたのでした。

でも慈仁様の方は、そんな気はさらさらありませんでした。ご自分でそう言われたのです。準子様を呼び出して好きにできる自分に酔っていたと、不遜な態度で告げられました。準子様を傷つけることが、吉田家への復讐になるような気がしていたと。

「準子をどんなに問い詰めても、あなたの名前は出しませんでしたよ。結局自分の身を守るために人殺しに手を染めてしまう鬼畜のあなたをね。そこまであなたを庇うとは。ばかな準子」

御後室様は、懐からハンケチを出して、涙を拭われました。慈仁様は、そんな御後室様の様子を見ても、眉一つ動かされませんでした。長い告白に疲れ切ったというふうに、虚《うつ》ろな目をしてソファの横に立っておられました。

「あなたを吉田家の跡取りなんかにしなくて本当によかったわ。わたしは何も知らないから、あなたを迎え入れるよう、先代にお願いしたりしていたけれど。あの時、先代はこう言われたの。『慈仁はだめだ。あいつは吉田家を背負っていけるほどの人物ではない。まず胆力に欠けている。あれはちっぽけな人間だ』とね。今頃になって、先代に言われたことが身に沁《し》みましたよ」

「あなた方が――」

慈仁様は、ぞっとするほど冷たい声を出されました。

「後生大事に守っている家とは何なのですか？　吉田家を存続させるために、大勢の者が犠牲になったんだ。準子さんも藤原も、よそにやられた赤ん坊も、僕も。それから――」

慈仁様は、不遜な態度で顎をしゃくって見せました。

「この房興君も」

御前様は、弾かれたように顔をお上げになりました。唇がわずかに震えているようでした。

「思わぬところから綻びが生じるものです。威風堂々たる吉田家も、小さなことでおしまいになる。ほんのちょっとしたいたずらを、僕が仕掛けましたから」

「あなたなんぞがジタバタしたって、この吉田家はどうにもなりませんよ」

「そうでしょうね。僕はとっくに破滅したんだから」

「あなたのお父様が生きておられたら、さぞがっかりするに違いないわ。出来の悪い息子のなれの果てを見て。準子が産んだ子どもだって、人殺しの父親に会いたいなどと思わないでしょうね。迷惑なだけよ」

それからガラス窓の前に立っている房興様に向いて言われました。

「もうこのろくでなしを庇うことはないわ。黒河家はなくなってしまったのだから。警察に知らせてちょうだい」

その時、慈仁様が大きな喚き声を出されました。酔っていたはずの慈仁様は、俊敏な動きをされました。横っ飛びに飛んで、暖炉のそばにあった火掻き棒をつかんだのです。暖炉の前にいた韶子奥様もわたしも、呆気にとられるのみでした。慈仁様は、テーブルの向こうに回り込み、火掻き棒を御後室様の上に振りあげました。

最初に動いたのは、辰野さんでした。御後室様の上に覆い被さったのです。びゅんと空を切った火掻き棒は、辰野さんの右肩にまともに当たりました。嫌な音がしました。おそらく骨が砕ける音です。ですが、辰野さんは、呻き声一つ上げませんでした。御後室様を守って、そのままの格好を崩しませんでした。

房興様が慈仁様の後ろから組みつきましたが、慈仁様は凄い力でそれを撥ねのけられました。房興様は、もんどりうって床に倒れてしまいました。慈仁様は、素早く振り向くと、火掻き棒を御前様に振り上げたのです。わたしは思わず悲鳴を上げました。

慈仁様は、少しの迷いもありませんでした。獣のような唸り声をあげた慈仁様の体は、バネのようにしなりました。御前様の頭部を狙った火掻き棒は、容赦なく降り下ろされたのです。一瞬見えた慈仁様の顔は、唇の片方を吊り上げ、残忍な笑いを浮かべていました。

凶器と化した火掻き棒が顔に当たる直前、房興様は首をひねってそれを避けられました。わずかに的を外した火掻き棒が、房興様の顔面をかすったように見えました。棒の先は、激しく床を叩きました。房興様がお顔を避けた、すぐ左の床でした。あやうく左顔面が打ち砕かれるところだったのです。息を継ぐ間もなく、慈仁様は、また火掻き棒を振り上げました。

わたしはもう一度叫ぼうとしましたが、喉の奥からしゅうっと息が漏れただけでした。体も凍り付いたように動きません。

その時、目の端で、奥様の姿をとらえました。奥様は、炉格子の上から暖炉の灰の中に手を入れられました。そしてあの小さなコテを取り出したのです。今思い出しても、流れるような動作でした。そして一つも躊躇することなく、横ざまからその鋭い切っ先を慈仁様の喉に突き立てたのでございます。

両腕で火搔き棒を振り上げた慈仁様の喉を遮るものはなく、小さなコテという凶器の前にさらされていました。まさか韶子様がそんな行動に出るとは思っていらっしゃらなかったでしょう。慈仁様は、一瞬きょとんとしたような顔をなさいました。きっとご自分の喉に突き立ったものが何だったか、慈仁様にはわからなかったでしょう。

ゴボッというような音がしました。その音は、いつまでもわたしの耳に残りました。慈仁様の喉から血が噴き出しました。それは美しい手織りのペルシャ絨毯を汚しました。白い喉には、奥様にとって兵衛さんの思い出となるはずの小さなコテが突き刺さっていました。

金属的な血の匂いが立ち昇ってきました。わたしには、なぜかそれが清浄なもののように感じられたのでした。

「韶子！」

房興様の叫びと、慈仁様が倒れる音が重なりました。奥様が目を大きく見開いて、自分の手を持ち上げられました。そっと開いた奥様の手は、血でぬらりと濡れていました。

「御前様」

奥様は、顔を上げて房興様を真っすぐに見詰められました。特に動揺されているようではありませんでした。そして足下に倒れた慈仁様を見下ろして、ちょっと首を傾げられました。仰向けになった慈仁様は、両目を見開いていました。虚ろな目は、寄木張りの格天井《ごうてんじょう》から吊り下がった水晶のシャンデリアに見とれているようでした。が、瞳が何もとらえていないのは一目瞭然でした。

慈仁様の顔の下に、血だまりができていました。これほど出血したら、この人は生きてはいまい。おそらく頸動脈《けいどうみゃく》がすっぱりと切れたのだ。冷静にわたしは考えました。かつて下町の医院の手伝いをしていた時に身についた知識でした。

「韶子」

静かに御前様が近づいて来て、奥様に一度頷いてみせてから、慈仁様の上にかがみ込みました。そして胸に耳を当てられました。慈仁様の頭が力なくカクンと横向きになりました。房興様は念のため慈仁様の手首にも指の腹を当てた挙句、低い声で「死んでる」と呟かれたのでした。奥様は、没感情に陥られたかのように、黙って立っておられました。

奇妙な静謐《せいひつ》が、応接室を満たしていました。

わたしは横向きになった慈仁様の顔を見下ろしました。もみあげが乱れて、いつも隠れている耳が見えました。その耳の前に肉の小さな突起が見えたのです。副耳でした。

「ああ」

わたしの呻き声は、誰にも聞こえなかったと思います。

わたしは悟ったのです。準子様が産んだお子様を引き取ったのは、房興様のご友人の谷田様に違いない。充嗣様は、慈仁様と準子様のお子なのだ。

——本当にあの二人は仲がよいわね。

——君のおかげだな。僕らをこうして呼んでくれて、子どもたちも仲良くさせてもらえて。

——礼を言うのはこちらの方だ。充嗣君はいい子に育ったね。充嗣君に遊んでもらえて房通も喜んでいる。

いつかの御前様と谷田ご夫妻との会話を思い出しました。あの会話に隠された本当の意味を、わたしは知ったのでございます。房通様と充嗣様は、従兄弟同士だったのです。お優しい谷田様ご夫妻は、どんな身の上の子でも愛情深くお育てになる。

でもそんなことを考えたのは、ほんの一瞬でした。わたしはすぐに現実に引き戻されました。辰野さんがソファから体を起こしたので、御後室様のお顔が見えました。御後室様は床を見て、慈仁様に何が起こったか理解された様子でした。顔を歪められ、「まさか、こんなことが――、この屋敷で」それだけを言われました。

辰野さんはそのまま、床の上に座り込んでしまわれました。右腕をだらんと垂らし、苦痛に歪んだ顔をしていましたが、やはり声は発しませんでした。

わたしは、奥様を押しのけるようにして前に出ました。どうしてあんなことをしたのか、今もよくわかりません。とにかく、奥様のために行動を起こさないとと、自分を奮い立たせたのでした。こんな恐ろしい状況から韶子様を遠ざけねばと必死でした。

わたしは、慈仁様の喉からコテを引き抜きました。これさえなければ――。短絡的にそう思ったのです。その時は夢中でしたが、後から考えるとそうとしか思えませんでした。房興様が、わたしの突拍子もない行為に、驚かれて見返しました。

「トミ！」

御前様の声を背中で聞いて、わたしは掃き出し窓をがらりと開きました。脱いだままの下駄を履いて、雨の中に飛び出していったのです。

「惣六！　惣六！」

雨にしとどに打たれながら、わたしは必死に叫びました。雨の音に負けないように声を張り上げたのです。何度目かの呼び声に応えて、惣六が走って来ました。あの小柄な少年が見えた時、どれほどほっとしたことか。この子は、わたしのために雨の中で待っていてくれたのではないか。

そう思ったものです。

「いいかい、惣六——」

わたしが袂の下から取り出したものを見て、惣六はきょとんとしました。わたしが差し出すのに釣られて手を出したものの、それが血で汚れているのを見て取ると、ごくりと唾を呑み込みました。

わたしは、かまわずそれを惣六の手に押し付けたのです。

そしてコテを誰にも見つからないところに隠すよう、言いつけました。純朴な少年は、訳を問い返すこともなく、頷きました。

「早く！　行きなさい！」

絞り出すように叫んだ言葉に押されて、惣六は雨の中に駆けだしていったのでした。


慈仁様は、吉田家の応接間で亡くなりました。

酔って転んで、暖炉の炉格子の一本に、喉を刺し貫かれたのです。そういうことで落着したと言うべきでしょう。その細工を施したのは、家令の坂本さんと辰野さんでした。後の使用人は誰一人、真実を知りません。

もちろん、警察の調べは入りました。応接間の炉格子は、鋳物でできた頑丈なものでした。格子の縦の棒の先は、トランプのスペードに似た形になっていて、ツンツンと突き立っていたのです。飾りであったはずの先端が、不幸にも倒れた慈仁様の喉を刺したのです。その工作を思いついたのは、御前様か御後室様か、それとも坂本さんか辰野さんか、わたしにはよくわかりませんでした。庭から戻って来たわたしは、奥様に付き添って二階の寝室に向かいましたから。

血液で汚れた着物は、キサさんに言って処分させました。それからスミさんに頼んで湯を運んで来てもらい、奥様のお体を丁寧に清拭しました。おぞましい汚れの一点もあってはならないという思いでした。韶子奥様は、黙ってされるままになっておられ、浴衣に着替えられると、そのままベッドに横になられ、すやすやと眠ってしまわれました。

　このまま奥様の記憶から、慈仁様の死が消えてなくなりますようにと、寝顔を見ながらわたしは祈りました。

　警察は、御前様や御後室様、それから辰野さんの言われる状況を鵜《う》呑《の》みにしました。いえ、鵜呑みにしたように見えました。ビュイックを運転してきた運転手も、慈仁様がおいでになる前から、相当酔っていたと証言しました。もしかしたら、炉格子の先端と、傷口の形状が合わないと警察は不審に思ったかもしれません。しかし、肝心の凶器たるものはどこにもないのですから、比べようがないのです。

　奥様が取っておきたいと思われた兵衛さんのコテは、惣六の手によって、どこかに隠されてしまいました。おそらくは庭に埋められたのだろうけれど、そのことを惣六と話したことはありません。勘の鋭い惣六は、あのことに触れてはならないと理解したのでした。おそらく親方である兵衛さんにもコテのことは話していないと思います。念を押したわけではないけれど、そこは確かだと信じられました。

　辰野さんの怪我のことは、警察には隠されました。侍医によって応急の手当が行われました。その場に居合わせた女中の話によると、辰野さんは治療中も、顔色一つ変えられなかったそうです。それでも砕けた右肩が癒えるには、長い時間がかかりました。

　こうしてあの大雨の日の出来事は、不幸な偶然の事故として片付けられたのです。雨の音が物音や話し声を遮断してくれたのでした。あの日の応接間は、まさに日本館から切り離された一艘《そう》の舟だったのです。

数日後、御後室様と奥様との間に、短いやり取りがございました。そのことは、わたしの記憶に長く残ったのです。

「韶子さん、あなたは自分がしたことを恥じたり悔いたりすることはありませんよ。あなたは立派に吉田家を守ったのですから」

御後室様の言葉に対して、奥様は平然とこう答えられました。

「わたしは吉田家を守ったのではありませんわ。わたしは御前をお守りしたのです。もし時間が巻き戻されて、あの場面にまた立ち会ったら、わたしは何度でも同じことをしたと思いますわ」

御後室様の瞼がぴくぴくと痙攣《けいれん》し、目の前に立つ奥様を食い入るようにご覧になりました。堂々とした態度の奥様に続けてかける言葉が見つからなかったのでしょう。そのまま口をつぐんでしまわれました。

この瞬間、家というものの中に埋もれようとしていた御前様、それに韶子奥様が個人としての膨らみをもって立ち上がってきたのでした。

実際のところ、わたしは奥様のことが心配でした。やむなくとはいえ、慈仁様を死に追いやったことを、どのようにご自分の中で処理されたのかと、気をもんでおりました。しかしこの時の御後室様との会話で、奥様のお覚悟がよくわかったのです。奥様があしなかったら、御前様は慈仁様に火掻き棒で叩きのめされてひどい怪我を負ったか、命を落とされていたかもしれない。慈仁様は、過去にも惨《むご》く人を殺しているのですから。たぶん奥様には、御前様を守ったことだけが重要なことなのです。

恐ろしい事件に遭遇し、ご自分が果たされるべき役目をしっかりと行ったことで、奥様はこれからのご自分の生きる標《しるべ》を見つけられたのです。

お屋敷の中は、何事もなかったかのように平常に戻りました。辰野さんが肩を痛めたことについて詮索する者はいませんでした。辰野さんは侍医の勧めで病院に一週間ほど入院されていました。お屋敷に戻られた後、右腕を吊った姿で奥での采配を始めました。本当に見事としか言いようがありません。お国元の士族の娘である辰野さんは、常に自分の務めを粛々と行われるのです。

一時は反感を持つこともありましたが、そうした辰野さんの姿に、わたしは感服しました。わたしも辰野さんのように奥様をお守りしよう。そのためには、わたしも強くならなければ。そんなふうに思いました。

十一年前に起こったことは、慈仁様の告白により明らかになりました。御後室様にとっては酷なことだったでしょう。娘が不幸な亡くなり方をしただけでもお辛いのに、真相はさらに惨いものでしたから。辰野さんや八重乃さんが付きっきりでお世話をしていましたが、かなり憔悴《しょうすい》されているようでした。時折お部屋の外に出て来られ、籐《とう》の椅子に腰かけられては庭をご覧になっていましたが、どっと老け込まれたような印象を受けました。句会はしばらくお休みになりました。房興様に苦言を呈したり、韶子様に皮肉を言ったりする気力もなくされたようでした。

今や奥向きを取り仕切っているのは、韶子様です。あんなことがあったのに、少しも臆することなく、堂々としていらっしゃいます。もともと芯のしっかりしたお方でしたが、慈仁様のことがあってからは、強靱な精神力がはっきりとお見受けできるようになりました。奥様は、どんな時でも賢明にしなやかに生きられるお方なのです。

わたしは心の底から安堵したものです。お屋敷内では、悪いことはすべて解決される。第六天にいる限り、安泰だと再認識いたしました。

庭の造営も進みました。

兵衛さんは、すべての作業を監督し、構想通りの庭になるように、細かいところまで気を配っておられます。暑い夏が来る前に完成させてしまおうと努めていらっしゃる様子でした。仕事に没頭している兵衛さんは、ついこの間、お屋敷の中で起こった事件のことなど頭の中にはないでしょう。奥様の変化には気づいたでしょうか。あの後、兵衛さんは、一度も奥様にお茶席に呼ばれることはありません。

一度は親しく交わったお二人でしたが、威儀を正して、元いた場所にそっと戻られたのです。初めからわかっていたことでした。そんな素振りなど、微塵も露わにすることはありませんでしたが、もし二人が惹かれ合っていたとしても、お互いの領域に踏み込むようなことはあり得ません。韶子様は華族様の奥様で、房興様は兵衛さんの雇い主なのです。どれほど房興様が兵衛さんの才能を買っていたとしても、その関係は変わりません。

ところで、あの池から出てきた二つの文鎮は、まだ処分されていませんでした。兵衛さんに預けたということを奥様からお聞きになった御前様が、兵衛さんに問い質し、それを取り戻しました。

「これは準子さんの子どもを引き取ってくれた養親に渡そう」

それだけを言われました。

「それがよろしゅうございますわね」

奥様も一言お答えになりました。韶子奥様が、御前様から充嗣様のことをお聞きになっているのかどうかはわかりません。

谷田様は、いつか充嗣様に文鎮を渡されるかもしれません。充嗣様が、実のご両親のことを知りたいと言えば、谷田様は、隠すことなくすべてを教えて差し上げるのではないかと、そんな気がいたしました。充嗣様は、谷田様ご夫妻に愛情をたっぷり注がれて成長されるでしょうから、自分の恵まれない出自のことを聞いても、冷静に受け止められるのではないでしょうか。

兵衛さんは、なぜ奥様の言いつけ通り、文鎮を捨ててしまわれなかったのか。兵衛さんは、あれを取っておくつもりだったのではないかとわたしは考えました。韶子奥様とつながる唯一の品として。兵衛さんは、鳩と稲の印のついた文鎮のいわれを知らないわけですから。

奥様が手元に置いておこうとした兵衛さんのコテも、兵衛さんが取っておこうとした文鎮も、どちらもそれぞれの手には残りませんでした。そういう運命だったのでしょう。形すら残らない、お二人の淡い情愛には、ふさわしい結末だと思いました。

慈仁様の葬儀はしめやかに行われました。かろうじて華族礼遇停止が宗秩寮から下される前でしたので、黒河子爵として葬られました。家令の豊島さんによって、負債整理が行われ、起こされていた訴訟も取り下げられました。この始末に吉田家が関係していたことは周知の事実でした。こうして慈仁様が為された犯罪のことは、世間に知られることはなかったのです。

しかし死してもなお、慈仁様の企みは生きていたのでございます。

いろいろなことが起こり、ご家族の皆様は田鶴子様のことにあまり注意を払わなくなっていました。田鶴子様が参加されていた勉強会というのは、もともとは大学に学ぶ男女が集まって、英語の習得を目指し、英文学やロシア文学を語り合うというものだったといいます。「白鳥会《しらとり》」と名付けられた勉強会は、害のない読書会程度のものだったはずでした。しかし、それは表向きのことで、マルクス主義に染まる学生が、純真無垢な学生を共産主義へ誘い込むことが目的で作られた組織だったのです。

もともと田鶴子様は、華族のような特権階級に疑問を持たれ、社会を改革すべきだというお考えの持ち主でした。吉田家で自分の味方になってくださる房興様が、いずれは華族階級などはなくなると言われていたことも大きかったと思います。女子大に進学されたものの、講義では、ご自分の疑問への答えは得られず、物足りなさを感じておられた田鶴子様は、統制を逃れて潜伏していた左翼運動に知らず知らず加担することになっていたのです。

そうしたことに、ご家族のどなたも気づきませんでした。

やがて田鶴子様は、白鳥会のメンバーとして活動されるようになりました。白鳥会への学生の勧誘を行い、共産党員に協力して、「赤旗」などの共産党印刷物の配布などを担当されていたといいます。資金集めなどにも関与される共産党シンパとなられていたのでした。

田鶴子様が左翼運動の容疑で特高に検挙されたことは、吉田家にとっては、青天の霹靂《へきれき》でございました。御後室様を始め、房興様、韶子奥様は、名状しがたい大きな衝撃を受けられたのです。皇室の藩屏《はんぺい》、つまり皇室を守り支える役目を負っておられる華族でありながら、日本の国体を揺るがす社会主義、共産主義に共鳴することは、華族の本分に背くものとして非難されるべきことでした。

ところが華族様の中には、この少し前まで、共産主義運動にのめり込む方々がかなりいらっしゃったのです。育ちがよく、ある意味で操りやすい華族様の子女をこうした活動に誘い込むことは、容易だったのかもしれません。第六天でのうのうと暮らしていたわたしには、知る由もないことでした。

とにかく、名門の華族家から治安維持法違反容疑で検挙される者が出るということは、由々しき問題でした。ことに田鶴子様のお姉様の仁子様は君津宮という皇族家に嫁がれています。このせいで、皇族の妹である田鶴子様の扱いは、当局からしても悩みの種だったようです。

新聞にも早々にこのことは知れ渡りました。

『白鳥会がアカの活動　華族子女をオルグ』

『吉田侯爵家六女田鶴子嬢検挙さる』

こうした報道に触れるまでもなく、御後室様は憔悴の極みでした。

田鶴子様は、白鳥会の拠点に近い渋谷署に勾留されていました。取り調べの結果、罪状が軽いとして起訴保留になり、数日のうちに釈放されたのですが、これは、特高や宗秩寮の皇室への気遣いから出た特別扱いではないかと推測されました。どちらにしても、吉田家にとっては大きな汚点となりました。皇室にも顔向けができません。

戻って来られた田鶴子様は、すっかり消沈しておられました。田鶴子様の口から語られたことに、再度ご家族様は衝撃を受けることになります。田鶴子様に白鳥会に入ることを勧めたのは、慈仁様だったのです。慈仁様は、白鳥会の本来の姿をご存じだったに違いありません。そこに田鶴子様を入会させるということは、共産主義に誘い込むということです。社会の矛盾に目を向けられ、義憤を覚えていらっしゃった田鶴子様なら、その活動に共感を持たれると踏んでのことだと思われました。

亡くなられる直前に慈仁様が言われた「ほんのちょっとしたいたずらを仕掛けた」という意味を、ご家族様はよくよく知ることになったのです。それは、好奇心旺盛な房通様を樅の木の上に誘い込むために、梯子をかけておく行為と同じだったのかもしれません。房通様は、兵衛さんのお陰でたいしたことにはなりませんでしたが、今回は慈仁様の企図がまんまと的中したと言うべきでしょう。

房興様は、当主としての責任を取って、貴族院議員を辞職されました。同時に就いていらっしゃった役職すべてを返上されたのです。

それで家政が困窮するというようなことはございませんでした。もともと公、侯爵様は、貴族院の議席を世襲できる代わりに、議員報酬は支給されないことになっておりました。各役職についても同じです。吉田家の収入は、御前様のお仕事に頼っているわけではなかったのです。

お屋敷に戻られた田鶴子様を、御前様は責められることはありませんでした。奥様には、「田鶴子さんがああなった素地は僕が作ったのだ」とおっしゃられたそうです。

　常々、華族制度について否定的な意見を持たれ、時には口にされることもあった御前様でした。それはご自分の生き方を皮肉ったものでもあったのです。ところが田鶴子様がそうした考えに感化されて、社会主義の運動に走るという思いがけない方向にいってしまわれた。それは全部自分の責任だと思われたようです。

　田鶴子様が白鳥会と出会う女子大学校に進学するよう、勧めたのも御前様でしたから。

「田鶴子さんの方がよっぽどえらいよ。思いを行動に移したのだから。僕はただぐずぐずと愚痴をこぼしていただけだ」

　そう言われて肩を落とされたとお聞きしました。

　房興様も打ちのめされていらっしゃったのだとわたしは思いました。華族様という階級に疑問を抱きながらも受け入れて、吉田家存続のためだと裕福な階級に留まられた。それは大いなる欺《ぎ》瞞《まん》だったと田鶴子様の一件で気づかされたのです。いいえ、御前様は、とうにそれに気づいておいでだったのでしょう。

　社会や家という枠組みの中には、個人というものがあります。それが大きなものを守るためにないがしろにされていく。社会や家に取り込まれるためには、あえてそこに目をつぶらなければならなかった。たいていの華族様は疑問を呈することなく、特権を享受されていたのです。房興様は繊細過ぎたのかもしれません。

　しかし韶子奥様は、その個に目覚められました。自分で考え、自分で判断し、行動することがどれほど尊いことか理解され、その上で新しい世界に一歩を踏み出されようとしておいででした。

　田鶴子様が学校を退学したいとおっしゃったのを留められたのも奥様でした。

「勉強はできる時にしておくものですよ」

そんなふうに諭され、一年間だけ休学するように手続きをしておあげになりました。

「知識を得たら、また見えてくるものも違ってくるはずですわ。その時に先のことはお決めになればよろしいのよ」

すっかり弱ってしまい、田鶴子様を叱る元気もなくしてしまわれた御後室様に代わり、韶子奥様は、田鶴子様の話し相手になっておあげでした。

そうした会話から賢い田鶴子様は、共産主義運動に関わったことを認めると同時に、そのやり方にはずっと違和感を抱いていたことに気づかれたようです。田鶴子様が感じていらっしゃった矛盾は、社会を変革しようとする極端な左翼運動とは馴染まないものでした。向こうも、華族令嬢である田鶴子様を利用しようとしたのでしょう。

「外の社会には、わたしの知らないことがいっぱいあって、夢中になったのだわ。勉強会に出て、もっといろんなことを知りたいと思ったし、教えてもくれた。いい活動だと信じていたから、お友だちを誘ったりして。そうしたらわたし、いつの間にか共産党がらみの思想犯になってしまっていたわ。バカね」

そんなふうに言われ、寂しく笑っておいででした。

「赤化《せっか》華族令嬢」と騒がれる田鶴子様を気遣って、お国元にある吉田家の親戚筋に田鶴子様をお預けになったのも、奥様の采配でした。

役職すべてを失った御前様は、外出される機会がめっきり減りました。以前のように、他家の華族様と交際されることもなくなったのです。御前様専用のお車も、田鶴子様専用のお車も、御後室様専用のお車も、運転手がせっせと磨き上げるのみで、車庫から出ることはなくなりました。

房通様のフォードだけが、毎日学習院への送り迎えのため走っていました。お屋敷の中も沈み込んだ雰囲気に満たされました。

ただお庭の造成だけが活気を帯びておりました。

その間を兵衛さんが行き来して、きびきびと指示を出したり、自ら枝を切ったり、小石の位置や角度を変えたりしていました。

御前様は、完成に近づいていく枯山水を見ることだけが楽しみのご様子で、椅子を出させてずっと庭を見ていらっしゃいました。

そのうち、御前様の左目がよく見えていないということが判明しました。慈仁様が火掻き棒を振り下ろされた時、御前様の顔面の左部分をかすったようにも見えました。ご本人は、当たってはいないとおっしゃって、医者に診てもらうこともしませんでした。傷も痛みもなく、御前様も特に不自由を感じていらっしゃらないご様子でしたので、奥様も安心しておられたのです。

しかし、その頃から左の視界がどんどん暗くなっていくことに御前様は気づかれていたようです。かなり長い間我慢しておられたのでしょう。田鶴子様のことなどがあり、ご自分のことは後回しにされていたのです。読書に差支えが出るようになり、とうとう眼科を受診されました。医者の見立てでは、眼球自体には異常がないということでした。検査の結果、視神経が損傷し、脳にうまく像を伝達できないのだと言われたそうです。

「どこかで頭を強く打たれませんでしたか?」

そう訊かれて、御前様も奥様もお答えに窮したとのことでした。

「ああ、そうだった。屋敷の中で転んでしまってね。あの時、床で頭を打ったな、確か」

一呼吸おいて御前様はさもないように答えられたのです。

奥様も、奥様から伝え聞いたわたしも、理由はすぐにわかりました。慈仁様に撥ねのけられて床に倒れた時、したたかに頭を打っていらっしゃったのです。打ち下ろされた火掻き棒も、御前様の顔のすぐ左に落ちてきました。あの時、頭の左側に何らかの衝撃を受けられたのかもしれません。そうしたことを、あの時御前様は一言もおっしゃいませんでした。

脳の問題なので、どうにも治療のしようがないと医者に言われても、御前様はたいして動じなかったということでした。

「そうか」とだけ言われて、診察室を出られたとのこと。

心配する奥様に、「いいさ。こっちがまったく見えなくなっても、右目があるんだから」と答えられるのみでした。

そういう御前様のご様子を見ていると、どうにも胸が塞がれるのです。右目だけでは、長時間の読書は無理だと思います。知識欲の旺盛な御前様が、読書を諦めざるを得ないということは、どれほどお辛いことでしょうか。お屋敷から出る機会の減った御前様に、運命はなんという苛酷な仕打ちをするのでしょう。


貴族院議員を辞され、第六天にこもっていらっしゃる房興様を心配して、谷田様が訪ねて来られました。京子様とお子様たちも一緒でした。梅雨の中休みでしょうか。珍しく晴れた日でございました。

房通様は、早速充嗣様と芝生の庭の方へ駆けていらっしゃいました。その後を、美加子様が追いかけていきます。千代さんと書生の一人が付き添っていきました。

弾むような足取りで遠ざかっていく充嗣様の背中を、わたしはつくづくと眺めました。この方が、準子様の産んだお子様なのだ。今までとは、充嗣様が違って見えてしまいます。房興様は、最良の養父母を選んでおあげでした。それだけは間違いないでしょう。出生は不幸だったかもしれないけれど、今はご両親の愛情をいっぱいに受けて育っておいでです。

御前様が谷田様に託した文鎮を、充嗣様が手にすることがあるでしょうか。差し出がましくも、わたしはそんな想像をいたしました。ふと浮かんだ想像を、わたしは胸の奥にしまい込みました。わたしが充嗣様の出自に気がついたことは、誰も知りません。このことを誰かに話すことは今後もないでしょう。

御前様ご夫妻と谷田様ご夫妻は、枯山水全体を眺められる大座敷の広縁に腰かけていらっしゃいました。慈仁様が命を落とした応接室は、使われることがなくなりました。以前のようにお客様が頻繁にいらっしゃることがなくなったので、それでも不自由はございませんでした。

愛しい人のコテが、人を殺してしまう凶器になったことを、奥様はどのように思っていらっしゃるのか。何でもわたしに話してくださる奥様ですが、そのことは、語られることはありませんでした。それでもおそばにいると、奥様の気持ちは何となくわかりました。それはおぞましい事件に触れたくないという忌避の気持ちではないのです。

奥様は、ああして御前様を守ったことを微塵も後悔してはおられませんでした。あの時、ご自分の取るべき行為があれだったと一つの揺るぎもなく思っていらっしゃるのです。だから、あの時、咄嗟にコテを手にしたことを悲しんだり慄いたりもされません。わたしが引き抜いて持ち去ったコテの行方を、尋ねられることもありませんでした。

「いい庭だ」

谷田様が枯山水を見渡して言われました。庭からは、瑞々《みずみず》しい緑の香りが漂ってきました。庭のあちこちで剪定されている木の枝の切り口から、立ち昇る香りなのでした。香りを運んできた風は、座敷の奥まで吹き込みました。わたしは、思わず深く息を吸い込みました。まだ大丈夫。軽く目を閉じて自分に言い聞かせます。わたしの第六天は変わらずここにある。

遠いこだまのように、谷田様の言葉が届いてきます。

「君はいい庭師を見つけたね」

「ああ」

「憶えているかい？　フォーデン卿《きょう》の邸宅の庭。よく招待してくれたじゃないか。あそこのガーデンパーティに」

それはお二人がイギリスで過ごされた若い頃のことでした。

「見事なバラ園があったな」

「そうだった」

「貧乏学生だった僕らに、親切にしてくれた。あの邸宅に行くのが楽しみで仕方なかったよ」

広縁から少し奥まったところにいるわたしからは、御前様や谷田様の背中しか見えません。御前様がどんなお顔をなさっているのかはわかりませんでした。

「僕は、フォーデン卿の二番目の娘のマーガレットに恋していたんだ」

谷田様の打ち明け話に、京子様がクスリと笑われました。房興様は、少し首を傾げるようになさいました。

「だが、とうとう恋は成就しなかったな。打ち明ける勇気がなかった。ガーデンパーティでは、何度も二人きりになったのに」

「それもいい思い出だ」

「そうだな」

しばらく四人は、黙って庭を見ておいでした。明るい庭に向かって、黒い影のようになった四つの後ろ姿を、わたしは見ておりました。

「今は多くのものを得たが、あの良き時代《ベル・エポック》にはかなわないな」

谷田様がぽつりと言われました。それに房興様はお答えになりませんでした。

イギリスにおられた頃、お二人は祖国から離れて好きなだけ学び、遊び、議論し、時に恋をしたりもされていたのでしょう。

実家にも居場所がなくなり、充分な仕送りもなく、お一人で異国にやられた房興様ですが、もしかしたらその頃が一番お幸せだったのかもしれない。そんなことを思いました。ふと奥様の方を見ると、奥様も御前様をじっと見ておられました。奥様も同じように思われたのでしょうか。お優しさと重なり合うように、言いようのない寂寞《じゃくまく》が感じられる横顔でございました。

「君は少し、外に出た方がいいな」

谷田様は快活な口調に改められました。

「いや――」房興様は言葉を濁されました。

「どうだい？　馬術クラブに来てみないか？　ほら、君は乗馬も得意だったろう。イギリスでは、颯爽と馬を乗りこなしていたじゃないか。一度、ウィリアム・ジョンソンと勝負して――」

谷田様はまだ、房興様の左目が視力を失いつつあることをご存じありません。

「いや――」

今度は強めにおっしゃいました。

「いいんだ。僕はここにいる。庭ができあがるまで」

御前様の方を向いた谷田様が、眉を寄せられるのがわかりました。

「できあがったら？　庭が完成したらどうする？　この枯山水だけを見て過ごすのか？　隠居するのにはいささか早過ぎるんじゃないのか？」

冗談めかして言われた言葉が、上滑りしていきました。

「確かに見ごたえのある庭だが……」

仕方なく谷田様はそう言われ、庭に向き直られました。

「恐ろしいほど完璧だな」
独りごちるように続けられ、また二組のご夫婦は黙っておしまいになりました。

御後室様が亡くなられたのは、ある梅雨寒《つゆざむ》の日のことでございました。横になって過ごされることが多かった御後室様が、珍しく床を離れて、お部屋の外の板の間の安楽椅子に腰かけていらっしゃったといいます。句友の皆さんからご機嫌伺いをいただき、句会について辰野さんと少しばかりお話をされたそうです。

辰野さんは、三角巾で吊っていた腕が自由に動かせるようになったばかりでした。しかし、時折顔をしかめられる様子が見られたので、痛みはまだ残っているようでした。そんなことは決して口に出されませんでしたが。

御後室様のお部屋は、坪庭に面していて、南天やアオキなどが品よく植えられていました。灌《かん》木《ぼく》の下に苔むした灯籠が据えられ、広口の陶器の鉢には水が張ってあって、メダカが泳いでいるのでした。御後室様は句作をする時には、この庭に向かって考えを巡らせることが多く、辰野さんはお邪魔にならないよう、下がっていたそうです。

小一時間ほどして様子を見に伺うと、安楽椅子の背にもたれて眠るように亡くなっていたとのことでした。すぐに侍医さんを呼びましたが、手遅れでした。

御後室様は、このところ侍医さんから、たくさんのお薬を処方されておられました。心臓も弱っておいででしたが、慈仁様の死以降、精神的にも参っておられました。そこに田鶴子様が検挙されるという事件が起こり、心労が重なったということでしょうか。辰野さんは、御後室様のお側《そば》を離れたことを悔やんでおられましたが、誰にも責められるものではありません。

お手にした短冊には、「ゆめ遠じ」とだけ書かれてあったとのことです。上の句にその一言を置いて、後は何と続けられるおつもりだったのか。その言葉が、伝え聞いた使用人の涙を誘ったのでした。

吉田家に嫁いで五十余年、御後室様にも「ゆめ」と呼ぶものがおありだったのでしょう。それは何だったのか。吉田家を守ることのみに心を砕いてこられた御後室様だと思っておりましたが、御後室様にも望みのようなものがあったのでしょうか。房興様にのびのびとした青年時代がおありだったように。

人生とはまさに遠い夢のようなものかもしれません。第六天で紡がれる夢は、どんな色をしているのか。吉田家が零落しようとしている今、立派な庭ができあがろうとしていることに意味はあるのでしょうか。

お国元に静養に行かれていた田鶴子様も急ぎ戻って来られ、上のお嬢様方も次々に弔問に来られました。韶子奥様は房興様を立てて、立派に葬儀を取り仕切られました。その凜としたお姿に、わたしは逆に悲しみを覚えました。やはり奥様は、この家で生きる決意をされたのだと思いました。どんなことになろうとも、御前様と共に吉田家を支えていかれるおつもりなのだと。

葬儀が終わると、辰野さんは、御前様においとま乞いを申し出られました。御後室様が亡くなられた今、もはや吉田家に留まる理由はないと判断されたのでしょうか。もちろん、そんなことは口にされませんでしたけれど。房興様は、それをお許しになり、過分な退職金を与えられたようでした。辰野さんは、石川県に嫁いだ後、寡婦になられた妹さんのところに身を寄せられるとのことでした。

新しく古賀《こが》さんという老女が、女中頭になられました。辰野さんとは違って、厳しく女中たちを躾けるということはありませんでした。それでも皆は、ほっとしたというわけではなく、辰野さんの厳格さ、そこから生まれるぴりっとした緊張感を懐かしんだのです。奇妙な感覚でした。

吉田家は、一つの時代を終えたのでした。社会もいろいろと統制が始まって息苦しい気配に満ちていました。誰もがこれから来る時代の影を予想し、身を縮めておりました。季節は夏に向かって活力を増してきたのに、もはや、例年通りの第六天ではありませんでした。庭では変わらず職人たちがきびきびと働いておりましたが、お屋敷の中は重い空気が支配していました。

その大きな理由は、御前様の変化でした。谷田様の言に従って、外に出ていかれることはありませんでした。完成間近の枯山水をただ眺めていらっしゃいます。この庭の造成が始まった時の、病的な熱の入れようとも違っていました。兵衛さんから話しかけられても、もう多くを語られませんでした。

「兵衛のいいようにしてくれ」

そう一言、おっしゃるだけなのです。

「もうすぐできるな」

そう付け加えられることもございます。

そして座敷の前の新しくできた延段《えんだん》の上に椅子を置いて、じっと見詰めているのです。

がっしりとされていた肩や胸板は薄くなっていました。普段着の洋服は、痩せた御前様の体を包み込むには大き過ぎました。それもそのはずです。食事の量が極端に減ってしまわれたのです。三島さんは、食の落ちた御前様に召し上がっていただこうと、工夫を凝らしておりましたが、その努力はことごとく失敗しました。お召しものにも気を配られなくなりました。衣裳係が出してくる洋服に、ただ無意識に手を通すという具合でした。食べること、着ることなど、人間の営みから遠ざかっていかれるような気がいたしました。それどころか表情が乏しくなって、口数も極端に減ってしまいになりました。

快活で颯爽とされていたかつてのお姿は、もはや想像もできません。

萎《しお》れて枯れていく植物のような、または死を悟った老いた獣のような風情でございました。まさに春霞《はるがすみ》のように希薄ではかない存在におなりなのでした。

左目の視力はどんどん低下していかれました。それでも両の目をかっと開けて、前のめりになって庭をご覧になっておられます。左の目が庭の景色をとらえられなくなる前に、しっかりとその景色を焼きつけておきたいと思っていらっしゃるのか。そうしたお姿を見るにつけ、わたしはやり場のない怒りと悲しみとを覚えるのでした。

もちろん奥様は、そんな御前様を気遣っておいででした。房通様を伴われて、どこかへお出かけになるよう促されることもありました。すると、御前様は決まってこう言われるのです。

「ああ、行っておいで。僕はここにいるから」

そうしてにっこりと笑われるのです。

まるでここを離れたら、目の前に広がっている枯山水の庭が消えてなくなってしまうのではないかと警戒していらっしゃるようでした。石組で表した滝も、白砂の川も海も、山も島も木々も、兵衛さんがここに顕した超自然が、御前様の手の中からするりと抜け落ちていくかのようでした。初めからここに表わされた景は嘘で、御前様が見張っていないと、実体のないことが暴かれてしまうとでも思われているのでしょうか。

奥様は、なにげない態度で「では外出はよしにしましょう」と言われ、家従の一人に命じて椅子を運ばせるのです。御前様が様々な役職から退いた後は、使用人の仕事も減ってしまい、手持無沙汰になってしまっていた家従は、喜んで命じられた仕事をこなしました。奥様は、御前様の隣に座られました。

「どうだい？　韶子。波の音が聞こえるだろう」

「ええ、そうですわね。潮風も吹いている気がいたします」

そう御前様に合わせはするのですが、奥様の表情には、心痛が表れていました。

「ここにある景色は、御前が想像していた通りのものでございますか？　兵衛さんはうまく御前のお気持ちを汲まれたのでしょうか」

房興様のお言葉を引き出そうと、奥様は話しかけられます。それはまるで、家族や家というものに、まったく興味を示さなくなった方を、呼び戻そうとなさっているかのようでした。わたしは固唾を呑んで、そうしたやり取りをお聞きしていたのです。他の方が聞けば、何気ないご夫婦の会話でしょうが、奥様にとってはことに重要で、緊迫したものだったのでございます。

「いや――」

奥様の問いに対して、房興様がゆっくりと答えられました。

「ここにあるのは、僕が描いた景色ではない。兵衛のでもない。庭は自《おの》ずから形を作っていくものだ。人間の思惟《しい》を越えてね。それがわかった」

「そうでございますか」

「強いて言うなら――」

御前様は寂しく微笑まれました。

「この景は、浄土なんだ」

わたしの鼻腔《びこう》にも潮の香りが忍び込んできました。

「御前を庭から引き離さなければいけないわ」

奥様が真剣な眼差しでわたしにそうおっしゃいました。見慣れているはずの黒曜石のような奥様の瞳に射貫《いぬ》かれて、わたしはぶるっと身震いをいたしました。

「そうしなければ、御前は庭に取り込まれてしまう」

そして、囁くような声で付け加えられました。

「あの庭は力があり過ぎる」

奥様のおっしゃりたいことは、よくわかりました。御前様は、目の前に現れようとしている庭に浄土を見ていらっしゃるのです。それは取りも直さず、御前様がこの世に何の未練もなくなったということを表しています。房興様が社会生活から弾き出された後も、吉田家の家政は盤石で、日々の生活は滞りなく営まれておりました。けれども、現実世界をとらえなくなった御前様の目を引き戻す術《すべ》はもうどこにもないのです。

美しい奥様も、元気な若様も、忠実な使用人も、二つの蔵にしまい込まれた夥《おびただ》しい家宝も、御前様には何の価値もないのでした。

「奥様――」

わたしは、奥様に向かって言うべき言葉を探しましたが、うまく見つけることができませんでした。

「いいわ。どうすればいいか、わたしにはわかっていてよ」

奥様は、さっと身を翻してお部屋を出ていかれました。

今や、奥様は行動の人でした。吉田家は、鎌倉《かまくら》と軽井沢に別荘がありました。この二つは、夏にご家族が滞在して避暑のために利用されます。それとは別に本郷弥生町と渋谷猿楽町《さるがくちょう》に別邸をお持ちでした。本郷のお屋敷は、先々代が隠居のために建てたお屋敷だと伺っています。先代の房元様は、隠居所へ移られることなく、第六天にお住まいだったので、管理人を置いたまま、家族の誰も訪れることはありませんでした。

隠居所とはいえ、吉田侯爵家が所有しているものです。立派な家屋が二千坪の敷地に建っています。わたしは一度も行ったことがないのですが、すぐに生活ができるようになっているそうです。渋谷猿楽町の別邸は、もっと小ぢんまりしたものです。一時、ご親戚の方が住まわれていたらしいのですが、こちらもずっと空き家になっていて、ここで準子様が出産をされたのでした。

奥様は本郷に住まいを移そうという計画を立てられました。

奥様は坂本さんと何度も相談されていました。房興様がすべての役職を辞した後、来客もほとんどなく、行事もなくなっていました。運転手付きで外出される回数もぐっと減りました。御後室様が亡くなってから句会もなくなり、奥様もしばらく茶会を控えておられました。ですから、以前のように使用人が必要ではなくなっていたのです。

そこを坂本さんも気にされていたようです。いくら家財がたっぷりあるとはいえ、用もない雇人が無駄にたくさんいることが、健全なこととは思えません。少し使用人を整理すべきだと有能な家令さんは考えておられたといいます。しかし、家令の立場からは言い出しにくく、頭を悩ませていたようです。

奥様の提案に、初めは面食らっていた坂本さんでしたが、使用人を整理し、御前様の気分を晴らすために、しばらくの間、仮住まいに移ることに賛成したといいます。第六天のお屋敷も必要最小限の使用人に管理に当たらせ、このまま維持していくということにいたしました。

こうした話し合いは、御前様抜きで為されたのです。本来なら当主である房興様のご意向を真っ先に伺うところですが、奥様が独断で進められました。それも仕方がないと思わせるほど、房興様は弱っておいででした。あれほど熱を入れたお庭が完成しようとしているのに、身じろぎ一つせず、じっと庭に向き合っておられるだけです。

嬉しいとか悲しいとかの感情も、どこかへ失《う》せてしまったようでございました。

御前様のお体のこともありました。左目がご不自由になられるにつけ、広いお屋敷での生活は不便になってきました。どこへ行くにも長い廊下を歩いていかねばなりません。階段の上がり下りにも危険が伴いました。お部屋の中でも、どこかにぶつかってよろめくということが多々ございました。少しでも小さなお屋敷に移られることは、御前様にとって有益だったのです。

それでも、御前様をこの枯山水から引き離すのは、容易ではないと思えました。毎朝起きて、紅茶だけをあがると、職人たちがやって来るのをお部屋で待たれます。道具を運び入れる音、職人たちの声がし始めると、階下に下りて、定位置である椅子に座られます。兵衛さんが挨拶に来られ、一言二言言葉を交わされ、御前が見込んだ庭師が作業に入ると、それをじっと見詰めるのです。これが御前様の日課でした。

庭が出来上がる工程を、一つも見逃さずに憶えておきたいというふうでした。赤松のどの一枝を切り落としたか、スギゴケを丸い築山のどこに張ったか、竹垣の竹をどう細工したか。細部に気をつけ、全体を眺め、また細部に戻る。そんな具合でした。

しかし、それほど凝視していらっしゃるのに、御前様は実際の景色ではなく、それを通り越してそこにはない景色を見ておられるのだ。浄土の景色を。そう思うと、わたしも御前様を現実世界に引き戻さねばという焦燥に駆られるのでした。光を失いつつある左目を必要以上に見開いて庭に向かわれるお姿には、鬼気迫るものがありましたから。

どのような形であれ、御前様がお庭に執着していらっしゃることは確かでした。それゆえ、奥様の計画は一蹴されるに違いないと、坂本さんは気をもんでいらっしゃいました。奥様が、この計画を御前様に打ち明けられたのは、七月の声を聞いた時でした。

驚いたことに、房興様は、特に抗《あらが》うことをなさらなかったそうです。静かに奥様の話に耳を傾けられ、ただ「そうか、本郷へね」と言われたきりだったと、後で奥様からお聞きしました。

その次第を告げる奥様は辛そうでいらっしゃいました。強固に反対をして欲しかったのかもしれません。自分が発案した庭の造成に執着されることが、御前様の唯一の生きる力の発露のように思われたのでしょう。ところが、あまりにもあっさりと奥様の提案を受け入れられた。

「本当にそれでよろしゅうございますか？」

念を押す奥様に、またあの弱々しい笑みを向けられたのです。

「いいさ。後は兵衛にまかせておけばいい。あれには、存分にやってくれと言っておこう。兵衛の気の済むようにと」

「できあがったお庭を見にいらっしゃるでしょう？」

「ああ、そうだな。見に来よう。韶子と二人で」

それを聞いて、奥様はほっとなさったそうです。本郷の別邸で親子三人、もっと密に過ごせるだろう。庭のことは忘れて、新しい暮らしを始めようと心を新たになさったのでした。

「奥様は、それでよろしいのですか？」

出過ぎたこととは思いましたが、わたしはついそんなことを尋ねてしまいました。

「お庭を、兵衛さんが造るお庭を見られなくなって」

本当は、兵衛さんに会えなくなってと尋ねたいところでしたが、それはできません。ですが、わたしの意図は奥様に伝わりました。

「ええ、いいわ」

寸分の迷いのない答えが返ってきました。

ずっとおそばにいるわたしが、奥様の心の中も見透かしていることは、奥様自身がよくわかっておいでのでした。

「ねえ、トミ」

「はい」

「男女はね、本当に愛しい方と一緒になるとは限らないのよ。でもこうも言えるわ。今、おそばにいる方を愛することができるって」

「むずかしゅうございますね」

「そうかしら。とても単純なことなのだけれど」

わたしはその時、気がつきました。本郷に移るのは、奥様自身のためでもあるのだと。兵衛さんを見て過ごすのはお辛いのだと思い当たりました。御前様を庭から引き離すと同時に、ご自分も兵衛さんから離れようと決心されたのです。どちらにしても庭の造営が終われば、あの才能のある庭師とは別れてしまうのですから。弱られた御前様の様子を鑑みると、もう二度と兵衛さんと会うことはないように思えました。

本郷へ移る用意は、坂本さんが万事整えてくれました。そのことは、兵衛さんにも伝えられました。兵衛さんも、吉田家に何が起こったかはご存じのはずです。田鶴子様の事件もあれほど新聞に書き立てられたのですから。それが元で、御前様が貴族院議員を辞職されたことも知っておられるでしょう。兵衛さんの口からは、そんな話題が出ることはなく、ただ実直に自分に与えられた仕事をこなしておいでですが。

ですから、弱り果てた御前様に静養していただくために、別邸に移るというお話を素直に受け入れることができたでしょう。毎日お屋敷にいて、庭を眺めて過ごされる御前様の変わりようは、兵衛さんの目にも映っていたに違いありません。

兵衛さんは、この庭に対してどんな思いをお持ちなのだろう。わたしはそれを伺ってみたくてたまりませんでした。房興様があれほど憔悴されたのは、実はこの庭のせいなのだとわかっておいでなのだろうか。この庭に秘められた大いなる力とは何なのだろう。職人気質《かたぎ》で朴訥《ぼくとつ》な庭師が造る庭に、どんな情念が込められているというのだろう。しかし、女中の分際で、そんな踏み込んだことをお伺いするのは憚られました。もし辰野さんがおられたら、厳しく叱られるところです。

七月半ば、奥様は兵衛さんを茶室に呼ばれました。梅雨は明けたようなのに、はっきりとしない天気が続いておりました。

「もう本郷の方に移ってしまいますから」

最後に、という言葉はありませんでしたが、兵衛さんもその覚悟で来られたと思います。束の間、第六天で交わられた男女が、静かな別れの時を迎えたのでした。

いつもと同じサージの着物で来られた兵衛さんは、性格そのものの生真面目な作法で、奥様のお点前をいただきました。少し緊張しているのでは、と少々穿ちすぎた見方をしているわたしの目にも、以前と変わりない落ち着いた立ち居振る舞いに映りました。菓子鉢から菓子を懐紙に取る時も、次客《じきゃく》であるわたしに菓子鉢を送ってくださる時も、薄茶をいただく時も、平静な態度でございました。

いつものように露地の腰掛待合に出て、三人で茶庭を眺めました。

「兵衛さんにお茶を差し上げるのも、今日で最後になりますわね」

奥様は、さりげなく別れの言葉を投げかけられました。

「大変、ありがとうございました」

兵衛さんは、立ち上がって深々と頭を下げられました。

「いい露地ができそうですか?」

「いい勉強をさせていただきました。でもこの翠月庵よりいいものは造れそうにありません」

「あなたならできますよ。前に言われたではありませんか。一木一草もない露地を造ると」

「へえ、そうでした。いつかそんな茶庭を造ってみたいと申しました」

「どんなお庭なのでしょうね」

奥様は、遠くを見るような目をなさいました。

かつて「そんな茶庭をあなたが造ったら、わたしは一番に見に行くわ」と言われましたが、奥様がその庭を見ることはないだろうと、わたしは思いました。おそらく兵衛さんもわかっていたと思います。

「御前を、庭ができあがるまでここにいさせるわけにはいきません」

強い口調で、奥様は言われました。兵衛さんは、特に驚いたようでも、憤ったようでもありませんでした。

「あなたが造る庭には、不思議な力が宿っているわ。御前はそれに当てられてしまったのよ」

「奥様」

兵衛さんは、遠慮しつつ、奥様の隣に腰を落とされました。そして頭を回《めぐ》らせて真っすぐに奥様を見詰められました。奥様も臆することなく、その視線を受け止められました。

「手前の造る庭に力があるのではありません。手前が造る庭は、ただの庭でして」

わたしも無骨な庭師の顔をじっと見ておりました。日に焼けてさらに精悍《せいかん》になった横顔を。

「庭に命を吹き込むのは施主様です。この庭に力があるというのでしたら、それは御前様のお力なのでございます」

「でも――」

今の御前様は希薄です。影のようにひっそりとしておいでです。庭に向き合うたびに、弱られていくようです。

「それでは、御前は庭に魂を吸い取られたということかしら」

わたしの頭にちらりと浮かんだのと同じ疑問を、奥様は口にされました。

「いいえ、それも違います」

きっぱりと兵衛さんは言い切りました。

「御前様は、ご自分から力を捨てられたのです。そう手前は思いますんで」

「自分で力を捨てた？」

「はい」

兵衛さんは、ちょっとだけ考え込みました。

「どう申し上げたらいいか。施主様にとって、思い通りにできあがった庭に向かい合う時、ご自分の本当のお気持ちに気づかれるのです。庭は素直な心を映す鏡なのでございます」

また兵衛さんはしばらく考えられました。奥様に伝わる最適な言葉をどうにかして探しておられるのでした。

「以前手前は、庭は器であると申し上げました。庭師は自然を倣い、自分の考える世界を器に取り込みます。しかし、その景は空ごとでございます」

「空ごと？」

「後は施主様の心を映し、施主様に添って庭は成長しますんで」

今度は奥様が考え込まれました。

「御前はずっと庭に向き合ってきたわね。あなたから渡された器にせっせと何を詰め込んできたのかしら」

「それは手前にもわかりません」

「御前は、ご自分の力を全部庭に与えてしまったのかしら。もう力なんかいらないと断じられたのかしら」

目を伏せられると、白い頬に長い睫毛《まつげ》の影が落ちました。奥様は肩をすぼめられ、ほっと溜息《ためいき》を吐《つ》かれました。今にも消えてしまいそうなほど、はかない仕草でございました。

「それほどのものが、兵衛さんの庭にはあったということだわ。御前はあなたの庭を見て、作庭を託されたのだから」

「それは……」

兵衛さんは、膝の上でぐっと両の手を握り込まれました。そしてかすかに身じろぎをされました。

もしここに――とわたしは考えました。

もしここにわたしがいなくて、お二人きりだったら、兵衛さんは奥様を抱きすくめられただろうか。あの樅の木の下で起こった衝動と同じものが、また兵衛さんを突き動かしたでしょうか。いいえ、そんなことは決して起こらなかったでしょう。すぐにわたしは自分の想像を否定しました。やはり兵衛さんと奥様は、黙って隣り合って座っているきりだったでしょう。もうすぐお二人は離れ離れになり、もう二度と会うことはないとわかっているのです。

奥様は、力を失くした御前様に付き従って生きていくと決めておいでした。

やはり兵衛さんの造る庭には力があるのです。御前様は、できあがっていく庭にずっと向き合ってこられました。それはご自分の心と対話する時間でもあったのでしょう。兵衛さんの庭は、人を単純に素直にしてしまうのです。権力や地位、責務や体面などで飾り立て、取り繕ってきた人間を、素のものに戻していくのではないでしょうか。

「御前が自分から力を捨てたというのなら――」

奥様も思案しつつ、慎重に言葉を選んでおいででした。

「それなら、御前は今が一番お幸せなのかしら」

世間から見れば、不幸続きの吉田家です。世襲の貴族院議員の地位もなくし、立派なお役目から下り、華々しい交際からも遠ざかり、零落の一途をたどるようにしか見えません。しかし、それが御前様の望んでいた姿なのかもしれない。御前様は何ものでもない一人の人間にお戻りでした。

奥様の問いに兵衛さんは、お答えになりませんでした。ただ姿勢を正して、手水鉢とその上に置かれた柄杓《ひしゃく》を見ておられました。

手水鉢のそばに植えられたサンゴジュの枝が揺れたと思うと、メジロが一羽とまっているのでした。メジロが「チー、チー」と地鳴きして枝移りをすると、サンゴジュの小さな白い花がこぼれて、手水鉢の中に落ちました。

「ああ、もう夏ね」

奥様はすっと立ち上がられました。二、三歩前に出て、空を振り仰がれました。腰掛に座ったままの兵衛さんは、顔を上げて奥様の後ろ姿を見ておられました。

「わたしは春が一番好きなのだけれど、いい季節はすぐに過ぎてしまうの」

空は、薄い雲に一面覆われていました。

「行《ゆ》く春や鳥啼《な》き魚《うお》の目は泪《なみだ》」

奥様は空を見上げたまま、芭蕉《ばしょう》の句を口にされました。芭蕉が「奥の細道」へと旅立つ時に詠んだ句です。千住《せんじゅ》の宿まで見送りに来た人々との別れの句でございました。

去りゆく春を惜しんで、鳥は悲し気に啼き、魚の目には涙が溢れているという句ですけれど、行く春との別れに、親しい人々との別れをかけているのです。わたしはせつなくて、身をよじりたい気持ちになりました。奥様はこの句で、兵衛さんに別れを告げたのでした。

兵衛さんは、奥様の気持ちを受け止めたでしょうか。決して言葉にしては、別れを惜しむことはできない奥様の悲しみを。

わたしはその時、いつか兵衛さんが奥様に言われた、自分の造った庭を鳥の目になって空の上から臨んでみたいという言葉を思い出したのでした。


翌日から空は晴れ渡り、夏らしい暑さになりました。

そんな中、本郷への引っ越しの準備が始まりました。奥様は、やはり庭から御前様を離すことに決められたようです。

別邸も住みやすいように整えなければなりません。向こうでは、第六天のお屋敷のように大勢の使用人はいりません。たくさんの人にお暇を出さねばなりませんでした。坂本さんは、そうした人の整理について頭を悩ましておりましたが、以前のように派手な交際をやめた吉田家では、手持無沙汰な使用人が増えていましたから、そこは思い切らねばなりませんでした。

わたしは変わらず奥様のお付きとして本郷へ移ることになりましたが、八重乃さんやスミさん、ツタさんらは、この機会にお国元に帰ることになりました。よくしてくれた八重乃さんとの別れは辛いものがありました。

「里では親が年を取って、いろいろと手がかかるようになったからね。ちょうどよかったのよ。トミさん、お元気でね」

そんなふうに言われると、つい涙ぐんでしまいました。

そして何より、わたしはこの第六天という地から離れることが悲しくて仕方がありませんでした。十七歳の時から奉公に上がって、馴染んできた土地です。ここでの四季の移ろいは本当に美しく、ふと足を止めて見入ってしまうほどでした。花々が咲き乱れる春、緑の匂い濃い夏、森が色づき、葉を振るい落とす秋、間断なく降る雪に身を縮める冬も、すべてを愛していたのです。賑やかなお屋敷での生活も楽しい思い出です。辰野さんに叱られて落ち込んでしまったことさえ、懐かしく思い出されました。

白骨死体が浮かび上がってきた池や、慈仁様が命を落とされた日本館の応接室。それら忌まわしい場所があったとしても——。ここがわたしにとって安住の地であることに変わりはありませんでした。そうした呪わしい出来事を、すっかり消し去ってくれるほどの魅力がこのお屋敷にはありました。いつまでもここで暮らしていたいと未練がましく思ったものでした。

奥様はきびきびと采配を振るって、新しい生活に備えていらっしゃいました。

そんなふうに人々が忙しく準備を整える様子を、何だか珍しいものを見るように、御前様はご覧になっておられました。こちらには、御前様の蔵書がたくさん置いてあるのですが、その全部を持っていくことはできません。目がご不自由になられ、読書もままならないとわかっておられるでしょうが、やはりご本のない生活は考えられないご様子でした。持っていくものと置いておくものとを仕分けることが、御前様の唯一の仕事でした。それを案外楽しそうにやられていました。

日がな一日、庭を眺めていた時よりもお元気になられたような気がいたしました。奥様の決断は、やはり正しいものだったのかと思われました。

しかし奥様にとっても重い決断だったのです。お気に入りの翠月庵から離れてしまうわけですから。別邸には茶室はありません。茶道をたしなむことは容易ではなくなるでしょう。園丁はそのままこちらに置いていき、広大な敷地の庭や茶室の露地の手入れをさせることにはなっていましたが、寂しいことには変わりないでしょう。

御前様はお屋敷の中を歩かれる時、左手で、体の左側の空間をまさぐるようにされます。そういうお姿を見ると、ああ、もう御前様の左目は見えていないのだなと思うのです。いよいよお屋敷を出る日が近づくと、定位置の椅子に腰かけて兵衛さんを呼ばれました。

「金も時間もどれだけかかってもいいから、お前の好きなようにやってくれ。決して悔いの残らないように」

「へい、ありがとうございます」

「『静』の中の『動』を見せてくれ」

「御前様がいらっしゃらなくなっても、ここは御前様の庭でございます。きっとお望み通りの庭ができあがりましょう」

「そうか」

そうして、つくづくと兵衛さんを眺められました。

「だが、この庭にはお前の名前が残るだろう。お前の作品なのだから」

「そんなおこがましいことは。吉田侯爵のお庭ですから、やはり御前様のお庭です」

「いや、人の生命には限りがある。時代も移り変わる。いつまでも吉田家の庭であるとは限らない。庭は庭、それ自体で生きていくだろう」

「さようでございますね。庭も移り変わりましょう」

「どんなに時代が変わっても、たとえ吉田家の手を離れても、家屋が打ち壊されようとも、庭だけは残るだろうな」

「後世の人々が、残したいと思うような庭に仕上げます」

「頼んだぞ、兵衛」

御前様は晴れ晴れとしたお顔で微笑まれました。

御前様は、兵衛さんに別れを告げたのだと思いました。兵衛さんだけではなく、第六天からも離れる覚悟をなさったのです。御前様は、別邸に居を移すことについて、この時はご自分の思いを語ることはありませんでした。

しかし数日前に、奥様に対して言われたそうです。

「日本はこれから大変な時代に入る。もはや華族などという階級が安穏としていられる世は終わったんだ。こんな広い屋敷も無用の長物になる。韶子の決断は、的を射たものだったね」

寂しそうでも辛そうでもなく、淡々とそうおっしゃられたと奥様は話してくださいました。戦時色の強くなった世の中を見据え、また家内では、ご自分の拠《よ》り所としてきた養嗣子として侯爵家を存続させるという目的にも、もはや確かなものを感じられなくなられたということでしょう。御前様は、兵衛さんが言われる通り、自ら力を捨ててしまわれたのです。それでも、庭だけは残そうとされていました。

第六天を離れてしまうと、今までのように庭を眺めることはできなくなります。しかし、御前様は兵衛さんを信頼して、後は任そうとしていらっしゃるのです。おそらく、本郷からここへ造成中のお庭の様子を見に来るということもないのでは、と思いました。

あれほど熱を入れていた施主様が去った庭。お屋敷を維持管理するための使用人が残るだけになった吉田家の庭。兵衛さんは、どんなお庭を完成させるのでしょうか。

第六天を去る時、屋敷に残る家職人と、その身の周りのお世話をする女中たちと下男が並んで見送ってくれました。庭職人たち全員も並んでいました。本郷へ一台だけ持っていくクライスラーの助手席から、わたしは外を見やりました。兵衛さんが立っているのが見えました。ちらりと後部座席を振り返りましたが、奥様は、特に兵衛さんだけに視線をやるということはありませんでした。

わたしは、惣六の顔を探しました。わたしの頼みを聞いて、コテを隠してくれた少年は、職人たちの中に混じって、頭を下げていました。

「惣六、元気でね。立派な職人になってね」

わたしは心の中で呟きました。

「いい職人たちだ。いい庭ができるよ」

御前様は、庭にはもう執着してはおられない。お言葉からそんなふうに感じられました。あとは兵衛さんが造り上げ、その後は、庭自体が成長していくのでしょう。

「つまんないなあ」

遠ざかっていく正門を見ながら、房通様がぷくりと頬を膨らませました。

「ジョンは誰が世話をするの？」

「ちゃんと言いつけてきましたからね。心配しなくてよろしいのよ」

奥様が微笑まれました。

いつも大勢の人々に囲まれて、賑やかに過ごしてこられた房通様にとっては、突然の引っ越しがご不満なのでしょう。房通様は、御前様が「房通は決して軍人にしてはならない」とおっしゃって、学習院から充嗣様も通われている東京高等師範学校附属小学校に転校されることになりました。お兄様のように慕っている充嗣様と同じ学校に通うことになって、その点だけは嬉しそうになさっていました。

クライスラーはゆっくりと新坂を下っていきました。

わたしの第六天が、どんどん遠ざかっていきました。

令和五年

高桑は、清閑庭を眺めるベンチに腰かけていた。

タチバナ美術館の軒下にあるベンチだ。タチバナ美術館もいい具合に古びてきた。焼杉が張られた壁面は、一度張り替えられたと記憶している。深い軒を支える柱は、通る人の手が触れることで磨かれ、くすんだ飴《あめ》色に変色している。こうして年月を感じられるところが木造建築のいいところだ。

清閑庭の向こうにある自然の森は、秋の装いだ。コナラやケヤキが黄色や褐色に色づき、常緑樹の緑と入り乱れて美しい。やがて広葉樹は葉を落とすだろう。以前はこの森はもっと深かった。半分ほどが伐採されて土地が切り売りされた。大木が多かったから、伐採作業は大変だったようだ。クレーンなどの重機を入れて慎重に行われたらしい。一番高い樅の木も伐り倒された。森の主ともいえる樅の木を倒して処分するのに、三日かかったと伝え聞いた。

今は、その場所にカフェや雑貨屋が入る店舗が建っている。平屋の建物だったのは幸いだ。森に隠れて、無機質な建物はここからは見えない。

清閑庭は、二十五年前と変わりがない。小川造園が変わらず管理をしているからだ。ただし、無骨な庭師だった小川老人はもういない。ベンチに並んでこの庭を鑑賞していた三雲も永地もいない。三人とも二十五年の間に次々と亡くなってしまった。高桑も五十の声を聞いた。

大学の卒論で、清閑庭と作庭師の溝延兵衛を取り上げて以来、高桑はこの庭と深く関わるようになった。最初に就職した造園設計事務所を二年で辞めた後、京都にある中規模の庭園施工業者に職を求めた。そこでは、京都に残る古い庭園の維持管理、改修を始め、個人宅の庭や施設の庭園の設計、施工などを徹底的に学んだ。高桑が本当にやりたい仕事だった。そこではあらゆる知識を吸収したし、経験も積んだ。

京都での十三年を経て、東京に戻って独立した。東京にも、伝統的な日本庭園はたくさん残っているから、大手の造園会社の下請けとして、受けた仕事を丁寧にこなした。京都で得た知識を駆使して、庭園の改修に勤《いそ》しんだ。数年のうちには高桑の仕事ぶりが業界でも認められ、直接に依頼がくるようになった。

露地を含む茶室を建てたいという施主もいたし、ホテルや旅館、寺院が本格的な日本庭園を造りたいと依頼してきた。家を新築、改築する時に品のいい坪庭を造りたいと依頼してくる個人もいた。最近では、大手のＩＴ企業が保有するビルの屋上庭園を施工して評判になり、造園業界が主催する有名な賞も受賞した。海外の雑誌などでも紹介された。

独立してからは、まずまず順調にやってこられたと自分でも思う。大学卒業時に就職した会社にいたら、こうはならなかっただろう。今の自分があるのは、かつてここで話を聞いてくれた三雲と永地のおかげだ。高桑は、そっとベンチの左右に目をやった。彼らとここで庭を眺めていたことが懐かしく思い出された。

永地とは清閒庭の素晴らしさ、溝延兵衛に関する謎や疑問について存分に語り合った。タチバナ美術館の館長だった三雲は、清閒庭の歴史や造園の芸術性について教えてくれ、人生に迷った高桑の背中をそっと押してくれた。

そしてあの無口で愛想のない老人、小川惣六からは、この庭を手入れする後ろ姿で多くのことを学んだ気がする。

今も思い悩むことがあったり、大きな仕事をやり遂げたりした後は、清閑庭にやって来て、いつものベンチに座るのだった。ここが自分の原点だという気がする。だから二年ほど前に、この庭が豪雨被害にあって一角が崩れた際に、改修の依頼が来た時は嬉しかった。三雲の後を継いだ現館長、向川《むかいがわ》から、直々に話が来たのだった。彼は、かつて高桑が清閑庭の測量をし、正確な図面を起こしていたことを三雲から聞いていた。それでぜひともということで依頼をくれたのだった。人と人とのつながりの有難さをしみじみと感じた出来事だった。

もうここにいない人の思いがつながって、誰かを動かす力になる。そういうことを強く感じる。庭を造った人の思い、それを維持管理してきた人の思い、愛してきた人の思い、ただ庭を見に来ただけの人の思いすら、何かを生み出す気がする。

偶然ここで知り合った永地も、高桑にとっては忘れがたい人だ。京都に移っても、たまに東京に帰った時は、清閑庭を見に来ていた。そんな時は、たいてい永地と出会った。それを期待してここに来ていた気もする。

「やあ。今日は君に会えるような気がしていたんだよ」

愛用の杖をついて、ダンディななりの永地が現れると、つい頬がほころんだものだった。永地が亡くなる少し前のことだ。十数年ほど前になるだろうか。ひょんなことから、吉田房通と連絡がついた。清閑庭を溝延兵衛に造らせた吉田房興の一人息子だ。今は富山県に住んでいるということだった。

知り合いの造園業者から連絡先も教えてもらえたので、思い切って電話をしてみたのだった。当時、房通も八十歳にはなっていただろうが、案外、若々しい声が受話器から流れてきたのだった。

「ああ、清閑庭か。もちろん憶えているよ。僕の親父《おやじ》がえらく熱を入れていたからね」

きれいな標準語だった。

「だが、詳しいいきさつとか、庭師のこととかは全然憶えていないんだ。悪いけど。なんせ僕はまだ小学校に上がったばかりだったからね」

それからしばらく、華族の優雅な生活のことなどを話してくれた。

「あんな夢みたいな生活がいつまでも続くとは思えなかったけどね。またそんなのが続いたらダメだよ。華族なんていうのは、日本社会のお荷物以外の何ものでもなかったんだ」

そんな冷めた感想も述べた。両親のことを尋ねると、「これは親父の受け売りだ。親父はずっと華族なんていうのはそのうち消えてなくなると言っていたから」と付け加えた。

その房興は東京大空襲で亡くなってしまった。庭師の溝延兵衛も戦死したことを思うと、複雑な思いがした。清閑庭を造った二人が戦争によって命を奪われたわけだ。そのことを口にすると、房通は「そうだなあ」と考え込んだ。

華族の中にも、出征して戦死した者が多くあったということだ。そして戦後は、華族制度の廃止により、苦労をすることになる。

「だけどうちのお袋は、家がなくなろうと、財産を切り売りしようと、平気な顔をしていたね。親父が亡くなって戦後は独り身になったわけだけど、全然へこたれなかった。いつも笑って、背筋をぴんと伸ばして前向きに生きていたな」

「そうですか」

「亡くなったのは、悪性リンパ腫が原因だったけど、戦前からお袋についていてくれていた女中が最後まで面倒をみてくれた。あれは助かったよ。そういうとこは、戦前の華族制度のいい名残だったな」

房通に連絡を取ったのは、あの一度きりだった。おそらく彼ももう亡くなっているだろう。清閒庭に関わり合いのある人々が、高桑の知る限りではいなくなってしまった。

そういえば、房通と連絡を取り合ったことを永地に話した時、彼は顔を輝かせてこう言ったのだった。

「房通君か！　彼、元気だったかい？」

面食らったのは、高桑の方だった。

「永地さん、吉田房通さんを知っているんですか？」

すると永地は照れたように笑った。

「うん。彼とは小学校が一緒だったんだ。言ってなかったっけ？　悪かったね」

「だとすると、学習院で？」

以前、永地は華族ではないと言っていた気がする。

「いや、東京高等師範学校附属小学校だ。房通君はお父さんの方針で、学習院から転校してきたんだ」

「そうだったんですか」

高桑はそれで納得した。房通の話では、父親の房興は、華族制度に批判的な態度を取っていたというから、転校させたというのは頷ける話だ。それに房通よりも永地の方が若干年上だ。学年も離れていただろうから、同じ小学校にいたということを失念していたのだろうと腑に落ちたのだった。

永地は本当に清閒庭を愛していた。高桑が京都に行ってしまっても、毎日のようにここに足を運んでいたと言っていた。

「君と並んで、この庭を眺められなくなって寂しいよ」

そんなふうに言ってくれていた。

高桑も同じ気持ちだった。今、ベンチの隣には永地はいない。目を閉じると、おしゃれで話好きな老人の姿をありありと思い浮かべることができる。ベンチに腰掛けると、お気に入りの杖をベンチに立てかけ、ソフト帽を脱いで膝の上に置いていた。

あの杖は誂えて作ったものだと自慢していたが、デザインもなかなか凝っていた。握りの切り口の両側には、丸い象牙の飾りが付いていた。よく見ると、一方は稲で、もう一方は鳩をデザインしたものだった。一度尋ねたところでは、これは永地の両親から受け継いだものだという返事だった。

「象牙とはまた高価なものですね」

「まあね。これが唯一僕が親から引き継いだものかな。実の親とは疎遠だったから」

「そうですか」

それ以上は踏み込んで聞けなかった。複雑な事情があるのかもしれなかった。永地は、笑いながらソフト帽を脱いで膝の上に置いた。だいぶ前から気づいていたが、永地の両耳の前には、ちょっとした肉の突起があった。

あまり見かけない身体的な特徴だった。本人に訊くのは憚られた。ネットで検索してみたら、あれは副耳というものらしい。一千人のうち十五人くらいに現れるもので、幸運の印と言われたりもするようだ。そういえば、永地はとても幸福そうだから、あの突起のおかげなのかもしれないと思ったりもした。

そんなことを思い出すと、もういなくなった人に、会いたくてたまらなくなる。

不愛想だった造園業者、小川もそうだ。彼が亡くなったことは、二か月後くらいに三雲から聞いた。迷った挙句、お悔やみに行くことにした。あまり会話は弾まなかったにしろ、高桑の原点である清閑庭を守り通してくれた人物だから、せめてお位牌《いはい》に手を合わせたかった。荒川区西尾《にしお》久《ぐ》にある小川が住んでいた家を訪ねていった。妻に先立たれ、娘夫婦と暮らしていたと三雲は言った。

尾《お》久《ぐ》八幡《はちまん》神社の近くだった。下町の、いかにも頑固な造園業者が住んでいそうな古びた一軒家だった。成実《なるみ》という名前の娘さんが出迎えてくれた。娘さんといっても、今の高桑よりも年上だった。五十代半ばは超えていたと思う。

「すみませんねえ。わざわざ」

飾り気のない様子でそんなふうに言った。事前の電話で、自分と小川、清閒庭との関係を伝えていたから、事情は呑み込んでくれていたと思う。

「父は口数が少なくて、愛想もなくて、ご迷惑をかけたでしょう。ごめんなさいね」

成実は苦笑いをしながら首を振る。高桑が仏壇に香典を供え、手を合わせている間もしゃべりっぱなしだった。父親とは随分性格が違う。成実の夫は会社勤めで、小川造園は親戚が継ぐことになったのだと言った。

「では清閒庭は、これからも小川造園が管理をされるのですか？」

「ええ、ええ。あそこだけはよそのもんには手を入れさせねえって、父はそれだけは口を酸っぱくして言ってましたから」

「それはよかった。安心しました」

「あの庭のこと、吉田様のお屋敷って、今でもそう言ってましたよ」

「戦前に惣六さんは、あそこの造営に関わったんでしたね。何かお聞きになっていますか？　たとえば溝延兵衛さんのこととか」

「親方さんですね？　大事にしてもらったって。十四の時から住み込みで仕込んでもらったから、独り立ちしてもやっていけたんだって、感謝していました」

小川老人は、家ではまずまず話していたということだ。成実は、父親から聞きかじった修業時代のことや、溝延から教わったことなどを語った。

「吉田邸の庭を手掛けた時のことは、何かおっしゃっておられませんでしたか？」

そう水を向けると、成実は「そうですねえ」と考え込んだ。

「あ、そうそう」

そう言って立ち上がり、襖《ふすま》を引いて隣の部屋へ行った。隣からは、「あれ？」とか「どこにしまったっけ」という独り言が聞こえてきた。戸棚か押入れかの引き戸を開け閉めする音もする。何かを探している様子だ。

「ああ、あった、あった」

そんな声の後、襖の向こうから何かを抱えて出てきた。

「吉田様の奥様が、この世のものとは思えないほど、お美しい人だったって」

父親の言葉をなぞって、成実は自分で「ぷっ」と噴き出した。

「まだ子どもだったんですよ、父は。華族様なんてものに会ったこともなかったから、きっと夢見心地だったんでしょうね。美しく着飾った華族の奥様にも、豪華なお屋敷にも、目を丸くしていたんだと思います」

成実が畳の上に置いたのは、色褪せた風呂敷に包まれた木箱らしきものだった。成実がするりと解いた風呂敷には、桐揚羽蝶の紋が染め抜かれていた。吉田家の家紋だった。中からは、やはり古びた木箱が出てきた。

「これ、父が大事にしていたものなんです」

桐でできているらしい上等の木箱は空っぽで、蓋には「とらや」の焼き印が押してあった。

「ええと、これ、羊羹の？」

「そう、そう」

成実はおかしそうに口を開けて笑った。笑うと片えくぼが出た。そういえば、小川も永地と言葉を交わした時に、ごくたまに微笑むくらいはして、その時に片えくぼが浮かんでいた。やはり親子だなと高桑は思った。

「お庭の工事をしている時に、吉田様の芝生のお庭で、園遊会があったんですって。使用人たちのための親睦会みたいなもので、そこに庭職人たちも呼んでくださったらしいんです」

成実が父親から聞いたところによると、園遊会のおしまいに福引があって、たいそういいものが当たるようで、小川もドキドキしながら自分の札を握って待っていたらしい。ところが彼に当たったのは、一升瓶に入った清酒で、少年には無用のものだった。がっかりしている小川を奥様がそっと呼んで、この立派な箱入りの羊羹を下さったのだという。

奥様は、美しいだけではなく、とてもお優しい人だったのだと、父親は何度もこの話をした。あまりに嬉しくて、その日は眠れなかったのだと。親方も喜んでくれて、翌日は一日お休みをくれた。それで小川少年は、喜び勇んで下町の実家に戻り、幼い弟や妹、近所の子らにも分けてやったという。

「甘いもんなんて、滅多に口に入らなかったんでしょうね。それも上等な『とらや』の羊羹ですから。それを華族の奥様から手渡ししてもらったわけでしょう? よっぽど嬉しかったんだと思います。食べた後も、こうして木箱と風呂敷を取っておいたんですよ。何十年もね」

笑ったと思ったら、今度は成実は涙ぐんだ。

「いよいよ危ないとなった時にまで、その時の夢を見ていたみたいなんですよ。病院のベッドでね、うわ言を言ってました。『ああ、酒が当たった』とか『奥様、ありがとうございます』とかね。夢の中では、十四歳の少年に戻っていたんでしょうかねえ。あの時の思い出は、一生忘れられないものだったんでしょう。だから吉田様のお庭、清閑庭を死ぬまで大事にしていましたよ」

戦前の庶民にとって、華族様というのは、自分たちの生活とはかけ離れた遠い存在だったのか。現代人からは想像もできない感覚だ。しかし、その階級の人々は確かにいて、一時期の日本社会を象徴していたのだ。


「高桑さん、お待たせしました」

かけられた声で我に返った。美術館の庭の中を、二人の作業着姿の男が機材を持ってやってきた。高桑は、ベンチから立ち上がった。

「ああ、すみません。今日はよろしくお願いします」

頭を下げた。

「では早速始めましょうか。準備をしますので、少しお待ちください」

男たちは、手にしていた機材を地面に置いた。ケースから取り出したのは、ドローンだった。

二年前に清閑庭の改修工事を請け負った時から構想していたのが、ドローンで空撮した映像を残しておきたいということだった。地球規模で異常気象が起こる昨今、いつまた庭が壊れる被害に遭うかもしれない。豪雨や台風被害だけではなく、地震の心配も増してきている。関東大震災の時は、吉田邸はたいした被害は出なかったようだが、周囲が建て込んだ現代ではどうなるかわからない。

それに溝延兵衛の最高の作品である清閑庭を空から眺めてみたかった。その映像は貴重だと思う。それで今日、ドローン撮影を請け負う業者に依頼したというわけだ。

撮影のことは、向川館長にも伝えて了解を得ていた。その向川が、様子を見に出てきた。

「楽しみだね。どんな映像が撮れるだろう」

高桑のそばに立って腕組みをし、向川はドローンの用意をする作業員を眺めていた。

二十五年前には、ドローンのような機械はなく、清閑庭を俯瞰《ふかん》して見ることはできなかった。測量と図面の上に、空撮した映像まで残しておけば、今後、どんなことがあっても復元は可能だという気がした。

二年前、改修を請け負った時には緊張もした。思い入れのある清閑庭を、作庭師の意図とは違ったものにはできない。かつて自分が起こした図面をもとに、慎重に作業を開始した。豪雨によって流れ込んだ濁流は、木を数本なぎ倒し、白砂も流し去った。白砂の海の中に据えられていた石もいくつかは倒れたり流されたりしていた。

改修するのに、石組は最も気を遣うところだ。枯山水は、石組にあるといっても過言ではない。石が向く方向や立つ角度は、わずかな違いでも庭全体の構成を左右するのだ。高桑もこの二十数年の間にいくつもの枯山水の庭を手掛けたので、その重要性はわかっているつもりだった。機械で吊り上げた石を見据え、ここだ、という傾きや向きを決定する時の緊張感は計り知れない。まさに二度と動かすことのできない最高の美の瞬間をとらえなければならないのだ。

これが、他の作家の作品を直す作業となると、また違った緊張感がある。溝延兵衛という作庭家は、どういう感性で、どんな思想を持って、この石をここにこの形で据えたのか。そういうことを鑑みながら改修しなければならない。

難しい仕事ではあったが、高桑はそれを楽しんだ。溝延兵衛の内面に入り込んで、彼の頭の中にあったものを想像しながら、倒れた石を元に戻していった。池を埋め立てた更地に、清閑庭を一から作庭していった時の、若々しい脈動が伝わってきたような気がした。

過去へ飛び、溝延になりきり、彼の目を通して作庭途中の庭を見ているような気分だった。あまりに没頭したので、そばに施主であった吉田房興が立っているような幻想まで覚えた。そんな作業の途中、倒れた石の下から、作業員の一人が、小さなコテを見つけた。柳葉ゴテと呼ばれる小さくて尖ったコテだった。

「この庭を造った時に、誰かが忘れていったんでしょうかねえ」

作業員はそう言って首をひねった。

「でも石の下から出てくるなんて変だな。忘れたというより、隠しておいたみたいだ」

長い年月、石の下にあったのだろう。コテは錆びて、握り部分の木は朽ちていた。

渡されたコテを、高桑はためつすがめつ見てみた。これは溝延が使っていた道具だろうか？たくさんの職人が働いていただろうから、その可能性は低い。誰が何のために石の下に埋めたのだろう。あれは結構重量のある石だ。倒れてしまうなんて考えられなかっただろう。

しばらく考えたが、答えなど見つかるはずがない。それより庭を元に戻すことが先だ。それでも無下に捨ててしまうのは忍びなく、高桑はコテを自分の事務所に持って帰って戸棚の中にしまった。溝延の枯山水を、彼の意に沿って元に戻すためのお守りのように思ったのだった。

今もそれは戸棚の中にある。

「では、飛ばします」

「お願いします」

黒いドローンは、地上でしばらくモーターを回した後、ふわりと舞い上がった。高桑と向川は、ドローンを追って同時に顔を上げた。ドローンは真っすぐ上昇し、一定の高さでホバリングをしている。作業員は、一人が送信機を操作し、もう一人がパソコンを起動して空撮画像を映しだした。

高桑は、簡易テーブルの上に置かれたパソコンの前に陣取り、画面を凝視した。ドローンは枯山水の上を飛行し、映像を送ってきた。白砂の海や築山や、石組の滝、波打つ大刈込など。小川老人がいなくなっても、小川造園は、手ぬかりなくきちんと仕事をやっているということがわかった。ドローンは庭の上を縦横に飛び、あらゆる方向からの映像を撮影した。

「もう少し高度を上げて、全体像を撮ってもらえますか？　美術館の建物も入れて」

「了解です」

作業員がスロットルを動かし、ドローンは高く舞い上がった。向川の首が、カクンと後ろに折れて、空の高みを見上げている。

パソコンに映し出された映像は、枯山水も美術館も、周囲に植えられたシラカシの植栽と小径も入れたものになった。

「いいですね」

高桑がそう言った時、パソコンを操作していた作業員が「あれ？」と声を上げた。

「これ、何かの形に見えませんか？」

「どれ？」

向川も寄ってきた。三人が額を突き合わせて画面に見入る。

美術館の建物を中心にして、前には広大な枯山水の庭、裏には方解石を据えただけの白砂がある。前庭は手前から滝の石組に向けて狭まっている。遠近法を巧みに利用して、奥行きが出るような造りになっていると、図面を引いた時には思ったのだ。だから、強いて言えば、真ん中よりやや前が膨らんだ紡錘《ぼうすい》形をしている。美術館と、その裏にあるあの謎の三角形の白砂部分を含めて見ると、そういう形になるのだ。

「さかな、じゃないかな？」

向川が言った。

「そうだ。魚の形に見える」

作業員も同調した。高桑は黙って画面に集中した。確かに、魚の形をしている。滝の向こうは尻すぼまりに細くなっているが、すぼまった先では、植えられた木々が扇型に広がっているので、魚の尻尾に見えた。そう考えると、建物の裏の白砂は魚の頭に当たる。例の方解石は、目玉を表しているのか。シラカシと小径があるから、周囲の森とは区切られて、魚の形はくっきりとしている。偶然だろうか。しかし、偶然にしては出来過ぎている。

以前、作図した時には、枯山水の前庭だけを取り上げたから、全体を見ることはなかった。建物の裏までは図面に入れなかった。だからこれに気づかなかった。

溝延兵衛は、建物も含めた土地全体を魚の形として強調するべく、シラカシの帯を巡らせたのだろうか。そこにどんな意味があるのだろう。

「面白いなあ！」向川は感嘆の声を上げた。「もしこれが、作庭師の企みだとしたら、面白いじゃないか。だって、当時はドローンなんてないんだから。空から庭を俯瞰することなんてできなかったわけだろ？　誰もこの土地全体が魚に象られているなんて、気づきもしないよ」

「でも、なんで魚なんでしょうね」

ドローンを操作していた作業員が口を挟んだ。

「それは僕らにはわからないさ。作庭師、溝延兵衛だっけ？　彼だけが知っているんだ」

サイパンで戦死した作庭師は、もはや語る言葉を持たない。

小川は知っていたのだろうか。いや、知らなかっただろう。高桑は思った。これは設計した者だけが企図したことに違いない。生前の小川に裏の枯山水のことや方解石を据えた疑問をぶつけてみたことがあった。

――あれはあれでいいんだ。

小川は澄ましてそう答えたのだった。溝延が密かに残した謎を、謎のまま、ただ愚直に小川は守り通した。

「この魚、泣いてますよ」

パソコン係の作業員が言った。また高桑と向川は額を寄せた。

「ほんとだ。泣いている」

向川が不思議そうにつぶやいた。

方解石はあれからも溶け続けていた。白砂の上に溶けだした方解石は、一筋の涙のように見えた。

魚が泣くなんて、奇妙な図だ。この土地全体を魚に見立て、なおかつ目から涙を流させるとはどういう意味があるのだろう。これは偶然ではない。ある確信を持って、高桑は思った。

溝延兵衛は、意識的にこれを造った。当時、誰もこれに気づくことはなかったというのに。溝延がここに込めたメッセージとは何なのだろう。

高桑は、過去からの声を聴くために、目を閉じて耳を澄ませた。

森の中でヒワがチュイン、チュインと優し気に鳴いている。泣き続ける魚を慰めるように。

高桑の耳は、砂浜に寄せては返す波の音をとらえた。

房興様は、枯山水のお庭を「清閑庭」と名付けられました。大正天皇が作られた漢詩から取られたとのことでした。松林の中の別荘から大海の白波を見て、清らかな静けさに浸っているという漢詩だそうです。

わたしが御前様と奥様について、第六天を訪れたのは、秋のはじめのことでございました。庭が完成したのです。

第六天は、いつもの通り、変わりのない姿でわたしたちを迎えてくれました。

クライスラーは、日本館の玄関前の車寄せにつけました。御前様専属の運転手が、うやうやしくドアを開けて頭を下げました。玄関前には、お屋敷に残った坂本さん始め、十人ほどの家職人と、彼らの世話をする数人の女中が並んで待っていました。

ほんのしばらく来なかっただけなのに、わたしは車から降りた途端に懐かしくてたまりませんでした。つい深呼吸をして、第六天の空気を吸い込みました。

「お帰りなさいませ」

皆は、御前様と奥様に腰を折ってお出迎えの挨拶をしました。まるでちょっとした外出から戻られたとでもいうようでした。

「うん。ご苦労だったね。この大きな屋敷を守るのは、骨が折れるだろうな」

御前様のねぎらいの言葉に、坂本さんが「恐れ入ります」とお答えになりました。

誰も住まない家を維持するのは、どんなに虚しいことだろうとわたしは思いました。このお屋敷は当主様がいらっしゃるからこそ、大勢の使用人がお仕えして盛り立てていけるのです。毎日のようにお客様をお迎えし、商人が出入りし、「表」と「裏」のどちらも活気があふれていることが、この家の営みでございました。

奥様は、クライスラーから降りられる御前様の足下を気にしておられます。玄関前の段差のところでは、さりげなく手を差し伸べられました。御前様の左目は、とうとう完全に見えなくなってしまわれたのです。失明したというだけでなく、御前様のお体は筋肉が落ちて、さもない動作がおぼつかなくなっていました。御前様も、遠慮することなく、奥様のお手にすがられるようにおなりでした。

「図面にはなかった植え込みができていたな」

「はい、さようで。御前様が本郷へ移られてからの作業でございました」

正門を入った時、車の窓から、西洋館と日本館を隔てる森の手前に、シラカシが整然と植えてあるのが見えました。まるでベルトのように、小径とシラカシが、並んで日本館を取り囲んでいるのです。シラカシはまだ若く、人の背丈ほどしかありませんでした。年を経た森の大木に比べると、弱々しい感じがいたしました。

「面白い。どんな意味があるのだろう」

玄関前に立って、御前様が呟かれました。

「さようでございますね。枯山水とはまるで関係ないように思えますが」坂本さんは、困ったようなお顔をされました。「溝延さんが急に思いついたように小径を造り、シラカシを植えたのでございます。植木職人もおおわらわで……。それからお屋敷の裏にも小さな枯山水の庭を造られました」

兵衛さんは、今は別のお宅の庭の造営を請け負って、そちらにかかっているとのことでした。

「まあ、いい。すべて兵衛に任せてあったのだ。あれにはあれの考えがあったのだろう」

御前様は、朗らかにおっしゃいました。

「さあ、行こう。兵衛が造った庭を見に行こう」

まるで小さなお子様がご褒美をもらうような浮き浮きした風情でございました。奥様も、それに「はい」と応じられました。そしてまたすっと手を出されました。御前様は、しっかりとその手を握られました。

お二人は、ゆったりとした歩調で日本館の外側を回っていかれました。兵衛さんの魂を込めた庭に向かって。

わたしはその後ろに付き従っていきました。

白砂の海が広がっているのがわかりました。明るい庭に向かわれるご夫婦は、寄り添った黒い影になっていました。まるで一枚の絵画のように。

わたしはつと足を止めて、その光景を眺めずにはいられませんでした。

お二人は手を取り合って、大海原に向かって歩いていかれました。

砂浜に打ち寄せる波の音が、御前様と奥様を包み込みました。

参考文献

○『華族　明治百年の側面史』　金沢誠 川北洋太郎 湯浅泰雄 編／北洋選書
○『華族　近代日本貴族の虚像と実像』　小田部雄次／中公新書
○『華族たちの近代』　浅見雅男／中公文庫
○『華族誕生　名誉と体面の明治』　浅見雅男／リブロポート
○『華族家の女性たち』　小田部雄次／小学館
○『華族令嬢たちの大正・昭和』　華族史料研究会 編／吉川弘文館
○『大名華族』　蜂須賀年子／三笠書房
○『明治のお嬢さま』　黒岩比佐子／角川学芸出版
○『ある華族の昭和史　上流社会の明暗を見た女の記録』　酒井美意子／主婦と生活社
○『徳川おてんば姫』　井手久美子／東京キララ社
○『みみずのたわごと　徳川慶喜家に嫁いだ松平容保の孫の半生』　徳川和子 山岸美喜／東京キララ社
○『春は昔―徳川宗家に生まれて』　松平豊子／文春文庫
○『明治･大正・昭和　華族事件録』　千田稔／新人物往来社
○『重森三玲　モダン枯山水』　重森執氐 監修　大橋治三ほか 写真／小学館
○『重森三玲　庭を見る心得』　重森三玲／平凡社
○『茶室と茶庭　見方・作り方』　重森三玲／誠文堂新光社
○『枯山水』　重森三玲／中央公論新社
○『「作庭記」からみた造園』　飛田範夫／鹿島出版会
○『日本庭園を読み解く～空間構成とコンセプト～』　戸田芳樹 野村勘治／マルモ出版
○『地図と愉しむ東京歴史散歩　お屋敷のすべて篇』　竹内正浩／中公新書
○『昭和ひとけたの東京』　川本博康／文芸社
○『昭和のキモノ』　小泉和子 編／河出書房新社
○『きもの宝典―きものの花咲くころ、再び』　田中敦子 編著／主婦の友社
○『日本人のすがたと暮らし　明治・大正・昭和前期の身装』　大丸弘 高橋晴子／三元社

宇佐美まこと（うさみ・まこと）

1957年愛媛県生まれ。2006年に『るんびにの子供』で第一回「幽」怪談文学賞短編部門を受賞しデビュー。2017年『愚者の毒』で第70回日本推理作家協会賞長編部門受賞。『展望塔のラプンツェル』が2019年「本の雑誌ベスト10」第1位、山本周五郎賞候補、『ボニン浄土』で大藪春彦賞候補。

鳥啼き魚の目は泪

二〇二三年七月二十四日　初版第一刷発行

著者　宇佐美まこと
発行者　石川和男
発行所　株式会社小学館
〒一〇一-八〇〇一　東京都千代田区一ツ橋二-三-一
編集　〇三-三二三〇-五七二〇　販売　〇三-五二八一-三五五五
DTP　株式会社昭和ブライト
印刷所　萩原印刷株式会社
製本所　株式会社若林製本工場

 ISBN 978-4-09-386688-0